엄마가 좋아,
아빠가 좋아?

마루별 장편소설

fi
ret

엄마가 좋아, 아빠가 좋아? 4

초판 1쇄 인쇄 2022년 10월 7일
초판 1쇄 발행 2022년 10월 31일

지은이 마루벌
발행인 오광백
편집 편집부
표지·내지디자인 디자인그룹 헌드레드
내지편집 오정인
제작 조하늬

펴낸 곳 (주)삼양출판사 · 피오렛
주소 서울시 강북구 도봉로 173
대표 전화 02-980-2112 / **팩스** 02-983-0660
편집부 전화 02-987-9393 / **팩스** 02-980-2115
블로그 blog.naver.com/dan_gul
출판등록 1999년 3월 11일 제9-00046호

ISBN 979-11-283-7184-4 (04810) / 979-11-283-7180-6 (세트)

fioret 은 (주)삼양출판사의 로맨스 판타지 문학 브랜드입니다.

엄마가 좋아,
아빠가 좋아?

마루별 장편소설

4

Contents

Chapter 1.

"놀랐군요."

대부인이 눈을 홉뜬 채 세니르를 보았다.

"하긴 랏세의 네 살 난 딸까지 모조리 죽였는데 아들이 살아있다니 놀랍긴 하겠지."

대부인은 거의 본능적으로 손을 들어 하인을 부를 종을 찾아 더듬기 시작했다. 그러나 채 닿기도 전에, 세니르가 대부인의 손 근처에 놓인 종을 손으로 툭 밀어냈다. 침대를 구른 종이 세니르의 발치에 떨어졌다.

"⋯⋯!"

대부인이 가쁜 숨을 몰아쉬며 세니르를 쏘아보려 했으나 그조차도 마음먹은 대로 되지 않았다. 그는 그런 대부인의 모습을 벌레의

하찮은 몸부림 보듯 보았다.

기억도 흐릿한 아주 어릴 적 세니르의 집은 번듯한 저택을 지닌 준귀족가였다. 하지만 어느 날 아버지는 가족을 모두 데리고 야밤에 도주를 감행한다.

어린 나이에도 무언가에 쫓기기라도 하는 느낌이라는 기억이 선명했다.

그리고 몇 번이나 되는 이사. 그가 기억하는 가족의 마지막 집은 한적한 곳에 위치한 조그만 이층집이었다. 아마 이쯤이면 됐을 거라 여겼을 것이다.

그리고 얼마 지나지 않아 들이닥친 이들로 인해 가족이 모조리 살해당했다.

옷장에 숨었던 세니르는 가족들이 살해당하는 걸 그대로 지켜볼 수밖에 없었다. 그리고 그를 대신해, 그저 놀러 왔을 뿐인 친구는 죽음을 대신 당했다.

가족의 죽음에 대해 자세히 알게 된 것은 한참 뒤였다. 가족들은 빚에 쫓기는 처지를 비관해 자살한 것으로 되어 있었다.

"고아원을 전전하던 내가 오흐리드 장학생이 됐을 때, 기회라고 여겼지."

천재일우.

원래라면 절대 불가능했을 일들. 하늘이 그에게 길을 열어 준 거나 다름없었다. 살 날이 얼마 남지도 않은 노인을 구태여 죽이는 것은 복수가 될 수 없었다.

그렇다면 악마와 다름없는 짓을 하면서도 평생을 바쳐 지키려

들었던 것을 부수는 건 어떨까.

"오흐리드를 무너트릴 기회."

마지막 한 발을 앞두고 떠오르는 이를 억지로 내리눌렀다. 그리고 그는 돌이킬 수 없는 악몽 속으로 걸어 들어갔다.

"저승에서 외롭진 않을 거야. 곧 당신이 사랑한 아들이 올 테니."

대부인의 호흡이 가빠지며 가슴이 거세게 오르락내리락했다. 부들부들 떨리는 손가락이 세니르를 향했으나, 분기를 감당하지 못한 눈이 뒤집히는 듯했다.

*　　*　　*

검은 옷을 입은 사람들 앞쪽에 불쾌한 얼굴의 지그프리트가 있었다.

"지루해 죽겠군."

"조금만 참으시면 되어요, 저하."

말할 때마다 향수로도 지워지지 않은 술 냄새가 풀풀 풍겼다. 바로 곁에 선 리투아니아의 표정은 지독한 냄새를 맡지도 못하는 것처럼 평온했다.

"곧 태자가 될 이 몸이 굳이 귀족가의 장례식까지 참석해야 하나?"

황제를 제외한 다섯의 황족 중 이 자리에 있는 건 지그프리트와 리투아니아 둘뿐이었다.

원래라면 로베르트와 에스텔도 이런 자리를 놓치지 않으려 들었을 텐데, 에스텔은 에스테반의 사고 이후로 두문불출하니 그렇다 치더라도 로베르트마저 불참한 건 기이한 일이었다.

의아함을 뒤로 밀어내며 리투아니아가 지그프리트를 달랬다.

"중앙 홀의 장례식에는 황족이 참석해 주는 것이 관례니까요."

신전의 위세가 많이 줄었지만, 아직도 탄생, 결혼, 죽음은 신전의 절대적인 권한이었다.

그리고 대신전의 중앙 홀은 후작 이상의, 손에 꼽히는 대귀족들에게만 장례식장을 내어주는 장소였다.

"대부인이 살아생전 막대한 기부금을 내왔기에 백작가지만 신전에서도 특별히 중앙 홀을 내어준 것이고요."

"웃기지도 않는군."

길게 하품한 지그프리트의 눈이 문득 가늘어졌다. 검은 상복 위에 대비되는 은발을 한 소녀가 꽃을 들고 관이 놓인 단 위로 올라갔다.

1년 반 만에 제도로 돌아온 디아나였다.

꽃을 바치는 디아나의 눈에서 맑은 눈물이 후두둑 떨어져 내렸다. 깊은 슬픔에 잠긴 소녀의 모습에 많은 이들이 안타까움을 감추지 못했다.

"임종도 지키지 못했다면서요?"

"아무래도, 노히바덴 본성이 머니까요."

밥도 물도 최소한으로, 잠까지 줄여 가며 말을 달려 왔지만 디아나를 맞이한 건 증조할머니의 차게 식은 손뿐이었다. 단을 내려오던 디아나의 몸이 순간 휘청였다. 놀란 탄성이 들리고 곧장 대공이 디아나의 팔을 붙잡아 주었다.

"……디아나."

디아나가 대공의 품에 얼굴을 묻었다. 단에서 내려오는 디아나의 오른편 뒤에는 노히바덴 대공, 왼편에는 오흐리드 백작이 서 있었다.

지금껏 본 적 없었으며 앞으로도 보기 힘들 모습이었다.

노히바덴 대공은 착잡한 얼굴로 딸을 걱정스레 보고 있었고, 오흐리드 백작은 오히려 담담한 얼굴이었다.

눈물 한 점 찾아볼 수 없는 얼굴로 가장 먼저 꽃을 내려놓은 오흐리드 백작을 보고, 장례식에 참석한 귀족들은 어머니의 죽음도 백작의 눈물을 내진 못한다 쑥덕거렸다.

디아나 뒤로 붉은 안색의 오발론 남작이 단 위로 향했다. 오발론 남작의 얼굴에서도 어머니를 잃은 슬픔은 읽을 수 없었다.

그 모습에 누군가 의아함을 속삭였다.

"오발론 영애는요?"

"그러게요?"

쑥덕대는 소리를 들은 지그프리트가 주변을 둘러보곤 리투아니아에게 물었다.

"그 계집은 왜 없어?"

"누굴 말씀하시는 건가요?"

"어딜 모르는 척이야? 카밀로 오발론. 네 쓸모없는 친구 있잖아."

"저도 모른답니다. 저하와 같이 황궁에서 대신전으로 왔는걸요."

"쯧, 네놈도 쓸모없기는 그 계집애랑 같구나."

리투아니아가 송구하다는 얼굴로 고개 숙였다. 오발론 남작까지 꽃을 바치고 내려가자 까다롭게 생긴 중년 여성이 앞으로 나왔다.

여성을 알아본 몇몇이 수군거렸다.

"저는 오흐리드 가문의 변호사로 대부인의 유지를 따라 이 자리에서 공개하기로 한 말씀이 있습니다."

보통 장례식장에 변호사가 나와 밝히는 것들은 마지막 유언이나, 가문의 후계자, 혹은 재산 상속인에 관한 것들로 많은 사람 앞에서 공증받기 위함이 컸다. 변호사가 짧게 숨을 들이켜고 말을 이었다.

"대부인께서는 오페크 미술관을 필리파 오흐리드의 딸인 디아나 양에게 상속하겠다 밝히셨습니다."

디아나는 일순간 자신이 무얼 들었는지 이해가 되지 않아 멍한 얼굴을 했다. 반대로 그 곁의 노히바덴 대공의 얼굴은 대번에 사나워졌다.

오페크 미술관은 오흐리드의 시조가 세운 것으로 오흐리드가의 상징과도 같은 건물이었다.

그런 상징을 이런 사람들이 모인 장소에서 상속한다고 공표한 것 자체가 디아나는 오흐리드가 사람이라고 노히바덴에게 선전포고하는 처사나 다름없었다.

그리고 또 하나, 붉으락푸르락하던 오발론 남작이 버럭 소리쳤다.

"말도 안 돼! 그건 내 딸 거였어!"

남작의 소란에 놀란 다른 이들과 달리 변호사는 침착했다.

"오발론 영애에게는 유감스럽게 되었습니다. 대부인께서 따로⋯⋯."

말을 이어 가던 변호사가 안경을 추어올렸다.

"오발론 영애가 안 계시는군요. 당사자가 없는 자리에서는 더 드릴 말씀이 없습니다."

부들부들 떨던 오발론 남작이 불현듯 디아나를 돌아보았다.

"너!"

움찔 놀란 디아나가 오발론 남작을 보았다. 친척임에도 오발론 남작과 제대로 마주한 것은 이번이 처음이었다.

"네년이 꾸민 짓이지?"

"네?"

처음으로 오발론 남작에게 들은 두 마디. 그것만으로도 할머니가 자신을 오발론 남작과 마주치지 못하게 한 이유를 알 수 있었다.

"네 짓이지? 네가 나타났을 때부터⋯⋯!"

오발론 남작이 위협적으로 손가락질하는 순간, 누군가 그 손을 붙잡고 꺾었다. 남작의 고통스러운 비명이 울려 퍼졌다.

"아악!"

"내 딸에게 감히 어디서 더러운 손을 가리키지?"

오발론 남작의 꺾이지 않은 반대 손이 허공을 허우적거렸다.

"노, 놓으악!"

대공이 집어 던지듯 오발론 남작을 내팽개치자 거세게 밀려난 오발론 남작이 나뒹굴었다.

"이 자리에 내 딸이 있는 것을 다행으로 여겨라."

대공에게서 날카로운 살기가 오발론 남작을 찢어발길 듯 쏟아졌다. 오발론 남작의 불그죽죽했던 안색이 순식간에 창백해졌다. 다른 귀족들 또한 주춤 물러날 정도였다. 아무도 그 주변으로 다가가려 들지 않았다.

그때 중앙 홀 출입구에서 일어나는 미약한 소란스러움을 대공이 가장 먼저 눈치챘다. 반사적으로 허리춤을 더듬던 대공이 소리 없이 혀를 차며 디아나 곁에 바짝 붙어 섰다.

"아빠?"

그와 동시에 중앙 홀 문이 열리며 반짝이는 은빛 갑옷을 입은 기사들이 무기를 들고 위압적으로 들어왔다. 어깨에 걸친 새파란 망토에 십자가가 수놓아져 있는 걸 보니 신전 기사들이었다.

깜짝 놀란 귀족들이 물러나고 지그프리트가 얼굴을 일그러뜨렸다. 황족의 호위마저 검을 들고 오지 못한 신전이다.

그런 지그프리트의 눈앞에 무기를 들고 들어온 신전 기사들이 좋게 보일 리 없었다. 지그프리트가 버럭 소리쳤다.

"예가 어디라고 날붙이를 가지고 들어온 것이지? 당장 나가지 못해?"

그러나 기사들의 대표로 보이는 자가 태연하게 인사했다.

"지그프리트 저하께 먼저 사죄의 말씀 올립니다."

"당장 그 무기부터 치우란……."

"오발론 남작이 대륙법을 어긴 범죄 행위가 고발되었습니다."

소리치던 지그프리트의 입이 꽉 다물렸다. 그리고 벙어리가 된 지그프리트 대신 오발론 남작이 놀라 소리쳤다.

"그, 그게 무슨 소리요!"

"자세한 건 심문실에서 마저 이야기하시면 됩니다. 끌고 가."

기사들이 주저앉아 있던 오발론 남작의 팔을 잡고 일으켜 세웠다.

"아, 아니 말도 안 되는 소리! 심문실이라니! 이거 놓지 못해?!"

상황이 기묘하게 돌아갔다. 오발론 남작이 양팔을 붙잡는 기사들을 뿌리치다가 다급히 소리쳤다.

"저하! 지그프리트 저하!"

하지만 오히려 지그프리트는 질색하며 오발론 남작에게서 멀어졌다.

"대륙법이라고?"

오발론 남작이 홉뜬 눈으로 지그프리트를 보았다.

"남작! 대체 무슨 짓을 하고 다닌 것이오?"

몇 걸음 더 물러선 지그프리트가 마치 기사들이 자신의 수하라도 되는 것처럼 소리쳤다.

"당장 끌고 가!"

"……데려가."

지그프리트의 명령을 받는 것처럼 보이는 상황에 신전기사들의 얼굴이 살짝 굳어졌으나, 어찌 되었든 협조해 주었으므로 중언부언하지 않고 오발론 남작의 양팔을 부여잡았다.

"놔라! 이거 놓지 못해?!"

몇 번 뿌리치려 했으나 기사들의 억센 손아귀는 굳건했다. 절대 가지 않겠다는 듯 오발론 남작이 버티고 섰으나 허망한 발악일 뿐이었다.

"배, 백작! 오흐리드 백작!"

질질 끌려가던 오발론 남작이 동아줄이라도 잡는 심경으로 오흐리드 백작을 불렀다.

사람들의 시선이 오흐리드 백작을 향했으나, 오흐리드 백작의 굳게 닫힌 입술에선 아무런 말도 흘러나오지 않았다.

기사들이 마저 남작을 끌고 갔다. 장례식은 순식간에 엉망이 되었다. 사람들은 조의도 잊은 채 수군거리기 바빴다.

"대륙법이라니?"

"대체 무슨 일을 저지른 거죠?"

"아니, 이런 자리에서 오발론 남작을 끌고 갈 정도라면…….."

기사가 오흐리드 백작을 향해 말했다.

"오흐리드 대부인께도 같은 고발이 들어왔습니다. 죄를 소상히 밝히기 전까진 장례식을 잠시 중지하도록 하겠습니다. 오흐리드 백작님도 협조 부탁드립니다. 저희와 잠시 이동하시죠."

"……."

백작의 서늘한 시선이 기사를 향했다. 백작은 오발론 남작과 달리 처음부터 끝까지 당황하지 않았다.

상황을 지켜보던 귀족들은 백작도 이미 알고 있던 일인가? 하는 착각을 할 정도였다. 그런 귀족들을 뒤로하고 부서질 듯 지팡이를 쥐고 있는 손등을 백작 부군이 덮었다.

"알았으니, 어디로 가면 되지?"

"이쪽으로 오십시오."

백작과 백작 부군이 기사의 인도를 따라 장례식장을 벗어났다. 남은 조문객들 또한 주춤거리다 웅성거리며 자리를 뜨기 시작했다.

조의를 표하기 위해 들고 왔던 꽃들이 바닥에 마구 나뒹굴며 짓밟혔다.

할머니를 뒤따라 가려는 디아나를 대공이 붙들었다. 디아나가 일그러진 얼굴로 돌아보았다.

"아, 아빠, 할머니가……!"

"일단 진정해라, 디아나."

순식간에 난장판이 된 그 자리에서 리투아니아의 고요한 시선이 세니르를 향했다.

＊　　＊　　＊

장례식을 참석하기 위해 온 귀족들의 수는 중앙 홀을 거의 채울 만큼 상당했다. 그들이 모두 동시에 돌아가려 들자 대신전 주변이 단번에 혼잡해졌다.

신전 기사들은 디아나에게도 몇 가지 물어볼 점이 있다 나섰지만, 모두 노히바덴 대공 선에서 막혔다.

억지로 우긴다면 어찌 가능할지도 몰랐지만, 대공의 심기를 건드리는 건 신전 측에서도 부담스러운 일이었다.

디아나의 나이상 그 사건과 연루되기 힘든 것도 있었다. 결국, 신전은 디아나를 심문하는 걸 포기했다.

대공은 뒤처리를 위해 대신전에 남기로 하고 마차에는 디아나 홀로 올라탔다. 커튼을 드리운 마차 안이 어둑했다. 몸이 물에 젖은 솜처럼 늘어졌다. 이리 혼자 있으니 대신전에서의 일들이 마치 꿈처럼 느껴졌다.

신전 기사단에게 끌려가던 오발론 남작, 협조를 요청받던 할머니.

대륙법.

그녀는 아무것도 모를 거라는 대공의 주장과 달리 디아나는 곧장 무슨 일인지 알았다.

'하지만 대체 왜 지금?'

십몇 년이 넘게 묻혀 있던 일이었다. 그녀가 알아보고자 할 때는 찾아보기도 힘들 정도였는데…….

마차의 움직임을 따라 흔들리는 커튼을 멍하니 바라보던 디아나가 마차 벽을 두드렸다.

"아가씨, 무슨 일이십니까?"

"오흐리드 저택으로 가 주세요."

지치고, 피곤하고, 힘들었다. 눈물이 마른 눈가는 저릿했고 머릿속이 징징 울렸다.

노히바덴 문양의 마차가 오흐리드 저택 앞에 멈췄다. 대문을 지키는 병사들이 긴장한 얼굴을 했다. 마차 문이 열리고 내린, 생각지도 못한 사람의 모습에 병사들이 눈을 휘둥그레 떴다.

"아, 아가씨?"

디아나는 입을 열지 않고 다만 문을 열라는 듯 고갯짓했다. 당황한 얼굴을 했으면서도 병사들은 충실히 문을 열었다. 육중한 철문이 미끄러지듯 열리고 디아나가 안으로 휙 들어갔다.

본관까지는 한참을 걸어 들어가야 했다. 기사들이 마차를 타고 들어가시라 제안했으나 거절했다.

디아나는 익숙하게 길을 걸어갔다. 사람이 많은 서관과 반대 방향이었기에 주변은 조용했다. 정원은 달라진 점을 전혀 찾을 수 없었다. 느릿느릿 걸어간 디아나는 그녀가 매일같이 들어갔던 후원에 당도했다.

흰 돌로 만들어진 아치형 출입구 앞에서 디아나가 말했다.

"여기서부턴 혼자 갈게요."

"하지만……."

"혼자 있고 싶어요."

"……알겠습니다."

디아나는 후원 안으로 들어갔다. 숲처럼 조경된 정원은 그녀를 위해 할머니가 마련해 준 곳이었다.

아직 군데군데 녹지 않은 눈이 있는 북쪽과 달리 제도의 정원은 이미 푸르렀다. 이윽고 당도한 곳은 그녀가 매일 같이 하늘이와 쉬곤 했던 가제보였다.

누군가 방금 청소하기라도 한 듯 깨끗했다. 디아나는 평평한 마루에 털썩 드러누웠다.

그림자에서 나온 하늘이가 익숙하게 그녀 옆에 자리 잡았다. 따뜻한 온기가 그녀를 위로해 주었다. 천장의 조각을 멍하니 바라보다가 고개를 슬쩍 틀었다. 기둥과 나무 사이로 본관 건물이 보였다.

커튼이 드리운 커다란 테라스도 보였다. 대부인의 방이었다. 가끔 몸 상태가 좋으실 땐 저 창으로 그녀를 지켜보곤 했었다.

'정말로…… 정말로 대부인이 오발론 남작을 위해서…….'

피로가 짓눌린 머리가 굴러가지 못하고 자꾸만 멈추길 반복했다. 그때였다.

— 저벅저벅

고요한 후원에 누군가의 발소리가 들렸다. 한시도 혼자 있을 수가 없었다. 누구든 상대하고 싶지 않아, 그저 그녀를 무시하고 지나치길 바라며 눈을 감았다.

다가오던 소리가 그녀를 발견하기라도 했는지 멀찌감치서 멈춰 섰다.

"……."

한참 그리 서 있던 자가 이번엔 훨씬 기척을 죽이고 다가왔다. 한숨이 터지려는 걸 가까스로 막았다. 발치까지 다가온 자가 조심스럽게 그녀의 곁에 자리 잡았다. 성가시기 그지없었다.

잠들었다고 생각할지라도 이렇게 당당하게 곁에 다가올 이라면 호위 기사, 혹은 그녀가 저택에 온 걸 안 측근 하녀일 수도 있었다.

눈을 뜰까 고민하는 찰나 상대가 그녀의 손목을 살며시 잡아 왔다. 놀란 것도 잠시, 상대가 얼굴을 가리던 팔을 살짝 들어 치워 냈다.

이제라도 일어난 걸 알려야 하나 고민하는 찰나, 눈가에 조심스러운 손길이 닿았다. 거의 솜털만 건드리는 수준이었다.

눈가를 덧그리던 손이 멀어지는가 싶더니 손등으로 뺨을 살짝 쓸어내렸다. 무례하다고 여겨야 할 상황이었지만 그 손길에서 뿌리치기 어려운 애정이 느껴졌다.

'……누구지.'

궁금해졌지만, 또 눈을 떠 대화할 생각을 하니 귀찮아졌다. 그때 차가운 기운을 머금은 얇은 천이 눈가에 얹어졌다.

'아, 시원해.'

아마도 물에 적신 손수건.

예리한 송곳으로 찌르는 듯이 지끈거리던 두통이 조금씩 줄어들었다.

그러다 아주 짧게 정신을 놓았다. 눈을 번쩍 떴을 때, 눈가를 덮었던 손수건은 이미 흔적도 없었다.

디아나가 조금 가라앉은 눈가를 누르다 코앞에 보이는 상대를 보고 빠르게 눈을 깜빡거렸다.

"……세니르?"

어떻게 여기 있는 거지? 그 조심스러운 손길의 주인공이 세니르라니. 방금까지 느꼈던 의아함이 단번에 사라졌다.

"대신전에 남은 거 아니었어요?"

"좀 전에 돌아왔습니다."

디아나가 다급하게 물었다.

"할머니랑 할아버지는요?"

"아직 대신전에 계십니다."

디아나의 어깨가 축 처졌다.

"별…… 문제는 없겠죠?"

"글쎄요. 백작 부군께는 큰 문제 없을지 모르지만, 백작님은 연루 의혹을 피해 가시기 어려울 겁니다."

"그게 무슨…… 할머니도 연루되었다고요?"

디아나가 세니르의 팔을 와락 붙들었다. 세니르가 그를 붙잡은 디아나의 손을 물끄러미 응시했다.

"말씀 그대로입니다."

디아나의 입이 열리고 닫히길 반복했다. 그런 디아나를 향해 세니르가 무심하게 말했다.

"대공 각하께서 찾으실 테니 어서 돌아가시는 것이 좋을 듯싶군요."

"아직은 괜찮을 거예요."

대신전에서 상황을 파악하고 돌아오시겠다 하셨으니.

대공님보다는 일단 할머니가……. 이어 가던 사고가 싸늘한 목소리에 그대로 멈췄다.

"못 알아들으셨군요."

"……?"

"오흐리드 저택에서 어서 나가시라는 뜻입니다."

세니르가 그를 붙잡고 있던 디아나의 손목을 잡고 느릿하게 떼어 냈다. 목소리는 싸늘했으나 그의 손길은 그녀가 자는 척을 했을 때처럼 여전히 부드러웠다. 그게 더 혼란스러웠다.

"오발론 남작의 죄는 가벼운 게 아닙니다."

디아나의 눈동자가 자리를 잡지 못하고 이리저리 흔들렸다.

"인신매매와 인체 실험. 이 사건에 얽힌 현자도 가차 없이 파문된 후 처형되었고, 장소를 제공해 준 왕국은 망했지요."

그랬다. 테시오르가 건네준 내용으로 확인 가능한 것들이었다.

"그런데 오발론 남작만은 아무 죗값도 받지 않고 귀족으로 멀쩡하게 살아가고 있었지요. 이게 어떻게 가능했을거라 봅니까?"

"……."

"오흐리드는 범죄자 혹은 방조자의 소굴입니다."

묘하게 분노가 느껴지는 어투를 통해 애써 외면하고 싶던 사실이 눈앞에 들이밀어졌다.

그럴지도 모른다. 아니 확실히 그랬을 거라 생각했지만 차마 믿지 못했던 사실이었다.

"……노히바덴으로 가서 돌아오지 마십시오."

바로 앞에 있음에도 세니르가 먼 사람처럼 느껴졌다. 짐짓 단호하게 들리는 목소리였다.

"오흐리드는 가라앉는 배입니다."

"……."

"빨리 나가는 것이 아가씨께도 최선의 탈출입니다."

＊　　＊　　＊

황후가 씨근덕거리는 숨을 애써 죽이며 말했다.

"뭐가 잘못된 거겠지. 오발론 남작에게 여지껏 투자한 게 얼만데. 하필 지금……. 왜 하필 지금!"

"어머니, 진정하세요."

리투아니아가 달래듯 말했다. 황후가 버럭 목소리를 높였다.

"너는 평온하구나?! 네 오라비 앞길에 문제가 생길지도 모르는데!"

지그프리트의 황태자 책봉식이 거의 눈앞이었다.

"이런 일로 제 책봉식에 문제가 생길 수 있다고요?!"

내내 황후가 화내는 걸 무시하던 지그프리트가 끼어들었다.

"말도 안 돼! 그깟 일이 뭐라고!"

"물론 말이 안 되지요, 황자. 그런 일이 없도록 할 겁니다."

초조하게 의자 손잡이를 두들기던 황후가 문득 떠올렸다.

"설마 로베르트 그놈이 저지른 짓은 아니겠지?"

"아닐 거예요."

황후의 뾰족한 눈이 리투아니아를 향했다.

"뭐 아는 게 있느냐?"

"아니요. 그저, 정말 로베르트가 벌인 일이라면 대부인의 장례식에 참석했을 테니까요."

"하긴……."

로베르트가 꾸며 낸 짓이라면 장례식장에서 어떻게든 지그프리트와 오발론 남작을 엮으려 들었을 터였다.

"오발론 영애는 뭐라 말 없느냐? 네가 친했지 않으냐."

"모르겠어요. 며칠 전에 마지막으로 입궁한 뒤론 연락이 되질 않네요."

"대체 넌 제대로 하는 게 무엇이 있느냐? 네 오라비한테 도움이 안 돼!"

리투아니아가 송구스럽다는 얼굴로 고개를 숙였다.

"이번 일도! 미리 오발론 영애한테 전해 들으라고 그간 교류하게 둔 거……."

황후가 리투아니아를 향해 마구 짜증을 쏟아 냈다. 끝나지 않을 것 같던 잔소리는 지그프리트가 퉁명스레 뱉은 '어머니, 너무 시끄럽습니다.'라는 말에 곧장 끝났다.

때마침 신전에 보냈던 자에게서 소식이 왔다. 시종이 건네는 쪽지를 받은 황후가 눈을 부릅떴다. 이내 부들부들 떨리던 손이 쪽지를 집어 던졌다.

멀리 날아가지 못한 쪽지가 힘없이 지그프리트 발치에 떨어졌다. 지그프리트가 무심하게 물었다.

"뭐라 쓰여 있길래요?"

머리를 짚고 고개를 젓던 황후가 시종을 향해 다그쳤다.

"여기에 있는 내용, 확실한 것이냐? 정녕?!"

"어머니, 어머니!"

황후를 부르던 지그프리트가 혀를 차곤 리투아니아를 향해 짜증스레 손짓했다.

"야, 그냥 네가 읽어 봐."

리투아니아의 시선이 지그프리트 발 앞에 떨어진 쪽지를 향했다.

"뭐 해? 안 줍고."

리투아니아가 몸을 숙여 쪽지를 주워 읽자 지그프리트가 어서 설명하라는 듯 눈짓했다. 리투아니아가 눈을 내리깔고 쪽지를 읽어 내렸다.

"······오발론 남작을 고발한 사람은 오발론 영애라네요."

＊　　＊　　＊

연일 신문에서는 오발론 남작과 오흐리드 대부인, 오흐리드 백작에 관해서 떠들어 댔다. 실비아를 위시한 디아나의 지인들은 그녀가 노히바덴에 있어 다행이라고 위로했다.

대공님도 그녀는 신경 쓸 필요 없다고 달랬지만, 그 말은 전혀 위안되지 않았다. 초조함을 감추지 못하는 디아나 앞으로 발신인이 없는 편지 한 통이 도착했다.

"제인, 외출할 일이 생겼어요."

편지를 읽은 디아나가 말했다.

"갑자기요? 어디 가시려고요?"

그간 워낙 방 안에만 틀어박혀 있었기에 디아나의 말에 제인이 반색하며 답했다.

"조용히, 사람 눈에 안 띄게 외출하려고요."

"앗, 네! 그럼 호위 기사님들께 먼저 말 전하고 올게요."

디아나가 고개를 끄덕이자 제인이 후다닥 방 밖으로 나갔다.

＊　　＊　　＊

리투아니아는 디아나를 보며 눈을 휘둥그레떴다.

"남장이 잘 어울리는군요. 머리는 모자에 넣은, 음?"

디아나가 모자를 벗자 목덜미에서 뚝 잘린 머리칼이 나왔다. 리투아니아가 저도 모르게 높은 탄성을 내뱉었다.

"이런…… 제가 다 아깝네요. 그래도 잘 어울려요."

한층 가벼워진 머리칼을 흔들며 디아나가 자리에 앉았다.

"편지에 쓰셨던 내용에 관해서 이야기 듣고 싶은데요."

"급하시네요."

리투아니아가 매끄럽게 입꼬리를 올렸다.

"이해해요. 우리의 첫 만남이 그리 좋지 못했으니까요. 제가 감내해야 할 일이지요."

디아나는 헛웃음을 흘렸다. 그녀를 초대해 다른 영애들 앞에서 망신 주려 하고선, 마치 별것 아닌 일이었다는 듯한 태도였다.

"우습게 들리겠지만, 저는 영애께 별다른 감정은 없답니다."

리투아니아가 완벽한 자세로 찻잔을 들었다.

"제가 드리는 이야기를 통해 영애와의 관계를 개선할 수 있게 되었으면 좋겠군요."

"……먼저 들어보고 판단하죠."

"오발론 영애가 오발론 남작을 고발한 사실은 알고 계시겠죠."

어찌 모르겠는가. 자식이 아비를 고발한 충격적인 일에 온 사교계가 난리가 났다.

배은망덕하다고 오발론 영애를 욕하는 이들도 많았지만, 그보다 더 많은 이들은 오발론 남작이 얼마나 사악한 짓을 저질렀으면 하나뿐인 딸이 참지 못하고 그 사실을 신전에 고발했겠냐고 떠들어댔다.

그리고 그녀는 오발론 남작을 고발하며 그 일을 대부인과 오흐리드 백작이 덮어 주었다고 추가 증언을 했다. 물론 할머니는 부인했다. 증거도 카밀로의 증언 말고는 없다고 했다.

하지만 할머니와 달리 대부인이 연루되었다는 증거는 여기저기서 속속들이 나오고 있다 했다. 그러다 보니 당시 백작이었던 할머니도 쉽게 빠져나올 수 없었다. 정말로 몰랐을 리 없다 여겼기 때문이다.

쉬어 가듯 잠시 말을 멈추었던 리투아니아가 맑고 푸른 눈동자로 그녀를 직시했다.

"오발론 영애에게 오발론 남작의 잘못을 알린 이는 바로 세니르랍니다."

*　　　*　　　*

마차가 멈추는 느낌이 들자마자 벌컥 문을 열었다. 뛰어내리듯 마차에서 내린 디아나가 거대한 철문을 향해 달려갔다.

그 앞을 지키는 병사들은 문양 없는 마차가 멈춰 섰을 때부터 무기를 고쳐 잡고 경계를 늦추지 않고 있었다.

"신분을 밝히……."

디아나가 모자를 벗어 던지고 거칠게 안경을 뺐다.

"문 열어요."

그녀의 모습을 확인한 병사들이 눈을 휘둥그레 떴다. 디아나의 머릿속에 리투아니아와 나눈 대화가 끝없이 반복됐다.

「대체 무슨…… 이득이 있다고요?」

「당연히 오흐리드를 가지기 위해서가 아니겠어요?」

이야기를 들어 봐야 했다. 세니르가, 세니르가 그럴 리 없었다. 그리고 ―

「오흐리드는 가라앉는 배입니다.」

오흐리드가 목적이었다면 왜 오흐리드를 침몰하는 배라고 표현하나? 황금 알을 낳는 거위를 가지자고 거위를 찔러 죽이는 행위를 하고 있었다.

'뭔가 다른 목적이 있어.'

오흐리드를 가지고자 꾸몄다고 여기기엔 너무나 파괴적이었다. 그때 문을 열지 않고 이상하게 머뭇거리던 병사가 조심스럽게 말했다.

"죄송합니다. 도련님께서 아가씨를 들이지 말라 하셨습니다."

"……들이지 말라고요?"

그녀를 호위하던 노히바덴 기사들도 당혹스러운 얼굴을 했다. 그리고 보니 병사가 저번과 다른 얼굴이었다. 그저 교대했다고 생각해도 되지만, 왠지 느낌이 싸했다.

불길한 생각을 떨쳐내며 디아나가 낮게 말했다.

"아뇨, 전 들어가 봐야겠어요. 그 정도 정당성은 저에게 있지 않나요?"

"죄송하지만, 무력을 행사해서라도 막으라 지시하셨습니다."

디아나가 기막힌 얼굴을 했다. 그리고 뒤에서 호위가 흉흉한 목소리로 외쳤다.

"네놈들이 드디어 미쳤구나? 지금 누구한테 감히!"

"죄송합니다. 저희도 그럴 일이 없기를 바랍니다."

죄책감 가득한 얼굴이지만, 물러날 생각은 없어 보였다.

"뭐 이딴 새끼들이 다 있어? 아가씨! 저희가 처리할 테니 들어가십시오!"

펄펄 날뛰던 호위가 검을 뽑아 들었다.

―스릉, 챙, 챙.

충분히 훈련된 경비병들이긴 했지만 일반 병사가 노히바덴의 기사를 상대할 수 있을 리가 없었다. 병사들의 안색이 거무죽죽하게 변했다. 거칠어지는 숨을 가까스로 진정시키며 머리를 굴렸다.

'어떡할까.'

하늘이와 실라를 이용한다면 여기를 뚫고 지나가는 건 일도 아니었다. 그때였다. 철문 안쪽에서 익숙한 인영이 보였다. 디아나가 얕게 인상을 찡그리고 입을 열었다.

"미셸?"

"오랜만입니다, 아가씨."

미셸이 공손하게 인사했다. 1년 반 만에 보는 미셸은 별로 달라진 점은 없었다. 미셸이 그녀의 짧아진 머리칼에 시선을 두고 약간 당황하는 듯했으나 금세 표정을 관리하고 철창 너머로 물었다.

"어쩐 일로 오셨습니까."

"……세니르를 봐야겠어요."

"도련님은 지금 출타 중이십니다. 후에 돌아오시면 연락드리겠습니다."

"……."

디아나의 얼굴이 당혹에 일그러졌다. 그녀를 살뜰하게 살피던 미셸마저 저리 말하다니.

"아가씨, 봐줄 것 없습니다. 그냥……."

디아나가 소리치는 기사에게 손을 뻗어 막았다.

"미셸까지 그리 말하니 오늘은 그만 돌아가 보죠. 하지만 일단 온 김에 다른 이들, 안나, 데이지는 잘 지내는지 얼굴이라도 보고 가야겠어요."

"모두 집으로 돌아갔습니다."

"모두 돌아갔다고요?"

이런 상황에 한꺼번에 휴가라니 말도 안 되는…….

생각하던 디아나가 얼굴에서 점차 표정이 사라졌다.

"……해고된 거군요."

창백하게 질린 디아나의 눈가가 분노로 점차 붉어졌다. 그때 저택 안쪽에서 실라가 날아와 펜던트 안으로 들어갔다. 가슴팍을 움켜쥔 디아나가 한발 물러섰다. 오흐리드의 병사들이 저도 모르게 안도의 숨을 내쉬었다.

"알겠어요."

디아나가 철창 너머 본관 방향을 보았다.

"오늘은 이만 돌아가죠."

"아가씨!"

노히바덴의 호위 기사들이 오히려 억울하다는 듯 소리쳤다. 디아나가 괜찮다며 그들을 다독이고 다시 미셸을 돌아보았다.

"전해 줘요. 저택에 있는 걸 알고 있지만, 오늘은 그냥 돌아가 주는 거라고."

미셸이 움찔 놀라더니 뭐라 말할 것처럼 입술을 달싹였다. 그러나 이내 공손히 고개 숙였다.

"하지만 다음에는 못 피할 거라고도요."

"……전하겠습니다."

＊　　＊　　＊

지그프리트의 황태자 즉위식 날짜가 공표됐다. 오발론 남작과 관련된 불온한 소문을 불식시키기 위해 다소 급하게 정해진 느낌이 컸다.

그리고 이를 반대하고 나서야 할 로베르트는 제도에 없는 것 또한 영향을 미쳤다.

로베르트는 게이나스 후작이 귀족원 의장이 된 후 에스텔, 에스테반과 함께 로펜 공작령으로 내려가 두문불출하고 있었다.

지그프리트의 황태자 즉위식 이야기에도 제도에 올라오지 않는 것을 보고 많은 이들은 로베르트가 황위 다툼에서 결국 패배한 것이 아니냐고 수군거렸다.

혹시 지그프리트가 황태자가 되면 제도에 피바람이 부는 것이 아닌가 걱정하는 분위기였다. 그리고 황태자 즉위식 날까지 잡게 된 지그프리트는 이제 정말로 자기 세상이라는 듯이 날뛰었다.

"올본 왕국에서 군사 지원 요청이 왔습니다."

"올본?"

지그프리트의 부관이 재빠르게 설명했다.

"왕조가 아직 2대밖에 되질 않은 신생 왕국으로 마드라온의 서남부에 있습니다."

남부는 끊임없이 왕국이 세워지고 왕조가 바뀌길 반복했다. 마드라온은 그나마 남부 왕국치고는 꽤 오래 왕조를 유지하는 곳으로 하임바르덴과 국경을 맞대고 있었다.

"거기가 뭐라고 우리에게 군사 지원을 요청해? 남부에서 싸움 일어나는 게 하루 이틀도 아니잖아?"

"왕국끼리의 전쟁이 아니라, 마물이 올본 왕국을 침략해 왔다고 합니다."

"뭐? 마물?"

"예."

혹한의 계절에 버티기 위해 주기적으로 인간을 습격하는 북부의 마물과 달리 남부의 마물들은 정글 깊숙한 곳에서 모습을 드러내지 않는 편이었다.

그리고 인구가 늘어감에 따라, 피해를 감수해 가면서도 꾸준히 정글을 개간해 왔기에 남부의 마물은 그 수와 세력도 많이 줄어들어 있었다.

그런 놈들이 세를 갖춰 왕국을 침공하다니? 이례적인 일이었다.

마물의 침략에 깜짝 놀란 올본 왕국은 가까스로 방어하며 주변 국들에 도움을 요청해 온 것이다. 그리고 모든 설명을 들은 지그프리트가 말했다.

"그래서?"

"……."

"굳이 도와줄 필요 있나?"

"……."

회의실의 관료들이 서로 눈치만 보았다. 지그프리트의 반응이 자세히 살피지 않더라도 도와주지 않길 바라는 모습이었기 때문이다.

곧 황태자 즉위식이 예정된, 다음 황제로 유력한 황자의 심기를 아무도 거스르려 들지 않았다. 그런 자들은 이미 이 회의에서 배제되기도 했다. 대표적으로 노히바덴 대공이 있었다.

"좋아. 없는가 보군."

"하하. 올본과 제국 사이에는 마드라온이 있으니, 지그프리트 저하 말씀대로 굳이 지원할 필요는 없어 보입니다."

지그프리트가 만족스럽게 고개를 끄덕였다.

"남부 소국 따위에게 쓸데없이 관심 두지 말고 내 즉위식 안전이나 신경 쓰도록."

"물론입니다, 저하. 당연히 저하의 즉위식이 더 중요하지요."

지그프리트 측 관료가 발이라도 핥을 듯이 알랑거렸다. 회의의 주제는 갑자기 황태자 즉위식으로 넘어갔다. 그리고 잠시 후 쓸데없는 이야기만 늘어놓던 지그프리트가 자리를 떠났다.

"마물의 경우 주변국에서 협조하는 것이 보통인데……. 이를 어쩌면 좋소."

"시기가 시기다 보니 지그프리트 저하께서 사리려 드는 것이 그렇게 앞뒤 없는 판단은 아니긴 하지."

피로 짙은 얼굴의 관료가 한숨을 쉬며 답했다. 그는 처음부터 이렇게 결론 날 거라 예상했기에 실망도 하지 않았다. 황제는 이번 일을 지그프리트에게 모두 일임했다. 폐하께 말씀드리는 건 소용없었다.

"저는 이만 퇴청하도록 하지요."

관료는 그대로 노히바덴 대공저로 향했다. 그 관료는 회의에서 들은 모든 것을 대공에게 보고했다. 이야기를 모두 들은 대공의 낯은 무표정해 그 속을 알 수 없었다. 관료가 바짝 긴장하고 있을 때 대공이 입을 열었다.

"그래, 한번 살펴보지."

관료는 속으로 안도의 숨을 내쉬었다. 대공이 지그프리트와 같은 소인배는 아니라는 것이 제국의 희망이었다. 관료가 개인적으로 정리한 자료들을 조심스럽게 내밀었다.

처음부터 회의가 그렇게 끝날 걸 예상해 홀로 정리한 자료들이었다. 관료가 자료를 읽어 내려가는 대공의 낯을 흘끔거렸다. 하나 원체 무표정한 인사라, 무슨 생각을 하는지 알 수 없었다.

그저 기다리며 그사이 비워 낸 찻잔만 초조하게 만지작거릴 수밖에 없었다. 자료를 내려놓은 대공이 종을 흔들었다.

관료는 상황을 알지 못해 눈만 데굴데굴 굴렸다. 문을 열고 온 집사가 물었다.

"부르셨습니까."

"기사들을 모두 모이라고 해라."

"알겠습니다."

집사가 나가고 눈치를 보던 관료가 마른침을 삼키고 물었다.

"가, 각하. 무슨 문제라도 있습니까?"

"여기 이 마물."

대공이 자료 속에 마물이 묘사된 글귀를 가리켰다.

"저번 서부 토벌에서 도주한 녀석이다."

*　　*　　*

문제없을 거라는 지그프리트의 판단과 달리 남부의 상황은 점차 심각해지기만 했다.

"아바마마, 하지만……."

"하지마안? 상태가 이 지경이 됐는데도 변명이 나오느냐!"

황제의 노성에 지그프리트가 불퉁한 얼굴로 입을 다물었다. 가장 먼저 공격당한 올본은 주변 국가들의 지원이 결정되기도 전에 무너졌다.

마드라온이 황급히 방어선을 만들어 집결시키며 제국에게 다시 한 번 군사 지원을 요청했다. 다급히 돌아가는 상황에 직접 확인하고자 따로 보고를 받은 황제는 지그프리트의 일 처리에 경악했다.

올본에 군사 지원을 하지 않은 건 넘어가더라도, 마드라온에까지 마물이 공격하고 있음에도 전혀 대비하고 있지 않았다.

그러나 지그프리트는 고작 이런 일로 날뛰는 아버지를 이해할 수 없었다. 그저 이 상황이 짜증스러웠다. 그 적나라한 표정을 황제가 모를 리 없었다.

"아직도 제가 뭘 잘못했는지 모르지! 이따위로 행동하며 황태자가 될 생각을 해?!"

"……죄송합니다."

그제야 어쩔 수 없다는 듯 지그프리트가 사죄의 말을 읊었다. 지그프리트를 노려보던 황제가 이를 악문 채 말했다.

"마드라온에 군사 지원을 할 것이다. 제국군과 서부군 일부를 편제하여 내려보낼 거다."

"예."

"너를 총지휘관으로 보낼 테니 거기선 쓸데없이 나서지 말고 입 다물고 가만히, 가만히만 있거라."

지그프리트가 믿기지 않는다는 듯 눈살을 찌푸렸다.

"예? 저보고 마물과 싸우라고요?"

찌푸린 눈동자에는 미약한 두려움도 찾아볼 수 있었다. 그 한심한 모습에 황제가 답답하다는 듯 소리쳤다.

"누가 너보고 전투하라는 줄 아느냐?! 가서 자리만 지키고 있으란 소리다! 네 검술 실력으로 뭘 하겠다고!"

"……."

"제발, 어? 로베르트의 반이라도 따라가 보거라!"

지그프리트의 얼굴이 왈칵 일그러졌다. 로베르트와 지그프리트는 늘 비교되었고, 로베르트는 항상 지그프리트보다 좋은 평가를 받았다.

검술 실력 또한 마찬가지였다. 지그프리트가 분노로 부들부들 떠는 주먹을 말아 쥐었다.

그때 문이 열리며 머리가 희끗희끗한 노인이 황제의 곁으로 다가왔다.

"고정하시옵소서, 폐하."

"······시종장."

황제가 등받이에 몸을 기대며 머리를 짚었다.

"벌써 다 모였는가?"

"예. 방금 대신들이 모두 모였다 연락이 왔습니다. 슬슬 회의실로 드시면 좋을 듯싶습니다."

"후우······."

깊게 한숨을 쉰 황제가 손잡이를 꽉 부여잡았다가 느리게 일어났다.

"로베르트는?"

로베르트를 찾는 황제가 마음에 들지 않는 지그프리트가 눈가를 씰룩거렸다.

"오시지 않았습니다."

"뭐라?"

"연락을 받기로는 로펜 공작령에 계속 머물고 계신 듯싶습니다."

"내 저번에 올라오라 명했는데 아직도?"

"죄송합니다. 소인의 불찰입니다."

시종장이 묵묵히 고개를 조아렸다.

"아닐세. 로베르트 그놈이 말을 안 듣는 걸 그대가 어찌하겠소."

황제가 고개를 내저었다.

"속이 많이 상했나 보군. 쯧, 황자가 되어 이런 상황에 속이 그리 좁아."

지그프리트가 황태자 즉위식을 한다는 소문을 못 들었을 리가 없었다. 아마 항의의 뜻으로 로펜 공작령에 틀어박힌 것일 터였다.

황제가 전 황후를 내치고 지그프리트를 후계로 내정한 것과는 다르게 그는 그래도 자신의 다른 아들인 로베르트를 어느 정도 아꼈다.

이제는 둘밖에 없는 아들이기도 했으니 더 신경 썼다. 에스테반이 물론 생명을 건졌으나, 에스텔이 지극정성으로 간호하며 희망을 품는 것과 다르게 황제는 이미 에스테반을 마음속에서 버렸다.

깨어나 봤자 불구라지 않나.

황자가 장애라니!

그런 장애를 가지고 살아날 바에는 차라리 이대로 깨어나지 않고 죽는 것이 낫다는 것이 황제의 생각이었다.

로베르트를 아낀다 생각하는 것 또한, 에스테반이 그리되고 로베르트가 지그프리트의 앞날에 거슬리지 않는 선이 되자 적선하는 듯 보이는 관심이었다.

"일단 마음이 풀어지도록 두고, 지그프리트 즉위식 때만큼은 무슨 일이 있어도 오도록 하라 전하게."

"알겠습니다."

"그리고 너는 따라오거라."

황제가 지그프리트와 함께 대신들이 모인 회의실로 향했다. 아니나 다를까 이번 회의에서는 지그프리트의 판단을 물어뜯기 바빴다.

"……지그프리트 저하께서 책임을 지셔야 하지 않겠습니까."

많은 수의 귀족과 관료들이 고개를 끄덕였다. 로베르트가 없다고 하지만, 이런 대회의에는 아직도 로베르트 파벌의 귀족들이 남아 있었다. 게이나스 후작이 수염을 쓸어내리더니 헛기침을 하며 시선을 주목시켰다.

"올본 왕국이 이리 빠르게 무너질 줄 누가 예상했겠소. 그리고 마물이 제국에 닿기 전엔 마드라온 왕국이 있소."

"맞소. 이제라도 마드라온 왕국을 지원하면 되는걸."

"그렇다 하더라도 총지휘관으로 지그프리트 저하라니요?"

"올본의 일을 책임지기 위해 지그프리트 저하가 직접 나서시는 거지요."

"아니, 총지휘관을 맡는 것이 무슨 책임입니까. 정녕 책임을 지고 싶으시다면 지휘관을 다른 이에게 임명하고 지그프리트 저하는 한동안 자중하셔야 하지요."

"맞습니다. 지그프리트 저하께 총지휘관은 말도 안 됩니다. 감당하실 수 없으실 겁니다."

명백한 무시에 지그프리트 얼굴이 붉으락푸르락하게 변했다.

"그게 무슨 망발이오? 감당할 수가 없다니!"

지그프리트가 버럭 소리치자 상대는 수그러들기보다 오히려 옳다구나 하며 되받아쳤다.

"그렇다면 저하, 군 지휘 경험도 없으신 저하께서 무얼 하실 수 있으시단 말입니까?"

"뭐라?"

"조용! 조용!"

내내 지켜보고 있던 황제가 나섰다. 지그프리트를 보는 시선에 한심함이 잠시 서렸지만, 일단 억누른 황제가 말했다.

"지그프리트가 벌인 일이니 그가 수습할 기회를 주어야지."

"하지만 폐하!"

귀족의 외침을 손을 들어 막은 황제가 근엄하게 지그프리트를 보았다.

"지그프리트, 잘할 수 있겠느냐."

"맡겨만 주십시오."

황제의 뜻은 처음부터 결정되어 있었고, 로베르트가 회의에 참석하지 않은 이상 반대할 힘도 부족했다. 결국, 예상한 바와 같이 흘러가는 상황에 로베르트 파벌의 귀족들이 떫은 표정을 지으며 물러났다.

그때 회의실 문이 갑자기 벌컥 열리며 누군가 뛰어 들어왔다. 지그프리트가 버럭 소리쳤다.

"폐하가 계신 앞에서 대체 무슨 소란인가?"

뛰어 들어온 이는 이런 자리에 절대 들어올 수 없는 일반 병사였다. 병사는 몇 날 며칠을 달린 것처럼 먼지를 잔뜩 뒤집어쓴 추레한 모습이었다. 이내 병사가 비통하게 보고했다.

"마드라온 왕국의 수도가 마물에게 점령당했습니다."

쥐 죽은 듯 고요해진 회의실 안의 시선이 지그프리트와 황제를 향했다.

*   *   *

결국, 가장 염려하던 일이 벌어졌다. 마물과 국경을 마주하게 된 제국은 충격에 빠졌다.

몇 해 전 무너졌다고는 하나 성벽을 쌓아 대비하던 서부와 아무 준비 없이 치고 올라오는 마물을 마주하게 된 남부의 사정은 전혀 달랐다.

총지휘관으로 마드라온에 가겠다 당당히 주장하던 지그프리트는 화들짝 놀라 황궁에 틀어박혔고, 황태자 즉위식 또한 무기한으로 연기되었다.

"말도 안 돼요!"

소식을 전해 들은 디아나가 소리쳤다. 대공의 팔을 잡아 쥔 디아나가 고개를 저었다.

"왜 아빠가 사령관이 된 건데요!"

대공이 나서서 해결할 이유가 전혀 없는 일이었다. 대공도 디아나의 반응을 이해했다.

"전에 드라고니트 설명할 때 들었지. 영악한 계책을 썼다고."

헤르만이 등급 높은 마석을 받아가며 지나가듯 이야기했다. 그리고 선물로 받은 말을 길들이기 위해 호숫가를 돌며 뒷이야기도 마저 들었다.

"네. 그, 드라고니트가 머리를 쓴 게 아니고 다른 마물이 있었다면서요."

드라고니트를 뒤에서 조종하는 마물이 있었다. 그 마물은 드라고니트가 죽자 기사단의 포위를 뚫고 도주에 성공했다.

도망친 마물을 잡기 위해 남부 왕국에 기사단을 들어갈 수 있게 해달라 요구했지만, 남부 왕국에서는 거절했다. 그리고 대공의 요구를 거절한 왕국은 이제 사라졌다. 그 마물에게.

"그놈이 다시 나타났다."

디아나가 놀란 얼굴을 했다. 대공이 그를 붙잡은 디아나의 손등을 자신의 손으로 덮었다.

"마무리를 짓고 싶구나."

"……."

"내가 하게 해 주렴."

입술을 깨문 디아나의 고개가 점차 숙여졌다. 대공을 잡고 있던 손에서 힘이 빠지고, 떨어지려는 손을 대공이 붙들었다.

"디아나."

"……."

"디아나. 얼굴을 들어 보거라."

"……저번보다 더 위험한 거 아니에요?"

디아나가 시선을 비스듬히 비켜 내린 채 말했다.

"상황이 그리 나쁘지는 않다. 아니 오히려 저번보단 좋지. 서부군도 모두 온전하게 내게 지휘권을 넘겼다."

대공이 디아나를 안심시키듯 말했다.

"이대로라면 반역도 가능하지."

난데없는 소리에 디아나가 헛숨을 들이켰다. 대공이 어울리지 않게 장난스럽게 말했다.

"황녀가 되고 싶으냐?"

디아나의 얼굴이 왈칵 일그러졌다.

"황녀는 무슨……."

노히바덴 대공가와 오흐리드 백작가 둘 사이에 있는 것만으로도 피곤했다. 디아나가 헛소리 말라는 듯 부릅뜨고 대공을 보았다.

"이번이 정말 마지막이에요."

"그래."

커다란 눈동자에 눈물을 그렁그렁 매단 디아나가 주먹을 꼭 쥐고 말했다.

"또 이럴 거면 차라리 정말 반역이라도 저지르세요."

"……."

"전 진심이에요."

"……알았다.

황족을 향한 조금의 험한 말에도 지적하고 나서던 디아나였다. 딸의 변한 모습에 왠지 모를 죄책감이 들었다.

*　　*　　*

대공이 총사령관이 되어 남부로 향한다는 소식에 제국인들은 안도했다. 서부 마물 침략 때 대공의 활약상을 아직도 많은 이들이 기억했다. 그만큼 제국인들이 노히바덴 대공의 무력만큼은 믿는다는 의미였다.

또한, 노히바덴 대공이 미리 기사단을 남부로 내려보낸 판단도 주효했다. 서부군을 새로이 편제해 남부로 내려보낼 때까지 두어 차례 소요가 있긴 했으나 노히바덴 기사단을 중심으로 큰 피해 없이 천천히 물러날 수 있었던 것이다.

물론 그 와중에 남부의 영지 셋이 불에 타는 건 어쩔 수 없었다. 남부에 영지를 둔 귀족들은 자신의 영지에까지 화마가 미칠까 초조하게 발을 굴렀으나, 이후 대공과 서부군이 나서자마자 곧장 두 영지를 회복하는 것을 보고 안도했다.

하지만 그럼에도 상황은 예상치 못한 기묘한 수렁 속으로 빠져 들어 갔다.

"인간이라고 생각하고 상대해야 합니다."

"올본과 마드라온이 무너진 것 또한 마물이라 무시해서인 걸 상기해야 합니다."

"하지만, 마물을 지배하는 데도 드라고니트의 피어에 의지했던 녀석인데 이번엔 어떻게 마물을 통솔할 수 있게 된 거지?"

심지어 모인 마물들은 남부 마물뿐만이 아니었다. 사라진 북부의 마물 상당수도 이곳에 있었다.

서부의 성벽을 피해 빙 둘러 남부로 내려온 마물이라니. 이상하게 적었던 마물의 수에 대한 의문을 이곳에서 풀게 될 줄 대공도 예상치 못했다.

인간이나 생각할 법한 수를 마물이 쓰다니, 올본과 마드라온이 손쓸 틈없이 무너진 데엔 이유가 있었다.

"그건……."

"이 마물은 북부에 많은 마물이라 노히바덴 기사단이……."

"서부군은 언제 이리로……."

서부군이 하나, 둘 당도하고 막사 안의 회의는 끝나지 않고 계속됐다. 지도를 두고 대공과 기사들이 한 참 고심하고 있을 때, 다급한 발소리가 가까워졌다.

문 앞에서 신원을 확인하는 한차례 소란이 벌어지고 병사가 막사 안으로 들어왔다. 기사가 긴장한 기색으로 물었다.

"마물이 움직였는가?"

대공의 시선이 병사의 표식을 향했다. 대공의 안색이 굳었다.

"동부에서 온 자다."

"동부요?"

동부는 이번 전쟁에서 영향이 거의 미치지 않은 곳이었다. 마물이 침략해 오는 곳은 남부와 넓게 보면 서부 끄트머리에 걸쳐 있었다.

이를 위해 북부에서는 노히바덴 대공과 기사단의 지원이, 중부는 황제의 제국군이 지원했으나 동부는 달랐다.

동부의 귀족들의 사병을 보내거나 식량 지원을 하라는 황제의 명을 차일피일 미루며 마치 다른 나라의 전쟁 보듯 선을 긋고 있었다.

"예. 허억, 동부, 동부에서……."

숨을 가쁘게 들이쉰 전령이 소리쳤다.

"로베르트 하임바르덴이 반역을 일으켰습니다!"

＊　　＊　　＊

제국군의 대다수가 남부를 향한 이 시점에서 로베르트의 반역은 치명적이었다. 로펜 공작령은 동부에 기반을 두고 있었고, 로베르트의 지지자들도 대다수가 동부의 귀족들이었다. 황제의 징발을 미루던 동부의 세력은 그 위세가 자못 거셌다.

마물과 로베르트의 반역군, 이 둘을 한 번에 상대할 군사력은 없었다. 한쪽을 선택해야 하는 것이 뻔히 보였다.

그리고 얼마 뒤, 지그프리트가 황제의 전언을 들고 노히바덴 대공의 막사로 들어섰다.

"이 시점 이후로 서부군 지휘권을 내가 인계받기로 했네."

대공이 마치 벌써부터 승리한 듯한 웃음을 짓고 있는 지그프리트를 무표정하게 보았다.

"서부군 전부를 말씀하십니까."

"그렇네. 전부 나에게 지휘권이 있네."

남부군 지휘자가 눈을 부릅뜨며 벌떡 일어났다.

"말도 안 됩니다!"

"그럼 반역을 두고 봐야 하겠는가?"

"하지만…… 서부군을 빼 가시면 남부는 어쩌란 말씀이십니까!"

"반역 도당을 처리하는 게 더 시급하지 않겠소?"

지그프리트가 심드렁히 말했다.

"남부는 뭐, 노히바덴 기사단과 남부군이 힘써 주리라 믿소. 아바마마께서도 많은 걸 바라진 않으시더군. 그저 방어선을 지키는 정도만 하면 된다 하셨소."

서부와 달리 제대로 된 성채도 없는 남부였다. 방어선도 말만 방어선이었지, 그저 전투하기 조금 편한 구릉을 따라 군사를 펼쳐 놓은 정도에 불과했다.

서부군이 빠져나간다면 절대 유지할 수 없었다. 그걸 뻔히 알면서도 방어선만 지키라는 소리는 목숨을 던져 가며 막으란 소리나 다름없었다.

"유명세만큼 출중하시다면 충분히 막을 수 있지 않겠소."

지그프리트의 빈정거림에 노히바덴 기사들이 분기탱천한 낯을 했다.

"흥."

황궁에서 그간 자존심에 큰 타격을 받은 지그프리트였다. 마물이라는 것에 덮어 놓고 두려워하던 시기가 지나자 주변에서 수군거리는 소리들이 들렸다.

마물이란 소리에 꽁지 말고 도망친 패배자라고 그를 이야기했다. 이대로라면 전쟁이 끝나더라도 가뜩이나 연기된 황태자 즉위식에 문제가 있을 터였다.

그런 와중 로베르트의 반란은 오히려 호재였다. 서부군만 내어받을 수 있다면 반란을 단숨에 진압하고 공을 인정받을 수 있다. 그렇게 되면 황태자 자리는 정말로 그의 손에 확실하게 들어올 터였다.

그러려면 대공이 마물을 성공적으로 막아서는 안 됐다.

'그렇게 놔둘 수 없지.'

지그프리트가 눈엣가시 같은 대공을 노려보았다.

― 흠칫

그러나 대공의 서늘한 눈과 마주치자마자 오금이 저리는 느낌에 저도 모르게 시선을 피하고 말았다.

'빌어먹을!'

대공은 태연하게 지그프리트를 뒤따른 부관에게 황제의 전언을 전달 받고 말했다.

"잠시 기다리시지요."

황제의 전언을 읽은 대공이 새 종이와 펜을 들고 빠르게 글귀를 적어 내려갔다. 탁자 한쪽에 놓인 직인을 찍고는 직인까지 그대로 내어 주었다.

"여기 가져가십시오."

처음 지그프리트가 들어왔을 때부터 지금까지 흔들리는 모습 한 번이 없었다. 일부로 자극하는 말도 전혀 소용없었다. 그 모습이 지그프리트의 자존심을 더욱 자극했다.

이를 뿌득뿌득 갈던 지그프리트가 건네는 직인을 뺏듯이 들고 쿵쾅거리며 막사를 나갔다.

"각하!"

"각하! 저, 정말로 서부군이 전부 저 지그프리트 저하를 따라가는 겁니까?"

"사실이더군. 폐하의 직인이 찍혀있었다."

남부군 지휘관이 하늘이 무너지는 얼굴을 했다.

"하지만……!"

"폐하의 판단이 그리하시다면 어쩔 수 없지. 토플릭 장군, 나가 보게."

지그프리트를 따라가라는 소리였다.

"정말 괜찮겠습니까?"

"어차피 여기서 실랑이해 보았자 소용없을 것이 뻔하지 않은가."

"그건……."

"그대들을 며칠 혹은 몇 주 더 붙들어 놓을 수는 있겠지. 하지만 결국 가야 할 걸세."

황궁에서 결정된 사안이었다.

"그럴 바엔 차라리 반역 도당을 빠르게 처리하고 되돌아오는 것이 나을 걸세."

"허……하지만 서부군이 빠지면 방어선 유지는 절대 불가능합니다."

"알고 있네."

토플릭 장군이 걱정스럽게 대공을 보았다. 대공이 태연하게 답했다.

"내가 그 말을 들어야 할 이유는 없지."

토플릭 장군이 저도 모르게 입을 쩍 벌렸다.

"가, 각하?"

"노히바덴 기사단이 남부에서 무고한 피를 흘릴 이유가 없다."

대공이 남부군 지휘관과 노히바덴 기사단장을 향해 말했다.

"우리는 민간인들을 피난시키며 천천히 퇴각한다."

화들짝 놀란 남부군 지휘관이 말했다.

"하지만 그럼 남부 영주들이……."

"내가 왜 남부 귀족들 눈치를 봐야 하지?"

"……."

"내가 남부 귀족을 구하러 온 줄 아나?"

대공의 서늘한 시선에 남부군 지휘관은 입을 꾹 다물었다.

"불만 있다면 여기 직접 와 따지라고 해. 제도에 숨어 있지 말고."

"……."

절대 아무도 따지러 오지 못할 터였다. 마물이 쳐들어왔다는 소리를 들었을 때 이미 한달음에 제도로 도망간 자들이 태반이었다.

그런 자들이 항의하러 남부까지 내려오고, 대공 앞에서 목소리를 높인다? 절대 그럴 수 없을 터였다. 대공이 토플릭 장군에게 시선을 두고 말했다.

"황궁 기사단에 지그프리트에게 내어 준 서부군을 합치면 로베르트가 긁어모은 군세에 두 배는 족히 넘고도 남네."

동부는 역사적으로 동대륙과의 무역을 지키는 해군이 강세였고, 해군은 내전엔 큰 도움이 되지 못했다.

치명적인 시기에 도박을 건 것은 맞다. 만약 황제가 군을 반으로 나누려 들었다면 동부와 세력이 비등할 터였다.

일반적으로도 그렇게 선택할 확률이 높았다. 다만, 현 황제는 즉위했을 때부터 현군은 아니었다. 황제는 남부를 버린다는 판단을 하면서도 동부의 반역자들을 먼저 처단하는 걸 선택했다.

물론 그 선택은 노히바덴 대공이 남부에서 최대한 버티고 있다는 전제하였다. 정작 대공은 들어 줄 생각이 없었지만.

"최대한 군세를 유지하여 빠르게 전투를 치르고 돌아오는 것이 남부를 구하는 방법이네."

"……."

"그러니 신경 쓰지 말고 가게. 토플릭 장군."

"……알겠습니다."

서부군을 이끌던 토플릭 장군이 휘하 기사들과 함께 막사를 나갔다.

*　　　*　　　*

대공은 황제의 명을 무시하고 그대로 방어선을 포기했다. 황제와 남부에 영지를 둔 귀족들은 마치 뭍에 나온 물고기처럼 발작하며 하루가 멀다 하고 사람을 보냈다. 그러나 대공은 이를 깡그리 무시하고 민간인들만을 데리고 점진적으로 후퇴했다.

발등에 불이 떨어진 남부 귀족들이 황급히 용병들을 고용하여 지원군을 보냈다. 하지만 그 병력으로는 후퇴의 속도를 느리게 만들었을 뿐 다시 방어선을 만들기에는 턱없이 부족했다.

남부 귀족들이 서둘러 북부와 서부의 귀족들에게 지원을 요청했으나, 원하는 답을 얻을 순 없었다.

서부는 이미 한차례 남부를 위해 군력을 동원한 것만으로도 불만이 많았다. 저번 서부에 마물이 침략했을 때 남부가 뒷짐 지고 손을 놓고 있던 일에 앙금이 남았기 때문이다.

북부는 늘 마물을 견제해야 했기에 기본 군사력이 있었고, 이번 동부의 반란에도 아무런 연관이 없어 어떤 손실도 없었다.

심지어 남부에 파견된 것은 노히바덴 기사단뿐이었기에, 다른 북부 귀족들이 가진 병력은 그대로였다.

그러나 늘 가난한 귀족이라는 비웃음을 받으며 무시당하기 일쑤였던 북부 귀족들이 남부 귀족들의 요청을 들어줄 리 없었다.

원래라면 황제가 이를 조율해야 했다. 그러나 귀족들의 분란을 본인의 이익을 위해 조장하고, 자식들의 황위 다툼도 제대로 막지 못하고 방기하던 현 황제에게는 이미 그럴 능력이 없었다.

그리고 얼마 후, 대군을 이끌고 동부로 떠난 지그프리트 측에서 소식이 날아왔다. 대패였다.

퉁퉁 부은 얼굴의 황후가 시녀의 부축을 받으며 계단을 내려왔다. 비틀비틀 힘겹게 내려온 황후가 흰 천을 씌워 놓은 관 앞으로 다가갔다. 바로 앞까지 간 황후가 순간 관 위로 엎어지듯 쓰러졌다.

"황후 전하!"

놀란 시녀들의 외침을 뒤로하고 황후가 천을 와락 움켜쥔 후 온몸으로 걷어 냈다. 말리려던 시녀들이 황후의 몸짓에 밀려났다.

기사들이 황후의 몸에 손을 대도 되는지 고민하는 찰나, 황후가 관의 뚜껑을 열었다. 관의 주인은 마법 처리가 되어 사망한 당시의 모습 그대로였다.

"전하! 전하! 어의를 불러!"

"황후 전하께서 쓰러지셨다!"

두 눈을 부릅뜬 채 관 안을 보던 황후가 그대로 뒤로 넘어갔다. 대패했을 뿐 아니라 전투에서 사망하고 만 지그프리트는 싸늘한 시신으로 황궁으로 귀환했다.

＊　　＊　　＊

제도와 달리 동부, 로펜 공작령은 당장 축제라도 열릴 분위기였다. 생각지도 못했던 대승리였다.

병력의 대다수를 차지하는 일반 하급 병사들은 로베르트고 지그프리트고, 권력 싸움과 전혀 관련 없는 자들이었다. 동부군에 대한 충성심도 없었고, 반역에 얽힌 걸 알았을 땐 오히려 도주하려는 자들도 많았다.

"핫핫핫하!"

술기운이 불콰하게 오른 로베르트가 잔을 들고 크게 웃었다.

"지그프리트의 시신을 마주한 황후의 얼굴을 보지 못해 내 정말 아쉽구려."

후, 크게 숨을 내쉬며 자리에서 일어난 로베르트가 휘청거리며 맞은 편에 앉은 이를 향해 다가갔다.

"공 덕분에 쉽게 풀렸소."

실내에서도 턱 선만 겨우 보일 정도로 눌러쓴 로브 아래, 눈썹이 불만스럽게 꿈틀거렸다.

"세계탑이 멍청한 짓을 했어. 이렇게 뛰어난 현자를 파문시키다니!"

그의 이름은 칼리파. 원래 열두 현자 중 하나였으나, 금기를 깨트린 죄로 현자의 자리에서 추방된 이였다.

'쉽게는 무슨. 나 아니었으면 그대로 돼졌을 놈 주제에……'

하지만 아직은 손을 잡고 있는 것이 나았다. 황자의 이름을 방패로 써먹기 좋았으니.

"마냥 좋아하긴 아직 멀었습니다."

로브 아래에서 갈라지는 듯한, 가히 듣기 좋다고 할 수 없는 목소리가 흘러나왔다. 로베르트는 찬물을 뒤집어쓴 것처럼 술에서 깨며 움찔 뒤로 물러섰다.

"제도에서 이대로 쉽게 포기하진 않을 겁니다."

"그렇겠지. ……다들 노히바덴 대공이 나설 거라고 예상하더군."

"흠. 노히바덴 대공이라……."

"좋은 묘안이라도 있소?"

"그는 진짜 홍염의 주인입니다. 절대 맞부딪쳐서는 안 될 인물이죠."

"진짜라니?"

"아, 모르셔도 됩니다."

로베르트는 슬쩍 인상을 찡그렸으나, 칼리파는 이를 무시하고 생각에 잠겼다. 지켜보던 로베르트가 물었다.

"그런데 노히바덴 대공이 그리 대단한가?"

"노히바덴 대공이 아니라 홍염이 대단하지요."

"그게 그거 아닌가."

로베르트가 불퉁하게 답했다. 멍청하기는.

속으로 혀를 끌끌 차면서 칼리파가 답했다.

"이 일은 제게 맡겨 두시지요."

"어떻게 하려고?"

"그렇지 않아도 꽤 오래전부터 생각해 둔 일이 있습니다."

노히바덴 대공과 전력으로 맞부딪쳐선 안 됐다. 고작 이런 자를 위해 그런 위험을 감수할 필요도 없었다. 어차피 노히바덴 대공에게는 아주 강력한 약점이 있었다.

*　　*　　*

마차의 창밖으로 보이는 제도의 분위기는 무겁게 가라앉아 있었다. 건물 곳곳에 지그프리트 황자의 죽음을 추모하는 조기가 걸려 있었다. 삼삼오오 모인 사람들은 심각한 얼굴로 신문을 들여다보며 이야기하기 바빴다.

생필품과 곡물 값은 하루가 다르게 치솟았고, 먹을거리가 구하기 힘들어진 판자촌 근처는 벌써 몇 번 폭동도 일어났다고 들었다. 지그프리트의 시신을 돌려주며 전달한 로베르트의 요구는 간단했다.

그를 황태자로 인정하고 황제는 하야, 황후는 유폐할 것.

요구를 들어준다면 곧장 남부의 마물 토벌을 지원해 주겠다는 내용이었다. 당연히 황제는 말도 안 된다며 기각했지만, 당장 영지가 마물에 넘어가게 생긴 남부 영주들의 술렁임을 막을 수는 없었다.

분위기가 흔들리자, 로베르트의 세력에 업혀 가려는 불온한 자들을 색출하는 움직임이 보였다. 도시 곳곳에 황실 문양이 선명한 망토를 두른 기사들이 순찰 다니고 있었다.

'……답답하네.'

대공님이 지원받았던 서부군을 모조리 끌고 간, 지그프리트. 그리고 그 서부군은 아주 일부만 남아 돌아왔다.

대패.

기사들은 최악의 결말을 이끌어 낸 지그프리트에게 경악하고, 로베르트가 대체 무슨 수를 숨겨 놓고 있었는지 토론했다.

한편에서는 노히바덴 대공에게 반란군 토벌의 사령관 자리를 맡길 거라는 소문이 돌았다. 마냥 소문만은 아닌지 황성에서는 자꾸만 노히바덴으로 사람을 보내 디아나의 입궁을 요청했다.

아마도, 그녀를 통해 대공을 설득하려는 것이 아닌가 싶었다. 당연히 거절했다. 그렇지 않아도 심란한데 괜히 얽혀 대공님께 부담을 주고 싶지 않았다.

하나, 계속되는 거절에도 황성에서는 질릴 정도로 물고 늘어졌다. 그리고 얼마 뒤 대공에게 편지가 왔다.

ㅡ똑똑

천장을 두드리는 빗소리 사이로 희미하게 창문을 두드리는 소리가 들렸다. 창문을 아주 살짝 내렸을 뿐인데도 비바람이 마차 안으로 몰아쳤다.

"아……씨! 아무래도 비가…… 그칠 때…… 쉴 곳을 찾아야겠습니다!"

빗소리에 말소리마저 끊겨 들렸다. 디아나는 소리치는 대신 잘 보이도록 고개를 크게 끄덕였다. 대공님은 혼란스러운 제도의 상황을 피해 그녀를 세계탑으로 내려보내기로 했다.

현재 제국의 전쟁에서 가장 비켜 나간 안전한 곳이기도 했다. 오흐리드의 일도 있어 제도를 벗어나고 싶지 않았지만, 오히려 할머니가 더 찬성했다.

할머니는 조사를 받고 정신없는 와중에도 디아나에게 편지를 보내 왔다. 세니르의 목적이 대체 무엇인지 알 수 없는 현 상황에서 그녀가 제도에 있다가는 무슨 일에 휩쓸릴지 모르겠다고 말씀하셨다.

그녀를 걱정하고 지키려는 사람들 앞에서 싫다고 거절할 수 없었다.

'내가 제도에 있어 봤자 방해니까…….'

세계탑으로 피해 있으라는 말을 거절할 수 있을 리가 없었다.

그리고 세니르.

세니르는 그날 그녀의 경고를 어찌 들었는지 그날 이후로 저택을 나가 돌아오고 있지 않았다.

'……뭘 하고 다니는 건지.'

웃기게도 이 와중에도 모습이 보이지 않고 제국이 뒤숭숭하자 무슨 일이라도 겪은 것 아닌가 걱정되었다. 그를 원망하고 미워하게 되는 감정은 그대로였지만, 걱정 또한 어쩔 수 없이 드는 감정이었다.

폭우를 피해 근처 마을로 방향을 틀었다. 작은 마을에는 여관도 하나뿐이었다. 겨우 마차와 말을 멈추고 기사들이 일사불란하게 여관 안으로 들어갔다.

약간의 시간이 지난 후, 기사들이 그녀를 여관 안으로 안내했다. 불편하지만 마차 여행을 선택한 데는 이유가 있었다.

게이트가 모두 막혔기 때문이다. 처음에는 남부 지역만 막혔던 게이트는 로베르트가 반란을 일으키며 서부와 북부 지역과 군 관련자를 제외하곤 모두 이용이 금지당했다.

대공님의 이름을 빌린다면 이용하지 못할 것도 없었으나, 괜한 소란을 피우지 않기로 했다. 그녀가 떠나는 것을 굳이 크게 알릴 필요도 없었다.

"일단 그치기 전까지 여기 머무르기로 했습니다."

평범한 인상의 여관 주인은 바짝 긴장한 모습이었다. 처음에 기사들이 우르르 들어서길래 탈영병이라도 되는지 알고 심장이 멎는 줄 알았다. 아닌 걸 알고 안도했지만, 귀해 보이는 귀족 영애의 모습에 어쩔 줄 모르며 주방으로 도망쳤다.

"식사가 입에 맞으실지 모르겠네요."

제인이 걱정스레 말했다. 디아나가 희미하게 웃었다.

"괜찮아요."

생각보다 태연한 그녀의 모습에도 기사들과 제인은 걱정하는 기색이 역력했다. 음식은 금세 나왔다. 아이는 겁먹은 기색으로 음식을 내려놓고 황급히 도망쳤다.

계란 후라이와 딱딱한 호밀빵, 건더기가 적은 묽은 스프에 얇게 썬 말린 고기가 있었다. 제인의 얼굴이 딱딱하게 굳었다. 디아나는 별말 없이 호밀빵을 찢어 스프에 담갔다.

"스프가 따뜻해서 다행이네요."

마차 안에만 있던 그녀는 괜찮지만, 폭우를 내내 맞고 온 기사들에겐 따뜻한 음식이 필요했다. 디아나가 빵과 함께 고기를 먹었다. 누린내가 확 느껴졌지만, 참을 만했다.

'확실히 그동안 호사스럽게 살긴 했네.'

고기에서 누린내를 맡아 보는게 얼마 만인지 기억나지도 않았다.

"읍."

마주 앉아 같이 식사를 든 제인이 입을 틀어막고 신음했다. 제인의 눈동자가 지진 난 것처럼 흔들렸다.

"아가씨 정말 괜찮으세요?"

"네. 먹을 만한걸요."

곧이어 기사들에게도 음식이 나왔다. 하지만 딱 봐도 기사들이 들기에는 넉넉지 않았다. 주방으로 도망치듯 들어갔던 여관 주인이 조심스레 나왔다.

"죄송합니다. 그, 요새 재료도 구하기 힘들어서 비치된 양 자체가 적어서요. 거기다 지금 비가 와서……."

"괜찮습니다. 볼일 보세요."

요즘 제국의 한편은 마물과 전쟁 중이었고 다른 한편에서는 반란이 일어났으니 물자가 부족할 수밖에 없었다. 기사들은 건량과 함께 적당히 배를 채웠다.

식사를 마칠 때까지도 비는 더 오면 더 왔지 그칠 생각이 없어 보였다. 호위를 이끄는 단장이 한숨을 쉬며 말했다.

"일단 오늘은 여기서 묵으며 헤르만 님의 연락을 기다리는 게 최선일 것 같습니다. 괜찮으시겠습니까?"

"알겠어요."

디아나가 선선히 끄덕이며 자리에서 일어났다. 아이의 안내를 따라 2층 방으로 향했다. 목욕은 당연히 불가능했다. 그래도 여관 주인이 따뜻하게 데운 물이 올려 보내 주었다.

머리와 손발만 씻고 몸은 수건을 적셔 대충 닦은 후 침대에 누웠다. 구색만 갖춘 듯한 침대는 조금만 움직여도 심하게 삐걱거렸고, 비바람에 덧창이 불안할 정도로도 덜컹거렸다. 하지만 마차 여행에 피로가 쌓였던 디아나는 빠르게 잠에 빠져들었다.

새벽녘에 몇 번 얕게 깼다가 중간에 눈을 떴다. 여전히 그칠 생각 없어 보이는 비를 확인한 디아나는 아침도 거르고 점심까지 잠들었다.

"아가씨 식사하셔야죠."

"으음, 몇 시에요?"

"벌써 열두 시가 넘었어요."

"그래요?"

―쿠르르룽

아직도 창밖의 소리는 요란했다.

"여기서 드시겠어요? 아니면 내려가실래요?"

어두컴컴한 방 안을 둘러본 디아나가 답했다.

"내려가서 먹을게요."

"네. 식당에 준비시킬게요."

저도 모르게 긴장한 채 잤는지 온몸이 뻐근했다. 찌뿌둥한 몸을 이리저리 풀어 주며 계단을 내려갔다.

1층에 모인 기사들이 뭔가 진지하게 이야기를 나누고 있었다. 그녀를 본 기사들이 일어나 인사했다.

"아가씨 일어나셨습니까. 간밤에 많이 불편하셨죠."

"그래도 마차보단 침대가 훨씬 편하긴 하네요. 그런데 무슨 일 있나요?"

"그것이……."

기사가 말문을 흐리다 이내 답했다.

"헤르만 님과 연락이 되질 않습니다."

*   *   *

로브를 깊게 눌러 쓴 자가 신관에게 길을 안내받고 있었다. 회색빛 허름한 건물 앞에 선 신관이 나직이 말했다.

"사람은 모두 물려 놨습니다."

신관이 품에서 열쇠 꾸러미를 꺼내 들었다.

"들으셨을 거라 생각됩니다만, 백작은 더 붙잡아 놓을 수 없었습니다."

"아아. 그래요. 들었어요."

"그대의 노고에 충분히 보답해드리지 못해 사죄드립니다."

"신경 쓰지 말아요. 노히바덴 대공이 그렇게까지 해 줄지는 몰랐으니까요."

노히바덴 대공.

그는 남부 마물 토벌전의 총사령관 자리를 받는 대신 오흐리드 백작을 신전에서 풀어 주도록 거래했다. 그 때문에 계획이 어그러졌지만 아무 생각도 들지 않았다.

요새 그를 짓누르는 건 허무감이었다. 이 순간을 위해 달려왔는데, 막상 복수를 이룬 상황에서도 아무런 감흥이 들지 않았다.

─철컥, 끼이익

신관이 열쇠로 잠겨 있던 나무문을 열고 두세 걸음 걸어 들어가자 음침한 느낌의 철창문이 나타났다.

─절그럭, 철컥

철창문까지 연 신관은 뒤로 물러났다.

"아래로 쭉 내려가시면 됩니다."

로브를 쓴 자가 품에서 구슬 같은 것을 꺼내 들고 짧은 주문을 내뱉자 구슬에서 빛이 나왔다. 마법 등이 아니라 마석 자체로 빛을 뿜어 내는 것이라 효율은 마법 등과 비교할 수 없을 만큼 낮았다.

저 아이 주먹만 한 고급 마석 값을 생각한다면 엄청난 사치이자, 마법사들이 차라리 횃불을 쓰라며 뒤로 넘어갈 만큼의 낭비였다.

신관마저 약간 질린 얼굴로 빛을 뿜는 마석을 바라보았다가 이내 공손히 배웅했다.

로브를 쓴 자는 어둠 속을 거침없이 걸어 들어갔다. 이중으로 된 철창문을 지나고 아래로 한 층 한 층 내려갈수록 서늘하고 축축한 습기가 느껴졌다.

계단이 끝나는 걸 보니 어느덧 마지막 층이었다. 로브 쓴 자는 지체하지 않고 가장 안쪽으로 걸어 들어갔다.

— 저벅, 저벅

텅 빈 철창 안으로 발소리가 음산하게 울려 퍼졌다. 그의 걸음이 멈춘 건 가장 안쪽의 방이었다. 녹슨 철창 안에는 누군가 삭아 빠진 모포를 뒤집어쓴 채 볼썽사납게 누워 있었다.

덥수룩하게 난 수염이 규칙적으로 흔들리는 것이 시체가 아님을 알려 주고 있었다. 이를 가만히 응시하던 이가 발로 철창을 걷어찼다.

— 철컹!

소음에 바닥에 쓰러져 있던 이가 화들짝 놀라 일어났다.

"⋯⋯누구!"

오랜 어둠 속에 나타난 빛에 일어나던 사내가 눈을 부여잡고 한참을 끙끙거렸다. 한참 뒤에 적응한 듯 눈살을 찌푸린 사내가 벌떡 일어나 철창을 부여잡았다.

"이 개자식! 대체 나한테 왜 이래!"

고작 한 문장을 내뱉은 오발론 남작이 숨이 찬 것처럼 가쁘게 헉헉거렸다.

"생각보다 지내기 편하셨나 보네요."

아직도 팔팔한 걸 보니. 라는 뒷말은 군이 붙이지 않더라도 알 수 있었다. 이를 안 남작이 눈을 부라렸지만, 이조차도 힘겨워 보였다.

하임덴 제국이 들어서고 교단의 세가 줄며 사용될 일이 거의 없어진 신전의 감옥.

그리고 오흐리드 백작의 남동생인 오발론 남작.

그의 뒷배를 생각한다면 그가 무슨 죄를 지었더라도 이런 감옥에 들어오는 건 어불성설이었다. 더러운 몰골의 오발론 남작은 무척 말라 예전의 모습을 찾아보기 힘들 정도였다. 그러나 역시 별 감흥이 들지 않았다.

"조금은 재밌을 줄 알았는데."

"뭐 이 새끼야?"

"지루하네요."

세니르가 얕게 한숨을 내쉬었다. 희열도 만족감도 없었다. 오발론 남작의 망가진 모습이라도 본다면 다시 목표를 세울 수 있으리라 생각했는데.

오흐리드 백작이 신전에서 나온 이상 오흐리드를 진창에 처박으려는 계획이 어그러질 것이 뻔히 보이거늘, 당장 새 계획을 세워야 하지만 아무런 생각도 나질 않았다. 이미 버석하게 말라비틀어지다 못해 다 타 버린 재만 흩날리고 있었다.

있는 대로 욕설을 내뱉던 오발론 남작은 어느 순간부터는 애걸하고 있었다.

"원하는 게 있으면 뭐든 들어주마."

회심의 한마디에도 아무런 반응 없는 세니르의 모습에 오발론 남작이 소리 질렀다.

"대체 나한테 왜 이래!"

감옥 안에 울려 퍼지는 오발론 남작의 외침에 그제야 세니르가 반응을 내비쳤다.

"조금 궁금하긴 하네요."

세니르가 느리게 고개를 기울였다.

"알아서 뭘 하시려고요?"

"……뭐?"

"안다고 당신의 죄가 사라지는 것도 아닐 텐데."

"그, 그거야……."

오발론 남작이 당황한 얼굴로 입을 뻐끔거렸다. 세니르가 무표정한 얼굴로 입을 열었다.

"랏세 르델."

오발론 남작이 미간을 좁혔다.

"제 아버지의 이름입니다."

"그게…… 그게 누군데? 난 그런 사람 몰라!"

"……."

"빌어먹을! 널 고아원에 버린 아비랑 나랑 무슨 상관이 있다고! 난 그런 사람 몰라!"

오발론 남작이 억울하다는 듯 소리쳤다. 실망은 기대한 자에게 하는 것이었다. 그런 의미에서 오발론 남작의 반응은 별 감흥을 불러일으키지 못했다. 그때였다.

─툭, 데구르르.

세니르의 발치로 돌 조각이 굴러왔다. 세니르와 오발론 남작의 시선이 동시에 뒤를 향했다. 그리고 바짝 굳은 여인의 모습을 둘 다 확인했다.

"너, 너 그래서였어? 네 아버지가 랏세라고? 그래서, 그래서……."

세니르가 슬핏 인상을 찡그렸다.

"카밀로!"

오발론 남작은 금세 화색이 돈 얼굴로 외쳤다.

"카밀로! 대체 어디 갔다가 이제 온 거야! 당장 나를 좀 풀어다오!"

마석의 빛을 반사하는 카밀로의 동공이 이리저리 흔들렸다.

"어떻게 들어왔죠?"

세니르와 오발론 남작을 번갈아 보며 흔들리던 눈동자가 이내 단호하게 빛났다.

"나라고 손을 놓고 있던 건 아니거든."

카밀로가 이를 아득 물며 말했다. 신전은 그녀를 중요 증인이라며 아무것도 하지 못하도록 감금해 놓았다.

그녀의 아버지가 있는 이런 신전 감옥은 아니었다. 시중을 들어 주는 이와 호위를 대동하면 신전 내 산책까지 가능했지만, 결코 신전을 벗어날 순 없었다.

"한 번쯤 신전을 방문할 거라고 생각했지."

중요한 건 그게 아니었다.

"오흐리드 백작이 풀려났어. 이제 어쩔 거야?!"

세니르가 고개를 슬쩍 기울였다.

"그게 영애와 무슨 상관이죠?"

"그거야……!"

세니르가 오흐리드 백작가를 손에 넣도록 협조한 그녀를 백작이 가만 내버려 둘 리가 없었다. 세니르를 협박할까도 생각했다. 자신에게 증언하도록 부추겼다고.

하지만 이내 포기했다. 어차피 오발론 남작의 죄는 확실했다. 처음에는 누명이 아닐까 반신반의하던 것이 죄목이 밝혀질수록 우스울 정도였다. 아비에게 애정이 있지도 않았기에 오발론 남작이 어찌 되든 알 바 아니었다.

하지만 이에 대한 피해가 그녀에게까지 미친다면 얘기는 달라졌다. 오흐리드 백작은 어찌 빠져나갔다지만, 그녀는 엮이면 좋지 못한 꼴을 볼 것이 분명했다.

처음부터 리투아니아가 말렸을 때처럼, 엮이지 말았어야 했다. 입술을 짓씹던 카밀로가 소리쳤다.

"됐어. 네가 무슨 속셈인지 궁금하지도 않아."

세니르의 한쪽 눈썹이 치켜 올라갔다.

"오흐리드도 포기했어. 어차피 오흐리드에 목매던 것도 다 아버지 때문이었어."

"카밀로!"

터져 나오는 외침에 카밀로가 오발론 남작을 보았다.

"그게 대체 무슨 소리야!"

카밀로가 불안한 기색을 감추지 못하고 오발론 남작과 세니르를 번갈아 보았다. 그런 카밀로를 세니르가 묘한 얼굴로 보았다.

"오흐리드를 포기했다?"

"그래."

"증언하는 대가로 오흐리드로 만들어 달라 해 놓고는 이제 와서 포기했다고."

"그래!"

지그프리트도 죽고 로베르트가 황제가 될 마당에 어차피 황후와 밀접한 관계였던 그녀였다. 로베르트가 확실하게 권력을 잡기 전에 제도에서 떠나야 했다.

"카밀로!"

오발론 남작이 부여잡은 철창이 덜컹거렸다.

"증언? 약속이라니!"

마치 카밀로와 세니르가 한패라도 된 것 같은 대화 내용에 오발론 남작이 철창을 부여잡았다. 그녀를 오흐리드를 손에 넣기 위한 수단으로만 보던 아버지였다.

조금만 마음에 차지 않으면 큰소리를 내는 것은 물론 손찌검을 하기도 서슴지 않았다. 감옥에 갇혀 있다지만 아비의 노성에 카밀로가 반사적으로 움찔거렸다.

"음? 아직 모르시는가 보군요."

나직이 말하던 세니르가 피식 웃으며 고개를 기울였다.

"어떻게 모르지?"

웃음기 어린 입매를 만지며 말을 이었다.

"솔직히 당신 위치 정도라면 위험을 무릅쓰고 도와주러 들 자가 한 사람쯤 있을 법도 한데 말이죠."

"……."

오발론 남작의 뺨이 파르르 떨렸다. 비참한 심경에 반박하고 싶지만 아무 말도 할 수 없었다. 세니르의 말이 모두 맞았으니까.

그의 위치라면 위험을 무릅쓰고라도 그를 구하거나, 하다 못해 이런 감옥에 가두지 않고 편의를 봐줄 자가 나와야 했다.

하지만 그가 아직도 감옥에 갇혀 있다는 건 모두가 그를 버렸다는 것과 다름없었다. 그의 비참함은 거기서 끝나지 않았다.

"세니르!"

카밀로가 말을 막듯 불렀으나, 세니르는 말을 이었다.

"당신을 신전에 고발한 건 카밀로 오발론이랍니다."

*　　*　　*

― 끼이익

기분 나쁜 소리를 내며 나무 문이 닫혔다. 초조하게 세니르가 나오기를 기다리고 있던 비서가 화급히 달려갔다.

"도련님!"

달려오는 비서를 흘끔 본 세니르가 쥐고 있던 마석을 툭 집어 던졌다. 햇살 아래에 있자 그저 밝은 돌로 보이는 마석이 수풀 아래로 굴러 들어갔다. 기분 나쁜 기색이 역력한 세니르의 얼굴에 부관이 조심스럽게 다가갔다.

"적당한 수도원을 물색해 놓으세요. 오발론 영애가 평생 살 만한 곳으로요."

평생 바라던 오발론 남작이 비참함에 몸부림치는 모습을 보았지만, 기분은 전혀 나아지지 않았다.

아니 오히려 —

"왜 이렇게 기분이 나쁘지."

"예?"

"무시하세요."

카밀로 오발론을 마주치고 나자 더 기분이 하락했다. 카밀로를 본 후 반사적으로 떠오르는 이를 억지로 지우며 감옥을 뒤로했다. 그런 세니르를 다시 한 번 황급히 뒤따른 비서가 다급히 말했다.

"도련님! 방금 까마귀에게서 급히 올라온 소식이 있습니다."

"무슨 일이길래요."

"그……"

부하가 마른 입술을 훑었다. 이 보고를 받고 그가 어떤 반응을 보일지 전혀 예상되질 않았다.

"디아나 아가씨가 실종되셨습니다."

"실종이요?"

"예."

세니르가 말도 안 된다는 듯 말했다.

"현자와 함께 세계탑으로 향하는 길에 무슨 위험이 있을 수 있다고 실종이 됩니까. 현자가 추적을 따돌린 거겠죠."

"……그것이."

금색 동공이 비서를 훑었다. 자꾸만 말을 흐리는 것이 거슬린 모양이었다. 비서가 마른침을 삼키고 빠르게 내뱉었다.

"현자 헤르만 례체프가 사망했을 확률이 높다는 보고가 들어왔습니다."

표정이 사라진 얼굴이 느리게 비서를 돌아보았다.

Chapter 2.

눈앞이 멀 것 같던 빛이 점차 사그라들었다. 바닥의 마법진이 꿈틀거리며 문양을 바꿔 갔다. 최근 들어 게이트는 군사적인 용건이 아니면 막혀 있었지만, 돈과 권력으로 안 되는 건 없었다.

그리고 오흐리드의 돈과 권력을 손에 넣은 건 세니르였다. 빠르고 간편한 것이 게이트의 장점이지만, 단점도 있었다.

마차 이동과 달리 대동할 호위가 훨씬 제한된 것이다. 전쟁 중이었다. 어떤 잔혹한 일이 일어나더라도 묻어 버리기 쉬웠다. 위험하다는 의견에도 세니르는 막무가내였다.

"흡."

지독한 냄새였다. 세니르의 뒤를 따르는 비서가 참지 못하고 헛구역질을 했다.

돌무덤과 같은 폐성.

오래전 전쟁통에 무너진 채 주인이 들어서지 않고 방치된 성이었다. 사방의 네 개의 탑 중 단 하나만 버티고 남아 여행객들의 길잡이와 간이 숙소를 겸하고 있었다.

그리고 그 마지막 탑 하나도 무너져 있었다. 무너진 단면이 불과 며칠 전에 벌어진 일임을 알리고 있었다. 내내 몰아친 폭풍우에 상당히 쓸려 갔을 텐데도 파이고 부서진 칼자국에 새카맣게 타 조각난 파편들이 사방에 널려 있었다. 치열한 싸움의 흔적이었다.

"만지시면 안 됩니다!"

그 가운데 지독한 악취를 풍기는 기이한 사체들이 있었다.

"……헤르만 레체프의 소환수인 걸 마법사들이 확인했습니다."

일반적으로 소환수는 죽는다는 개념이 없었다. 큰 부상을 입더라도 언제든 새로이 생명을 불어넣을 수 있는 존재였다.

그러니까 주인이 멀쩡하게 살아 있다면.

소환수의 사체에는 벌레조차 꼬이지 않았다. 얼마나 독한지 사체에서 흘러나온 시독이 주변의 땅을 거뭇하게 죽이고 있었다.

"강가에서 아가씨가 이용하셨던 걸로 보이는 부서진 마차도 발견되었습니다."

그때 부관의 뒤에서 소란스러운 인기척들이 다가왔다. 세니르가 사체를 바라보던 시선을 들었다.

"여기는 현재 일반인들에게 접근 금지된 곳이오! 쉴 곳을 찾는다면 다른 곳으로…… 오흐리드 후계자?"

멈칫한 상대가 의심스러운 얼굴을 했다. 이내 경계심 짙은 질문을 했다.

"여긴 어쩐 일이신지?"

하얗게 센 머리와 수염을 지닌 자의 폭넓게 축 늘어진 치렁치렁한 옷만 보아도 남부의 마법사임을 알 수 있었다.

"세계탑에서 오셨군요."

"흥. 난 아무것도 말해 줄 수 없소."

"소환수는 소환자와 밀접하다고 들었습니다만."

마법사가 세니르 앞의 사체를 보곤 코를 씰룩였다.

"그렇게 알려졌지만, 모르오. 아직 확실한 건 아무것도 없소."

"마법사님 그러지 말고 조금만……."

"아 모른다니까?"

세니르 뒤편의 비서가 나섰으나 마법사는 지레 소리 질렀다.

"세계탑에서 조사를 나올 예정이니 여기서 썩 나가시오. 오전에는 기사들이 와서 난리더니."

마법사가 툴툴거리며 손을 내저었다.

단호한 마법사의 태도에 일단 근방의 마을로 빠져나왔다. 그다지 크지 않은 마을이었지만, 가까운 곳에서 벌어진 큰 전쟁에 피난 온 이들과 돈을 벌기 위해 전쟁터로 향하는 거친 용병들이 섞여 평소보다 많은 이들이 있었다.

"마법사가 말한 기사들은 노히바덴 대공가 기사들인 걸로 확인되었습니다."

세니르는 그저 눈을 내리깐 채 듣고만 있었다. 비서는 이어 입을 열었다.

"폐성에서 확인된 다수의 칼자국과 흔적을 보아 그 싸움에 사망한 자도 있을 걸로 봅니다만, 기사들의 시신은 누군가 치운 것 같습니다."

"대공은?"

"대공 각하 또한 오늘 오전부터 남부 사령부를 비운 듯하다는 소식이 들어왔습니다."

"……."

"그리고 아가씨께서 폭풍우에 작은 마을의 여관에 머무른 것이 마지막 행적으로……."

"물러가."

말을 멈춘 비서가 조용히 방을 나섰다. 탁자를 짚은 세니르가 한참을 그리 서 있었다. 이윽고 생각을 정리한 그가 방을 나섰을 때 곧장 서늘한 칼날이 목에 닿았다.

* * *

커다란 안경을 쓴 곱상한 얼굴의 소년이 불량한 표정을 짓고 있었다. 그 앞에 곰만 한 덩치의 사내 둘이 움츠린 채 눈치를 보았다.

"아니, 정말…… 이걸 어째?"

소년에게서 어처구니없는 심경이 절로 느껴지는 헛웃음이 흘러나왔다.

"왜……."

소년이 안경을 벗고 미간을 짚었다.

"왜 시키지도 않은 일을 하시고 그래요?"

미간을 꾹꾹 누르던 소년이 눈을 뜨자 평범한 갈색으로 보였던 눈동자가 주홍빛을 띠었다.

"저자가 아가씨 뒤를 캐고 있었단 말입니다."

곰 같은 사내들이 억울한 음색으로 말했다.

"심지어 저자가 저번에 아가씨께 불손하게 굴지 않았습니까."

"그야 당연히 무슨 일이 있었는지 알아보려 한 거겠죠."

"하지만, 그때의 무례를 보아 아가씨를 걱정해서 찾는다고 볼 수 없었습니다."

"하…… 그래서 복수예요?"

"예."

"아니, 예라고 하시면 어떡해요?"

디아나가 왈칵 인상을 찡그리며 벌떡 일어났다.

"아니, 그, 움직이기 힘든 저희보다 저자에게 현재 상황을 물어보는 게 도움이 될 테니까요."

"그래서 세니르를 덜컥 납치했다?"

"……예."

"하아아아."

디아나가 깊은 한숨을 내쉬며 자리에서 일어났다. 필수적인 가구만 놓인 삭막한 방에서 나오자 허름한 복도가 나타났다. 몇 개의 방문을 지나친 디아나가 한 방문 앞에 멈췄다. 심란하여 머뭇거리는 디아나와 달리 기사들은 아무렇지도 않게 문손잡이를 잡았다.

"잠깐······!"

말리는 말과 동시에 벌컥 문이 열렸다. 먼저 눈에 보인 것은 방 가운데 빛이 나는 듯한, 흐트러진 백금발이었다.

그다음은 금색 눈동자였다. 선명한 금색 동공이 그녀를 부릅뜬 채 바라보았다. 세니르의 저런 얼굴은 처음이었다.

"······아가씨?"

다가오는 세니르를 기사들이 막아섰다. 그런 그에게로 디아나가 다가가 손을 뻗었다.

"표정이 왜 그래요?"

"······."

"패트릭 경이 심하게 굴었어요?"

얼굴을 향해 다가가던 디아나의 손을 막듯 세니르가 붙들었다. 미지근한 온도의 손이 이내 그녀의 손을 꽉 쥐었다.

"아니요. 그게 아니라······."

"그럼 저 죽은 줄 알았어요?"

디아나가 슬쩍 웃었다. 그들 사이를 막은 기사가 그녀를 붙잡은 세니르의 손을 당장이라도 떼어 내고 싶은 듯 움찔거렸다. 세니르가 나직이 숨을 내쉬었다.

"아니요. 살아 있을 거라 믿었습니다."

"그래요?"

"하늘이의 사체가 없었으니까요."

"아."

"하지만 걱정했습니다."

그녀의 손을 제 얼굴 쪽으로 이끈 세니르가 눈을 내리깔곤 손바닥에 조심스럽게 입을 맞추었다. 아니, 맞춘다기보다는 마치 매달리는 것만 같은…….

손등에 맞추는 것과는 완전히 다른 느낌이었다. 훨씬 더 섬세하게 느껴지는 숨결과 감촉에 저도 모르게 손가락을 움찔거렸다. 그리고 이 모든 걸 막아서고 있던 기사들도 보았다.

"대체 뭐 하는, 아가씨! 그냥 이 새끼 죽입시다!"

＊　　　＊　　　＊

기사들의 반대가 거셌지만 어쨌든 둘만 있는 자리를 마련할 수 있었다. 하늘이가 마치 그녀의 보호자처럼 옆자리에 엎드려 있긴 했지만.

세니르와 단둘이 남기 전, 기사들이 하늘이에게 세니르가 쓸데없는 짓을 하는 것 같거든 그냥 물어뜯어도 된다고 속삭이는 걸 들었다.

"무슨 일이 있었던 거죠?"

세니르가 먼저 말문을 뗐다.

"잠깐 살펴본 정도입니다만, 아가씨를 지키는 기사의 수가 턱없이 적은 것 같더군요."

그 앞에 앉은 소녀 또한, 평민 소년 같은 차림새를 하고, 적은 수의 기사들은 각각 용병이나 일꾼 같은 행색으로 위장하고 있었다.

디아나가 우울한 얼굴로 눈을 내리깔곤 하늘이를 하염없이 쓰다

듣었다. 세니르는 재촉지 않고 가만히 그녀를 기다렸다.

"세니르가 안다는 건 대공님께도 소식이 들어갔다고 볼 수 있겠죠?"

"제가 파악한 바로는 그렇습니다."

디아나가 입술을 깨물었다. 또다시 방 안이 조용해졌다. 잠시 뒤 디아나가 느리게 입을 열었다.

"폭풍우 치는 날 헤르만에게…… 연락이 왔어요."

원래 주고받던 것보다 훨씬 늦은 연락이었다.

"습격을 받았으니 몸을 숨기라고요."

세니르가 미간이 살풋 좁혀졌다.

"현자님이 그리 쉽게 당하시진 않을 텐데요."

"상대가 같은 현자라면요?"

"……."

굳은 얼굴의 세니르가 찬찬히 숨을 들이켰다.

"세계탑의 현자가 왜 동료를…… 설마."

디아나가 물끄러미 세니르를 바라보았다.

"역시 세니르는 알고 있는 바가 있네요."

밀랍 인형 같은 매끄러우나 창백한 낯이 더 희게 질렸다.

"파문 현자 칼리프……."

디아나가 입술을 꾹 다물었다.

위로해 주듯 하늘이가 디아나의 손을 핥아 주었다. 온기에 굳은 입꼬리가 미약하게 흐려졌다. 이기지 못할 걸 직감한 헤르만이 마지막에 그녀에게 소환수를 보내 연락한 것이었다.

몸을 숨기라고.

"그래서 지금 호위 기사들을 나누어 배치하고 숨어 있었어요."

제인도 따로 떨어졌다. 눈에 띄지 않기 위해서였다.

"헤르만 레체프가 죽었습니까?"

"아뇨."

단호한 답에 세니르의 눈에 미약한 안도와 의문이 서렸다.

"어떻게 아시는 건가요?"

"……헤르만을 습격한 자가 저에게 전언을 남겨 놨어요."

불길한 예감에 세니르의 낯이 미세하게 더 굳었다.

"뭐라고 남겼던가요."

디아나가 눈을 내리깔았다.

"아가씨."

세니르가 무겁게 디아나를 불렀다.

"헤르만을 살리고 싶으면 얌전히 잡히라고요."

불길한 느낌은 틀리지 않았다.

"대공님께 알리는 순간 헤르만을 죽일 거라고도요."

"……들어줘선 안 되는 거 아시죠?"

내리깔고 있던 눈을 든 디아나가 답하지 않고 세니르를 응시했다.

"아가씨."

디아나가 입꼬리를 말아 올렸다. 애써 지은 미소인 것이 느껴졌다.

"패트릭 경, 그러니까 세니르를 납치한 기사예요. 비록 제가 시키진 않았지만, 패트릭이 벌인 일은 대신 사죄할게요. 미안해요."

"……."

"괜히 엮이게 만들어서 한동안 붙잡혀 있어야 할 것 같아 상황을 알려 드린 거예요."

"아가씨!"

세니르는 그 순간 패트릭이란 기사가 그를 '납치'라는 거친 방법을 써서라도 데려온 이유를 깨달았다. 그건 디아나를 설득해 달라는 뜻이었다.

"아가씨. 현자 칼리프가 무슨 일로 파문되었는지 모르십니까?"

테이블 위에 놓은 그녀의 손을 쥐듯이 덮은 세니르가 초조하게 말을 이어 갔다.

"자신의 지식욕을 충족하기 위해서라면 어떤 잔혹한 짓도 서슴지 않는 자입니다."

"알아요."

"그걸 아시면서도!"

오발론 남작이 인신매매를 통해 마법 실험에 넘긴 사람들은 대부분 다시 찾지 못했다. 어찌 되었는지 자세히 나와 있지 않아도 모를 수 없었다.

그리고 칼리프는 그 오발론 남작이 넘긴 사람들로 마법 실험을 한 주체였다.

"아가씨가 그자에게 간다 하더라도 헤르만의 안전은 보장되지 않을 수 있습니다."

"……."

"그자가 약속을 지킨다는 보장이 없어요."

"하지만 세니르."

디아나가 세니르에게 잡힌 손을 느리게 빼냈다.

"전 헤르만의 목숨을 가지고 도박할 수 없어요."

"그래서 지금 아가씨의 목숨으로 도박하겠다는 겁니까?"

세니르가 비어 버린 제 손을 꽉 쥐며 말했다.

"헤르만 님도 아가씨가 칼리프의 말도 안 되는 협박을 받아들이는 걸 원하진 않을 겁니다."

"알고 있어요."

"제발, 제발요. 아가씨. 아가씨께서 그러시면 각하께서 얼마나……."

절박하게 말하던 세니르가 입을 다물었다. 눈앞의 소녀에게서 바람 빠지는 소리가 났다. 세니르의 얼굴이 굳었다. 이내 기가 찬, 그러면서도 약간 억울한 눈을 하고 말했다.

"지금 웃음이…… 웃음이 나오십니까?"

디아나가 입술을 꾹 다물었다. 세니르의 한쪽 눈썹이 치켜 올라갔다.

"아뇨, 그냥."

디아나가 작게 숨을 내쉬며 세니르를 응시했다. 처음 그녀의 말을 듣고 펄쩍펄쩍 뛰며 반대하던 기사들과 똑같은 말이었다.

진심으로 그녀를 걱정하는 마음이 느껴졌다. 그것이 의외이면서도 다행이기도 했으며 한편으로는 가슴이 아리기도 했다. 세니르가 자신을 걱정하지 않았다면 비참했을 터였다.

하지만 사람 마음이란 게 얼마나 간사한지.

저택에서의 일 이후 이제는 세니르가 그녀에게 어떠한 관심도 없을 것이라고 각오까지 했었는데, 이렇게 그녀를 걱정하는 걸 보니 오히려 약간 뿌듯했다.

뒤이어, 그런 생각을 했다는 것에 대한 죄책감이 들었다.

'나 되게 못됐네.'

저렇게 안달 내면서 걱정하는 모습을 보며 도리어 안도하다니.

"다시는 안 볼 것처럼 쫓아내더니, 그래도 제 걱정에 화내는 걸 보니……."

디아나가 중얼거리듯 작게 말했다.

"다행이다 싶어서요."

"……."

세니르가 막막한 얼굴로 그녀를 보았다.

"그런 일이 있었는데, 어떻게 잊을 수 있었는지."

디아나가 고개를 기울였다.

"그냥 아무 생각도 들지 않았습니다. 당신이 무사한 걸 확인해야겠다고만……."

세니르가 이어 가던 말을 멈췄다. 입을 다물고 한참을 응시하던 세니르가 허탈한 숨을 내쉬며 한 손에 얼굴을 묻었다.

"……세니르?"

우는 것도 웃는 것도 같은 미묘한 신음을 낸 세니르가 고개를 들었다.

"그때 일은 죄송합니다."

"음……."

디아나가 입가를 매만지다 툭 말을 뱉었다.

"이렇게 순순히 사과할지 몰랐는데."

"그냥 인정하기로 했습니다."

"뭘요?"

"제 마음을요."

"……?"

무슨 소린지 이해하지 못한 채 어리둥절한 낯을 세니르가 가만히 바라보았다.

"다시 본론으로 돌아가죠."

디아나의 표정이 먹구름 낀 듯이 흐려졌다. 반대로 왠지 모르게 아까보다 맑게 갠 눈빛의 세니르가 부드럽게 말했다.

"제가 말린다고 해도 가시겠죠?"

"……방법이 없다면요."

시간이 없었다. 칼리프가 제안한 날짜까지 너무 촉박했다. 물론 아무 대비도 없이 칼리프의 말대로 할 생각은 없었다. 하지만 그녀 혼자 뭔갈 하기엔 힘든 상황인 것도 맞았다.

"그러실 거라고 생각했습니다."

"반대하려던 거 아니었어요?"

사실 디아나는 세니르를 저택에서의 일을 핑계로 떼어 낼 참이었다. 그런데 어쩐지 아까 뜻 모를 말을 뱉은 후부터 그의 분위기부터 표정까지 묘하게 변해 버렸다. 세니르가 애걸하듯 말했다.

"제가 도와드리게 해 주세요."

"……."

"제가 당신께 도움이 될 수 있도록요."

그런 세니르를 디아나가 당혹스럽게 보았다.

＊　　　＊　　　＊

지그프리트의 대패 이후로 남부의 상황은 악화만 되어 가고 있었다. 그나마 다행인 것은 전선이 위로 올라오자 정글을 주 터전으로 삼는 마물들의 힘과 수가 줄어들었다는 점이었다.

하지만 지원이 없다면 이 대치 또한 오래갈 수 없었다. 일단 남부를 포기하고 동부에 가서 남은 서부군이라도 어떻게 규합해 올까 생각해 본 적 없는 것도 아니었다.

하지만 황제가 불허했다. 남은 서부군을 데려가고 싶다면 반역자 로베르트를 처단하라는 것이 황제의 조건이었다.

웃기지도 않는 상황이었다. 그리고 동부의 로베르트 또한 당장 제도로 진격할 생각은 없어 보였다. 로베르트의 입장에서는 냉철한 판단이었다.

방어와 공격에 필요한 병력은 그 차이가 컸고, 주변의 영지가 모두 포섭된 동부와 달리 중앙에는 아직 로베르트의 적도 많았다.

제도와 황제를 지키는 중앙군도 2할 정도는 지원을 나갔었기에 타격이 없는 건 아니었지만, 심대한 피해를 입은 서부군과는 궤가 달랐다.

중앙군이 남부로 내려오거나 동부로 가면 몰랐다. 하지만 로베르트가 중앙으로 진격한다면 쉽게 승리를 장담할 수 없었다.

이를 아는 황제 또한 등껍질에 자라목 움츠리듯 제도에 콕 박혀 나올 생각을 하지 않았다. 남부가 마물에게 짓밟히든 말든 황제에게 중요치 않았다.

그리고 그때였다.

디아나와의 연락이 끊어진 것은.

뒤이어 폐성에서의 헤르만의 전투 흔적과 실종 소식이 당도했다.

급하게 파견한 기사를 통해 헤르만에게 연락책으로 보내 놓은 두 명의 기사들의 사망을 확인했다.

─ 쿠어어어억!

바닥이 울리는 듯한 괴성과 함께 거대한 불길, 정확히는 불에 타들어 가는 마물이 마지막 발악인 듯 대공을 향해 다가왔다.

마물이 모여 움직이긴 했지만, 사람처럼 서로 간의 엄격한 통제가 가능한 건 아닌 듯했다. 며칠에 한 번꼴로 외따로 떨어져 나온 듯한 마물이 근처 마을이나 영지를 부수고 있었다.

이 마물 또한 전선에서 꽤 떨어진 마을에서 발견되었다. 비틀거리며 다가오던 마물은 끝내 대공에게 닿지 못했다.

─ 쿵!

커다란 소음을 내며 마물이 쓰러지자 불티와 흙이 사방으로 튀었다. 꿈틀거리던 마물이 움직임을 다하자, 마물을 태우던 불길에서 새의 형상이 점차 갖춰졌다.

[그러게, 제도에 있겠다는 애를 왜 억지로 보내?]

홍염이 마물 위에 자리를 잡고 앉곤 말했다. 그리고 동시에 홍염의 존재를 모르는 기사가 마물이 쓰러진 걸 확인하고 대공에게로 다가왔다.

"생존자가 두엇 있긴 합니다만 중상을 입어 살아남기 힘들어 보입니다."

홍염을 무시하며 대공이 기사를 향해 고개를 까딱였다. 홍염은 아랑곳하지 않고 말을 이었다.

[그래도 명색이 정령사니까 죽진 않았을 거야.]

그래야 했다. 정령과 계약한 디아나가 이렇게 흔적도 남기지 않고 쉽게 목숨을 잃었을 거라고 생각해선 안 됐다.

믿어야만 했다. 죽었을 리 없다고. 그저 잠시 몸을 숨긴 거라고.

믿지 않으면…….

[다 부수고 싶지? 태우고 싶지?]

처음부터 목적은 그것이었다는 듯 홍염이 속살거렸다.

[너만 원한다면 내가 힘을 빌려줄게.]

"그 입 닥쳐."

대공이 빼 들고 있던 검을 휘두르자 불길이 베이며 새 모양이 흐트러져 그대로 사라졌다.

"가, 각하?"

그리고 기사가 당황한 얼굴로 대공을 보았다.

"아니다. 뭐라고 했지?"

필사적으로 억누르는 모습이었지만 눈은 형형히 빛났다. 기사는 후들거리려는 다리에 힘을 주며 조심스레 말했다.

"손님이 왔습니다."

"여기에?"

막 전투가 끝난 직후였다. 아직 접근 금지를 풀지 않았건만 기어코 전투 지역으로 들어오는 꼴이 가관이었다.

"황제? 남부 귀족?"

대공이 검 손잡이를 아득 쥐며 물었다.

"그것이……."

기사가 애매한 얼굴로 말을 흐렸다.

"다시는 헛짓거리 못 하도록……."

그때였다.

─타박타박

무거운 갑옷을 두른 기사들만 있는 곳에서 듣기 힘든 가벼운 발소리였다.

"접니다. 대공 각하."

대공의 눈가가 미약하게 꿈틀거렸다. 검을 잡고 있던 아귀힘이 미약하게 풀리고 대공이 내키지 않는 얼굴로 상대를 보았다.

"배신자 주제에 네 녀석이 여긴 무슨 일이지?"

대공은 세니르가 오흐리드를 배신했다는 사실을 알아차렸었다. 혼란은 잠시뿐이었다. 오발론 남작 사건은 내부인이 아니면 절대 알 수 없는 일이었다.

또한, 오흐리드 백작이 아무리 오발론 남작을 싫어한다더라도 어머니의 장례식에서 그런 짓을 벌일 리 없었다.

지금껏 인내한 자가 조금 더 참지 못할 게 무엇이란 말인가.

그리고 오흐리드 백작이 신전에 구금당하며 이로 인해 가장 이득을 본 자는 세니르였다. 정치 감각이 있는 귀족들은 이미 대부분 세니르가 오흐리드를 차지하기 위해 배신한 걸 눈치챘다.

노히바덴 대공 또한 마찬가지였고.

세니르는 답하지 않고 말없이 쥐고 있던 손을 펼쳤다. 반짝이는 뭔가가 살짝 내비치고 곧장 대공의 검이 세니르의 목을 향했다.

"가, 각하!"

곁에 있던 기사가 당황하여 대공을 보았다. 누구도 대공이 검을 뽑는 걸 보지 못할 정도의 속도였다. 그러나 세니르는 태연하게 고개를 살짝 틀어 날 선 쇠붙이를 보았다.

그 움직임에 목에 희미한 실선 자국이 생겼다.

"최근 들어 목에 검이 닿는 일이 많군요."

"네가 왜 그걸 가지고 있는지 상세히 설명치 않으면 이 자리에서 네 목을 떨어뜨리겠다."

*　　*　　*

─ 다그닥, 다그닥

말굽 소리가 방음이 전혀 되지 않는 마차 안으로 들려왔다. 그래도 내부만 따지자면 꽤 좋은 마차였다. 창이 모두 나무판자에 막혀 있을 뿐.

소음은 전혀 막아 주지 못하는 나무판자의 존재는 방음을 위해서가 아니라 마차 안의 사람이 밖에 보이지 않게 하기 위해서였다. 디아나는 허전한 가슴팍을 매만졌다.

감시가 삼엄하긴 했지만, 대우가 그리 나쁘진 않았다. 대공을 적으로 돌리고 싶지 않아 획책한 것 같다는 세니르의 예상과 맞아떨어졌다.

늘 빼놓지 않고 하고 다니던 펜던트가 없으니 어딘가 허전한 기분이었다. 한참을 달려가던 마차가 어느 순간 멈췄다.

마차 안에서도 느껴지는 움직임에 디아나가 바짝 긴장했다. 몇 차례 주변이 소란스러워졌다. 그녀는 긴장한 몸이 저도 모르게 풀어질 정도로 꽤 오래 기다려야 했다. 잠시 뒤 노크 소리가 들리고 문이 열렸다.

"내리시면 됩니다."

기사로 보이는 이가 정중하게 손을 내밀었다. 그 손을 거절하고 치맛자락을 붙잡은 채 혼자 내렸다.

"정말이로군."

바닥에 두 발을 모두 내딛기 전 어딘지 익숙한 목소리가 들렸다.

"현자의 말이 맞았어."

현자라는 단어에 반사적으로 고개를 들어올렸다. 목소리의 주인에게로 시선이 향했다. 디아나가 눈을 가늘게 떴다.

"오랜만이로군. 오흐리드 영애. 아니 지금은 노히바덴 영애라고 하는 것이 좋을까. 오흐리드 영애가 입에 붙어 말야."

농이라도 하듯 가볍게 말을 건네는 상대를 디아나가 싸늘하게 보았다.

"로베르트 저하."

그 눈빛에 전혀 개의치 않으며 아니, 오히려 기꺼운 기색을 띠며 로베르트가 인사했다.

"로펜 성에 온 걸 환영하네."

"……."

입술을 얇게 깨문 그녀에게 살짝 겁에 질린 하녀가 다가왔다.

"자, 잠시만 손을 대, 대겠습니다."

하녀는 의심스레 바라보는 디아나의 손을 살짝 잡아 들었다. 바들바들 떠는 하녀는 손가락 마디만 한 두께의 팔찌를 들고 있었다.

"그대가 현자 헤르만 례체프의 소환수를 데리고 다니는 건 유명하니. 혹시나 모를 위험을 막는 걸세."

— 철컥

금속성과 함께 차가운 팔찌가 손목에 감겼다.

"지금 이게 무슨 짓이죠?"

"갑자기 소환수가 나타나 공격하기라도 하면 피해가 클 테니."

팔찌를 채운 하녀는 재빠르게 멀어졌다.

"이해해 주길 바라네."

디아나가 팔목을 내려다보았다. 중앙에 마석처럼 보이는 것이 박혀 있는 걸 빼면 아무 장식도 없는 무딘 모양의 쇠 팔찌였다.

"현자의 말에 따르면 소환수와 연결을 잠시 막는 용도라더군."

"하."

하늘이와의 연결이 막혔다지만 딱히 어떤 느낌이 들거나 그러진 않았다.

'이런 거일 줄은 몰랐네.'

기가 막혔지만 어느 정도 예상한 일이었다. 헤르만을 붙잡아 놓고 협박할 때부터 소환수를 막는 어떠한 방법이 있을 거라 생각했다.

'헤르만에게도 이걸 채운 건가?'

헤르만에겐 그가 부릴 수 있는 소환수뿐만 아니라 마법도 막아 놨을 것이었다. 이내 팔찌에서 시선을 떼고 로베르트를 향해 물었다.

"헤르만은요?"

"일단 들어가 얘기할까, 영애?"

그의 태도가 썩 마음에 드는 것은 아니었지만, 헤르만을 떠올리며 로베르트를 따라 성 안으로 들어섰다.

"로펜 성은 처음이지?"

로베르트는 마치 이 상황이 아무렇지도 않은 듯 친밀하게 말을 건넸다.

"정확히는 로펜 영지의 솔루이 성일세. 로펜 저택은 동쪽으로 좀 더 들어가야 볼 수 있다네."

동쪽에 가장 넓은 로펜 공작령.

그중 솔루이 성은 로베르트가 반역을 도모한 거점으로 선택했을 만큼 위치적, 지리적으로 방어 면에서 유리한 곳이었다.

'……여유롭네.'

아직 전쟁 중이라고 보기에는 다소 느슨하고 평화로운 분위기였다. 지그프리트에게 대승을 한 지 얼마 되지 않아 그런 듯했다. 로베르트도 그녀를 찾아 노히바덴 본성의 연회를 찾아 왔을 때의 강퍅한 낯이 아니었다.

처음 그녀가 무도회 데뷔탕트에서 인사했을 때처럼 예의 바르고 정중한 양 굴고 있었다.

'……웃기지도 않네.'

저런 겉모습에 속기에는 노히바덴 본성에서 내비친 모습이 저열했다. 그리고 그 모습이 로베르트의 본성일 터였다.

본인의 이득에 저어된다면 누구에게든 해를 끼치려 드는.

얼마 안 있어 도착한 곳은 널찍한 방 안이었다. 화려한 내부에는 미리 온 몇 사람이 보였다. 에스텔이 묘한 얼굴로 그녀를 보았다.

"결국, 오셨네요."

못 본 새 무척 마른 에스텔 곁에는 생각지도 못한 이가 있었다.

"에스테반 저하?"

절로 목소리에 당황이 담겼다.

'혼수 상태라지 않았나?'

살이 좀 내리긴 했지만, 꽤 멀쩡해 보였다. 핏줄이 비칠 정도로 창백한 낯의 에스테반이 고개를 까딱였다.

그리고 방 안의 마지막 인사.

얼굴의 반을 붕대로 감고 있는 이가 바닥을 긁는 듯한 목소리로 말했다.

"처음 인사드리는군요. 칼리프라고 합니다."

기분 나쁜 목소리였다. 붕대로 완벽히 가리지 못한 부분에는 깊은 상처가 있었다. 상처가 난 지 오래되지 않아 보였다.

파문되긴 했지만 현자 출신인 칼리프에게 저런 큰 상처를 남길 수 있는 자.

'……헤르만!'

헤르만과의 싸움에서 입은 부상이 틀림없었다. 얼굴뿐만이 아니었다. 로브 아래 찻잔을 쥔 손등까지 붕대를 감고 있었다.

'역시 그냥 잡혔을 리는 없지.'

약간 고소하게 생각되면서도 헤르만에 대한 걱정이 치솟았다. 방 안의 모두가 인사를 끝냈으니 그녀 차례였다. 디아나는 딱딱하게 말했다.

"제 소개는 굳이 할 필요 없겠지요."

한쪽만 보이는 칼리프의 입매가 비틀렸다. 그런 칼리프에게서 눈을 돌리던 디아나의 시선에 에스테반이 걸렸다.

'에스테반의 눈이 원래 저랬나?'

좋은 감정을 지니고 있던 자는 아니었다. 하지만 늘 눈빛만큼은 사나운, 거침없이 자신의 길을 걸어가는 사람만의 분위기가 느껴졌었다.

'그런데 지금은…….'

전혀 그런 기색을 찾아볼 수 없었다. 마치 죽은 사람처럼 혼백이

나간 듯 눈에 빛이 하나도 없었다. 하지만 이내 시선을 돌렸다.

'뭐, 내가 신경 쓸 일은 아니지.'

지금 그녀에게 중요한 건 헤르만이었다.

"하하, 노히바덴 본성에서도 알아봤지만, 영애는 의외로 앙칼진 면이 있어."

로베르트가 가라앉은 분위기를 환기하듯 말했다.

"너무 그렇게 날 세울 필요 없네. 나는 그대를 손님으로 대할 생각이니까."

호쾌한 미소를 지으며 로베르트가 말을 이었다.

"노히바덴 대공은 내가 황제가 된다면 회유해야 할 중요 인물이니."

딸을 인질로 잡고 하는 말치고는 구차했다. 디아나는 금방이라도 쏘아붙이고 싶은 마음을 애써 가다듬었다. 대공님의 가슴에 대못을 박으면서도 헤르만을 구하겠다고 이곳에 온 건 그녀의 선택이었다.

"아, 물론 오흐리드도 마찬가질세. 뭐, 오흐리드는 요새 조금 소란스러운 모양이지만 말이야."

"오라버니."

에스텔이 한숨처럼 로베르트를 불렀다. 로베르트가 말리지 말라는 듯 손을 들어 막고는 말을 이었다.

"세니르가 그런 식으로 배신할 줄 누가 알았겠어."

로베르트가 그의 앞에 하인이 준비해 둔 찻잔을 들며 느물거렸다.

"세니르가 랏세 르델의 아들이라니."

"……?"

디아나가 저도 모르게 미간을 잔뜩 찌푸렸다.

'……랏세 르델? 내가 아는 그 랏세 르델이 맞나?'

이번에 오발론 남작의 일이 주목받으며 밝혀진 사실이 하나 있었다.

오발론 남작의 죄를 뒤집어쓰고 일가족이 자살한 억울한 피해자, 랏세 르델의 존재.

자살이 아니라는 소리도 있었다. 너무 오래전 일이라 명확히 밝혀지지는 않은 걸로…….

"아, 영애는 몰랐나?"

그런 디아나의 얼굴에 로베르트가 만족스럽게 눈을 빛냈다.

"하긴 그럴 수도 있겠군."

그 모습에 왜 갑자기 오흐리드와 세니르를 주제로 꺼냈는지 알 수 있었다.

"나도 칼리프가 말해 주어 알았네. 하하.

"……."

호인인 척하지만 노히바덴 본성에서의 일을 잊지 않은 것이 분명했다. 마치 나뭇가지로 곤충을 찔러 보고는 어떤 반응을 관찰하려는 듯한 태도였다.

그 수작질을 알기에 그가 원하는 반응을 보여 주고 싶지 않았다.

'로펜 성을 나가서 세니르에게 직접 물어보면 돼.'

계획대로라면 로펜 성에 오래 머물 일, 없을 테니까. 디아나가 혼란스러움을 감추며 입을 꾹 다물었다. 에스텔이 나직이 타박했다.

"오라버니. 그만하세요."

"내가 무얼."

"그만 붙잡고 영애가 찾아온 분부터 만나게 해 주세요."

"아, 그래. 내 영애를 초조하게 만들었군."

"현자님을 만날 수 있게 안내하실 거죠?"

"그래, 안내하마. 어휴, 내 동생의 재촉이 유난이군."

로베르트가 고개를 내저었다.

"그럼 제가 안내할게요."

"네가?"

로베르트가 에스텔 곁에 선 에스테반을 힐끗 보곤 의아한 얼굴을 했다. 에스텔이 고개를 끄덕였다.

"네. 불안하실 텐데……."

그녀는 디아나를 힐끗 보며 로베르트의 귓가에 속삭였다.

"그래도 성별이 같은 제가 조금이라도 더 안심될 거에요."

에스텔과 디아나를 번갈아 본 로베르트가 허락을 내뱉었다.

"알겠다."

에스텔이 테이블을 짚고 일어나자 로베르트가 칼리프를 보았다. 칼리프도 고개를 까딱였다.

"마법 물품은 없어 보이니 안심하셔도 될 겁니다."

"……."

무슨 탐지 마법이라도 걸었던 것일까? 디아나가 칼리프와 로베르트를 번갈아 보고 코웃음을 치며 에스텔을 따라갔다. 방을 나가고 나서야 등 뒤에 식은땀이 잔뜩 난 걸 알았다.

'펜던트 가져왔다간 큰일 날 뻔했네.'

역시 놓고 오길 잘했다. 그녀가 정령과 계약한 사실을 모르니 몰래 가지고 들어올까 생각도 했었다.

하지만 파문 현자인 칼리프의 존재가 걸렸다. 디아나가 허전한 가슴팍을 매만졌다.

"……영애, 영애?"

생각을 이어 나가던 디아나는 귓가를 파고드는 소리에 상념에서 빠져나왔다. 앞장선 에스텔이 그녀를 돌아보고 있었다.

"생각이 많으시겠지만, 걱정하지 마세요."

잠시 걸음을 멈췄던 에스텔이 다시 앞서 나갔다.

"현자 헤르만 레체프는 잘 지내고 계십니다. 조금 뒤에 확인할 수 있을 거예요."

"우리도 세계탑까지 적대할 생각은 없으니까요."

현자인 헤르만을 공격한 건 둘째 치더라도 파문 현자와 손을 잡은 걸 가만둘지는 알 수 없는 일이었다.

"지금은 우스운 소리라 여기겠지만, 오라버니가 황제가 된다면 충분히 보상할 예정이에요."

디아나가 한숨을 내쉬었다. 보상이라니. 정말 우스운 소리였다.

"에스텔 저하. 지금이라도 생각을 바꾸세요."

디아나는 허공에 흩어질 말인 걸 알면서도 마지막 미련을 담아 설득을 시도했다.

"파문 현자 칼리프는 대륙법을 어겨 파문당한 자예요. 대륙법도 우습게 보는 자를 믿을 수 있다고 보는 건가요?"

내내 숨어 있던 그가 로베르트의 곁에 갑자기 나타나, 물심양면 돕고 있는 상황은 아무리 살펴봐도 기이했다.

"파문되었든 죄를 지었든 상관 없어요."

하지만 에스텔은 단호하게 말했다.

"칼리프는 에스테반을 낫게 해 준 유일한 사람인걸요."

디아나가 인상을 찌푸렸다.

"에스테반을 칼리프가 낫게 했다고요?"

"네."

디아나가 입술을 깨물었다.

"모두가 포기했는데 칼리프만이 그를 치료할 수 있다고 했죠."

에스테반의 사고 이후 에스텔이 모든 사교 활동도 접고 에스테반의 치료를 위해 백방으로 손을 쓴 사실은 유명했다.

"그대도 현자 헤르만 레체프를 살리기 위해 위험할지도 모르는 선택을 했잖아요?"

절로 말문이 막혔다.

"아, 물론 오라버니와 저는 그대에게 해를 끼칠 생각은 없어요. 아니, 못한다는 말이 정확하겠네요."

에스텔이 흘러내린 자신의 머리칼을 뒤로 넘기며 말을 이었다.

"그대에게 해를 끼치면 노히바덴 대공의 분을 감당 못 할 테니까요."

에스텔이 읊조리듯 작게 말했다.

"부럽기도 하네요."

디아나가 무슨 소리냐는 듯 에스텔을 보았다.

"믿음직스러운 아버지를 두었다는 것이요."

"……."

"대공이었다면 에스테반을 그리 쉽게 포기하진 않았겠지요."

에스텔이 우울한 눈을 한 채 힘없이 웃었다. 로펜 성에서 가장 피곤한 낯을 한 사람은 로베르트도 에스테반도 칼리프도 아닌 에스텔이었다.

"자, 이제 도착했네요."

에스텔이 바라본 방향, 복도 중앙에 있는 문 앞을 두 명의 기사가 지키고 서 있었다. 감옥에 가두거나 그런 건 아닌 듯싶었다. 에스텔이 앞에 서자 오른편의 기사가 문을 두들겼다.

"……."

안에서는 아무 소리도 나지 않았다. 에스텔은 익숙하게 문을 열었다. 다소 성급하게 안으로 들어간 디아나가 안을 살폈다. 헤르만이 곧장 보였다.

평범한 방, 그 가운데 놓인 소파에 헤르만이 눈을 한쪽 팔로 가린 채 늘어져 있었다. 편한 옷차림의 헤르만에게서는 눈을 가리지 않은 쪽 팔에 붕대를 감은 것 빼고 특별한 부상은 보이지 않았다.

그리고 팔에 그녀와 같이 이상한 팔찌를 하고 있었다. 그때 헤르만이 툭 내뱉었다.

"놓고 가."

그녀를 하녀로 착각하는 듯했다. 에스텔은 가만히 지켜보듯 뒤로 물러나 있었다. 디아나가 눈을 굴리다 조심스럽게 입을 열었다.

"……헤르만, 저예요."

소파에 늘어져 있던 헤르만이 디아나의 목소리에 눈을 번쩍 뜨며 재빠르게 일어났다. 그녀를 바라본 헤르만이 입을 쩍 벌렸다.

"이런 미친."

*　　*　　*

헤르만은 마치 불 뿜는 용처럼 한참 동안 화를 냈다. 에스텔조차 질린다는 얼굴로 불쌍하다는 듯 그녀를 볼 정도였다.

"머리는 왜 그 모양이야?"

"아."

한참을 화내다 한 첫마디였다. 디아나가 목덜미에 흔들거리는 머리칼을 슬쩍 만졌다.

"그냥, 답답해서 잘라 봤어요."

"자르면 시원해?"

"가벼워지긴 하죠."

마음도 머리도 가벼워졌다. 헤르만이 이해 가지 않는 얼굴로 그녀의 목덜미를 바라보다 안색을 굳혔다.

"너, 펜던트는…… 설마 저것들한테 뺏긴 거야?!"

졸지에 '저것들'이 된 에스텔이 차를 마시다 얕은 기침을 했다.

"아뇨, 놓고 왔어요."

"……다행이네. 뺏겼으면 골치 아팠을 텐데."

"펜던트라뇨?"

찻잔을 내린 에스텔이 끼어들었다. 헤르만과 만나게 해 주었지만 단둘이 있게 해 주진 않았다. 감시받는 처지인 것이다.

에스텔을 신경 쓰느라 말을 골라야 했다. 그래도 정치에 익숙했고, 그녀에게 악감정을 가진 로베르트보단 에스텔이 약간 더 편했다.

살며 누군가를 속인 적 없었음에도 막상 이런 상황에 처하니 매우 태연한 얼굴을 할 수 있었다.

"제가 매일 하고 다니던 어머니 유품이에요."

딱히 거짓말도 아니니 더 쉬웠다.

"아, 오흐리드 소백작의……."

에스텔이 한숨을 내쉬며 말했다.

"오라버니가 영애를 붙들어 놓긴 했지만, 유품을 뺏을 정도로 망종은 아니랍니다."

"개소리할 거면 꺼지지?"

헤르만이 으르렁거리듯 말했다.

"감시하려고 앉아 있는 주제에. 황족이란 것들은 하나같이 왜 다 저따위로 위선적인지."

에스텔이 약간 자존심 상한 얼굴을 했다.

"너희의 목적을 모를 것 같아?"

내내 화를 내 놓고도 또 화가 치미는지 헤르만이 쏘아붙였다.

"자기 백성을 아끼는 자라면, 아니 그냥 사람이라면 이딴 짓거리 생각 못 하지."

"……."

"이대로 기다리는 거잖아."

디아나 또한 무겁게 시선을 내렸다.

"남부 사람들이 다 죽어 나자빠지길 바라면서. 이를 버티다 못한 남부 귀족들이 너희들에게 협조할 때까지."

로베르트의 최종 목적은 이대로 동부에 틀어박히는 것이었다. 디아나를 인질로 잡아, 대공이 더는 전쟁에 끼어들지 못하게 하며.

황제가 어쩔 수 없이 남부를 지키기 위해 중부군을 내려보내면 더 좋았다.

아니어도 상관없었다. 남부가 망하도록 방치한다면 남부 귀족들은 황제의 폐위를 주장할 것이고, 이것이 받아들여지지 않더라도 황제는 저절로 힘을 잃을 테니.

그러면 황제 자리가 로베르트의 손에 들어가는 것은 시간문제인 것이다.

"내 말이 틀리나?"

*　　　*　　　*

칼리프가 아쉽다는 듯 말했다.

"뭐라도 걸렸다면 재밌었을 텐데 말이죠."

"그 무슨 소리요? 문제는 없는 게 좋지."

로베르트가 질겁하며 답했다.

"영애에게 문제랄 게 있을 리 없지. 소환수만 빼면 평범한 귀족 영애일 뿐이오."

"그런가 봅니다."

칼리프는 내심 미련 남은 속을 달랬다. 홍염의 주인인 대공의 딸이라길래 기대했는데. 고도의 탐지 마법에 아무것도 걸리지 않았다.

평범하기 그지없는 소녀.

그래도 혹시 뭔가 더 파헤칠 수 있으면 좋을 텐데.

세계탑을 적으로 돌린 그리고 해도 대공을 상대하고 싶진 않았다.

"그런데 대공에게 이 정도로 공을 들여야 하나?"

지그프리트에게서 승리를 얻고 자신감에 찬 로베르트였다. 그런 로베르트를 모지리 보듯 본 칼리프가 말했다.

"대공이라면 로펜 성 성문을 뚫는 데 하루도 걸리지 않을 겁니다."

"그게…… 가능한가?"

성인 남성이 혼자서는 밀어 열 수도 없는 거대한 철문이었다. 그걸 하루 만에 뚫는다고?

"홍염으로 녹여 버리면 끝나는 걸 뭐 하러 시간을 끌겠습니까."

칼리프도 정령의 힘은 인정했다. 순수한 파괴력만으로는 마법사들도 따르기 힘든 것이 정령이었다.

그만큼 제멋대로에 제어가 힘들기에 이제는 거의 사장된 힘이지만.

로베르트의 얼굴이 대번에 핼쑥해졌다. 헛기침을 한 로베르트가 다소 급하게 물었다.

"소환수는 그 팔찌가 확실히 막는 것이겠지?"

칼리프의 눈초리가 대번 사나워졌다.

"아니, 그대의 능력을 의심하는 것이 아니라……."

칼리프의 자존심을 건드린 듯 보이자 로베르트가 달래듯 말했다.

"혹시 문제가 생기면 절대 안 되니까 말일세."

"……확실히 막아 줍니다."

"그렇다면 다행이네만."

"저하가 가지고 계신 열쇠 아니면 세계탑에나 가야 풀 수 있으니 걱정하실 필요 없습니다."

"흠. 하긴 현자인 헤르만에게도 통하는 물건이니."

로베르트가 고개를 주억거리다 갑작스레 탄성을 내뱉었다.

"아, 이런."

칼리프가 의아하게 로베르트를 보았다.

"대공에게 보낼 머리칼을 잘라 달라고 하는 걸 깜박했군."

별 의미 없는 말에 흥미를 잃은 눈으로 의자에 기댔다. 로베르트가 자리에서 일어났다.

"먼저 가 보겠네. 슬슬 대공에게 소식을 전해야지."

칼리프는 별다른 대답을 하지 않았고 로베르트는 익숙하게 방을 나섰다. 칼리프 홀로 남아 음미하던 침묵은, 얼마 지나지 않아 쾅 문을 열어젖히는 소리에 산산이 부서졌다.

다급히 방으로 다시 들어온 로베르트가 흥분한 어조로 말했다.

"노히바덴 대공이 동부에 당도했다고 하네."

*   *   *

홀로 남은 방 안은 고요했다. 목욕하고 하녀가 가져다준 옷을 입었다. 원래 입고 왔던 옷은 모두 가져갔다.

디아나가 피곤한 눈을 문지르며 소파에 앉았다. 푹 꺼지는 소파가 몸을 편안히 감쌌다. 소파뿐 아니라 벽지부터 가구까지 고급스러운, 매우 좋은 방이었다.

"웃기네."

이런 대우로 면피하려는 위선이 느껴졌다. 잠시 쉬었던 디아나가 다시 몸을 일으켰다. 방 안을 샅샅이 뒤졌지만 역시나 별건 없었다.

마지막으로 창가에 다가갔다. 널찍한 테라스까지 딸린 방이었다. 별다른 흔적이 없는 테라스 문을 밀자 달칵 소리와 함께 손쉽게 열렸다.

'잠그지도 않았네.'

제대로 속여 넘긴 게 분명했다. 그녀를 평범한 영애로 여기기로 한 모양이었다.

꼭대기 층의 방이라 바람이 조금 거셌다. 난간 밖으로 고개를 내밀자 원래는 정원이었던 것 같은 곳에 순찰을 도는 병사들이 보였다.

'그래도 쉽진 않아 보이네.'

아래를 살피던 디아나가 고개를 들었다. 곧장 들어가려던 디아나의 발길을 짙은 석양이 붙잡았다. 붉은 노을 가운데 둥그런 태양이 성벽에 걸쳐 있었다.

이를 멍하니 보고 있자니, 헤르만을 만나느라 잠시 뒤로 미룬 것들이 머리를 어지럽혔다.

'……세니르가 랏세 르델의 아들이라고?'

말도 안 되는 소리였다. 세니르의 과거는 오흐리드 저택에 들어오기 전에 이미 상세하게 조사했었다고 들었다.

분명 별다른 점은 없었다고 들었는데.

'하지만…….'

쉽게 들통날 거짓말을 칼리프와 로베르트가 할 리가 없었다. 입술을 초조하게 짓씹던 디아나가 머리를 털었다.

'여길 나가서 직접 물어보면 돼.'

하지만…….

마음 한쪽이 불길하게 속삭였다.

'진짜면 어쩌지?'

끝내 답이 나오지 않는 질문에 혼란스러워하던 디아나가 얕은 의문을 내뱉었다.

"응?"

노을이 꿈틀거리는 느낌이었다. 눈을 가늘게 뜨고 일렁이는 노을을 자세히 살피던 디아나의 눈이 어느 순간 확장됐다. 불타는 새가 그녀가 있는 창문을 향해 직선으로 날아왔다. 방금까지 피로에 가득 찼던 얼굴이 순식간에 생생해졌다.

"홍염!"

*　　　*　　　*

로베르트의 가신들이 모두 모였다. 갑자기 동부에 모습을 드러낸 대공에 대해 의논하기 위해서였다.

"아직 총사령관 자리를 수락했다는 소식은 없습니다."

"하지만 노히바덴 대공이 동부에 모습을 드러낸 것만으로도……."

"하지만 이미 우리 수중에 있거늘 설마 신경 쓰지 않는 걸까요."

"생각보다 많이 아끼지 않는 것일 수도 있습니다."

가신들은 서로 이야기를 나누면서도 자리를 지키고 앉은 칼리프를 힐끔거렸다. 노히바덴 영애를 인질로 잡자는 계책을 짠 자가 칼리프였기 때문이다.

그들은 갑자기 나타나 로베르트의 참모 자리를 꿰찬 칼리프를 마음에 들어 하지 않았다. 오히려 '견제한다'에 가까웠다.

처음에는 출중한 능력을 가진 칼리프의 조력에 진심으로 감사했다. 하지만 지그프리트에게 승리를 거둔 후, 돌변했다.

벌써 완전히 이 반란이 성공했다 여기는 자들에게 가장 큰 적은 자신들의 권력을 노나 가질 듯한, 그리고 상당히 많이 가져갈 것으로 보이는 칼리프였다.

권력은 한정되어 있고, 이러다 굴러들어 온 돌이 박힌 돌을 빼낼까 모두 노심초사했다. 칼리프가 그들의 돌변한 태도를 모를 수 없었다. 하지만 모두 코웃음 치며 무시했다. 직접 상대할 가치가 없다 여겼기 때문이다.

그리고 그 거만한 태도가 적의를 더 불러일으키는 원인 중 하나였다. 로베르트가 뭐라도 말해 보라는 듯 칼리프를 바라보았지만, 칼리프는 지루한 표정으로 의자에 늘어져 있을 뿐이었다. 한숨을 쉰 로베르트가 입을 열었다.

"칼리프 공, 불안해하는 이들을 위해서라도……."

로베르트가 말하던 와중이었다. 갑자기 칼리프가 심각한 얼굴로 몸을 바로 세웠다.

"……?"

로베르트가 의아한 얼굴로 칼리프를 보았다.

"이건……."

─쿠당탕

의자가 밀려 뒤로 넘어가는 소리가 요란했다. 홀로 중얼거리던 칼리프가 갑자기 벌떡 일어나 회의실을 박차고 일어났다. 그런 칼리프의 뒷모습을 로베르트가 허망하게 바라보았다.

뒤도 돌아보지 않고 달려간 칼리프가 도착한 곳은 기사들이 지키고 있는 방이었다.

"무슨 일이십……!"

기사를 밀친 칼리프가 곧장 문을 열었다.

─쾅

거세게 열어젖힌 문이 벽에 부딪혔다. 이런 행동을 할지 미처 예상치 못했기에 기사 또한 반응이 늦었다.

"칼리프 님, 이게 무슨 짓입니까!"

기사가 뒤늦게 기겁해 소리쳤다. 뒤이어 테라스에서 기분 나쁜 기색이 역력한 목소리가 들렸다.

"무슨 일이죠?"

기사가 당황하여 고개 숙였다. 그렇지 않아도 무고한 레이디를 감시하는, 기사도에도 어긋난 임무를 받은 것이 내킬 리 없었다.

그럼에도 제 상관이 처한 상황과 명령에 의지해 간신히 수행하고 있는 도중인데 이렇게 갑자기 레이디의 방을 노크도 없이 들어가다니.

상상하기 힘든 폭거였다. 어쩔 수 없는 상황이라 설명받으면 모를까. 칼리프를 바라보는 기사의 눈초리가 좋지 않았다.

그러나 칼리프는 아무 사죄도 없이 눈알을 부라리며 방 안만 둘러볼 뿐이었다.

"분명히……."

"갑자기 무슨 일이시죠?"

"칼리프 님."

디아나의 물음과 기사의 재촉을 무시하며 칼리프가 마저 방을 살폈다. 분명 이곳에서 강대한 힘이 느껴졌다. 하지만 달려오는 짧은 사이 자리를 떠난 듯 희미한 마력의 흔적만이 남아 있었다.

"너 여기서……."

방 안의 소녀에게 쏘아붙이려던 칼리프가 불현듯 입을 다물었다. 일반인은 정령을 느낄 수 있을 리 없었다. 오히려 괜한 말로 대공이 동부까지 왔다는 걸 인질 귀에 들어가게 하는 것일 수도 있었다.

입을 악다문 칼리프가 디아나를 쏘아보다가 몸을 홱 돌려 방을 빠져나갔다. 나부끼는 로브 자락이 문 너머로 사라졌다.

기사가 송구한 낯으로 그녀에게 인사하고는 칼리프가 나간 문을 닫았다. 닫힌 문 뒤로 안도하는 디아나의 모습은 당연히 아무도 보지 못했다.

*　　*　　*

갑자기 뛰쳐나갔던 칼리프가 회의실로 돌아오자 로베르트가 인상을 찡그리며 물었다.

"대체 무슨 일이었기에 그리 황급히 뛰쳐나간 것이오?"

"대공이 동부에 왔다는 건 확실합니다. 홍염이 디아나 노히바덴의 방에 찾아왔었습니다."

정령과 주인은 어느 정도 거리를 둘 수 있지만, 완전히 떨어지진 못했다. 대공이 근방에서 정령을 보낸 것이 확실했다.

예민한 칼리프의 말투와 달리 로베르트의 반응은 심드렁했다.

"아, 그거."

"……?"

"노히바덴 대공에게 전서가 왔네. 홍염으로 딸의 안전을 확인했다고."

"예?"

로베르트가 약간 한심한 눈길로 칼리프를 보았다.

"그대가 뛰쳐나가자마자 전령이 왔어."

칼리프가 아연한 얼굴을 했다.

"회의까지 박차고 말없이 뛰쳐나가길래 무슨 큰일이라도 벌어진 줄 알았건만."

혀를 찬 로베르트가 한숨을 내쉬며 얼굴을 쓸어내렸다.

"앞으론 먼저 얘기를 하고 나가 주시게."

"……."

"별일도 아닌데 괜히 놀라지 않았는가."

"로베르트 저하. 별일이 아니라니요. 홍염이 여기까지 왔다는 것은……."

"자자, 일단 앉으시오."

칼리프의 말을 자르며 로베르트가 앉으라 손짓했다. 칼리프가 어처구니없는 눈으로 로베르트를 바라보았다. 지그프리트를 죽이고 노히바덴 영애까지 손에 넣자, 본인이 이미 승리한 줄 아는 모양이었다.

영애를 붙잡기 전의 태도와는 확연히 달라진 모습이었다. 본인이 상황을 주도하고 있다는 멍청한 착각이 엿보였다.

입을 다문 칼리프가 굳은 얼굴로 착석했다. 웃기지도 않은 착각은 언제라도 뒤집을 수 있었다. 하지만 좀 더 큰 목표를 위해 아직은 참아야 했다.

의자에 앉은 칼리프가 로베르트 곁의 에스테반을 보고 입매를 비틀었다.

         ＊   ＊   ＊

바깥의 상황은 알 수 없었다. 에스텔이 그녀에게 불편한 점은 없는지 물으러 하루에 한 번 정도는 방문했고, 감시가 따르긴 했지만 헤르만도 두세 번 더 만날 수 있었다.

불안한 마음을 억누르며 그렇게 며칠째.

드디어 기다리던 손님이 그녀를 찾아왔다.

성안에 경비를 서는 기사와 병사들을 제외하고는 대부분 잠든 야심한 시각이었다. 마찬가지로 잠에 빠져들던 디아나는 뺨을 간지럽히는 느낌에 무심코 손을 뻗었다.

그리고 뭔가 생각지도 못한 것이 손에 툭 걸리는 느낌이 들었다.

"······?"

인상을 찡그린 디아나가 눈을 떴다. 어두운 방. 그녀의 머리맡에 작은 무언가가 움직였다.

상황을 확인한 디아나가 몸을 벌떡 일으켰다. 그녀의 손바닥보다 약간 작은 쥐가 바둥거리며 뒤집힌 몸을 바로 했다. 헤르만이 잡히기 전 그녀에게 보냈던 소환수였다. 디아나가 황급히 속삭이며 손을 뻗었다.

"미안해."

그녀의 손에 감싸진 쥐가 움찔움찔 떨더니 입에서 무언가를 토해 냈다. 반짝이는 장신구. 그녀의 펜던트였다.

재빠르게 펜던트를 쥔 디아나가 곧장 속삭였다.

"실라."

며칠간 떨어져 있던 정령이 튀어나와 그녀의 뺨에 달라붙었다. 소환수가 뒤이어 작은 쪽지도 토해 냈다. 이 소환수는 사람의 눈을 피해 연락을 주고받는 목적으로 만들어졌다.

크기가 작은 물건들만 담을 수 있었기에 다행히 칼리프의 눈은 피할 수 있었다. 물론 헤르만이 붙잡히며 원래 소환수들이 통로로 이용하는 그림자는 사용할 수 없게 됐다.

하지만 이 정도 작은 크기의 쥐라면 그림자를 이용하지 않더라도 성안의 이곳저곳을 제집 돌아다니듯 다닐 수 있었다.

홍염이 그녀의 위치도 파악해 갔으니 찾아오기는 더 쉬웠다. 그래도 사람들의 눈을 피해 직접 뛰어다니느라 힘들었을 터였다. 펜던트를 목에 건 디아나가 쪽지를 집지 않은 반대편 손가락으로 쥐를 쓰다듬었다.

"고생했어. 정말 잘했어."

세수하며 수염을 매만진 쥐가 그녀의 소매로 숨어들었다. 디아나는 확인한 쪽지를 바로 촛불에 태웠다. 그리고 곧장 창가로 달려갔다.

'활이 있으면 좋겠지만…….'

디아나가 숨을 크게 들이쉬었다. 이 방법은 힘이 상당히 빠지지만 달리 방도가 없었다. 그동안 봐둔 적당한 성벽을 목표로 잡고 눈을 감았다.

힘이 뭉텅 빠져나가는 느낌과 함께,

― 쾅!

성벽에서 폭발하는 듯 큰 소리가 났다. 로펜 성에 불이 하나둘씩

켜지면서 소란스러워졌다. 그리고 얼마 뒤 급박한 노크 소리가 문을 두들겼다. 그녀의 목소리를 확인하자 곧장 문이 열리고 기사가 들이닥쳤다.

"영애, 잠시 이동해야 하겠습니다."

"이 밤에요?"

"죄송합니다."

"어디로요?"

"안전한 곳으로 모시겠습니다."

그들에게 안전한, 감시하기 쉬운 곳이란 뜻일 터였다. 다급한 기사의 얼굴을 보아 제대로 소란을 일으킨 모양이었다. 기사가 짧게 기다려 주었고, 잠옷 차림 위에 외투를 걸친 디아나가 기사를 따라 방을 나섰다.

밖에서 기다리던 기사는 둘. 총 세 명의 기사들이 그녀를 감쌌다. 확실히 그녀를 일반인으로 여기고 있는 것이 느껴졌다.

'이 정도면 혼자서도 도망칠 수 있을 것 같은데.'

디아나가 이리저리 날아다니는 실라를 힐끗 보았다. 밖은 무척 소란스러워 보였지만, 그녀가 지나는 복도는 병사들이 이용치 않는 길인지 조용한 편이었다.

얼마나 따라갔을까, 멀리서 소란스러운 발소리가 몰려왔다. 곧이어 맞은편에서 한 무리의 기사들이 나타났다. 당장 전쟁터에 나서도 될 만큼 면갑까지 쓴 이들의 모습에 그녀를 데려가던 기사들이 경계했다. 그리고 그녀에게 볼일이 있는지 맞은편의 기사들이 곧장 다가왔다.

"무슨 일이십니까?"

그녀를 방에서 데리고 나온 기사가 나섰다.

"영애를 다른 곳으로 보내기로 했습니다."

"예? 그런 명령은 전달받지 못했습니다만."

"여기 확인해 보십시오."

익숙한 목소리의 상대가 두루마리를 내밀었다. 디아나가 가까스로 표정을 관리했다. 건네받은 두루마리를 펼쳐 확인한 기사가 중얼거렸다.

"정말이로군."

명령서를 확인한 기사들이 말했다.

"데려가십시오."

세 명의 기사들은 그녀를 넘긴 후 뒤돌아 물러갔다. 꽤 멀어졌다 싶으니 두루마리를 건넸던 기사가 입을 열었다.

"헤르만 레체프 님께도 사람들이 갔습니다. 곧 안전히 모셔올 겁니다."

면갑을 내리자 기사의 얼굴을 확인할 수 있었다. 익숙한 얼굴에 아직 탈출한 것도 아니지만 안도가 밀려왔다.

"패트릭 경."

주변의 기사들 또한 고개를 살짝 숙여 인사했다.

"정말, 정말로 무사하셔서 다행입니다."

"네. 잘 지냈어요. 어떻게…… 무사히 들어왔네요."

"……오흐리드 백작가에서 심어 놓은 사람들이 상당하더군요."

패트릭 경이 떫은 기색을 숨기며 말했다. 로펜 성에 잠입하는 방법도, 저 가짜 명령서도 세니르가 마련한 것이었다.

오흐리드랑 손을 맞출 일이 있을 거라고는 생각도 한 적 없었는데.

신기하면서도 오흐리드가 뻗어 놓은 손들에 경악할 정도였다.

"마침 저기 오는군요."

헤르만이 패트릭 경과 비슷한 차림새의 기사들에게 둘러싸여 다가오고 있었다.

"디아나!"

그녀를 발견한 헤르만이 낮게 소리치며 달려왔다. 헤르만이 다시 입을 열기 전 디아나의 소매에 있던 소환수가 불쑥 튀어나왔다. 헤르만이 놀란 낯을 했다.

"얘가 왜……. 설마 그 폭발음 네가 낸 거야?"

헤르만이 빠르게 상황을 눈치챘다. 서로 정보 교환을 마친 기사가 설명했다.

"이대로 비밀 통로로 나갈 겁니다."

"비밀 통로?"

헤르만이 걱정과 의심이 서린 목소리로 말했다.

"그대들이 로펜 성 비밀 통로를 어찌 아나?"

"오흐리드 백작가에서 건네준 정봅니다."

"허, 무슨…… 그런데 오흐리드 백작은 아직 근신 중 아닌가?"

헤르만도 세니르가 도왔다곤 생각지 않았다.

"자세한 건 나중에 설명 드리겠……."

기사가 말을 멈추고 입을 다물었다. 복도 맞은편 끝에 한 무리의 사람들이 나타났다. 절로 디아나와 헤르만의 표정이 굳었다.

'하필……!'

에스테반과 에스텔이었다. 어딘가로 이동하고 있었는지, 한 무리의 기사들과 함께 걸어오던 에스텔 또한 그들을 발견했다. 놀란 눈의 에스텔이 곧장 그들에게 다가왔다.

"왜 두 분이…… 여기 계신 거지?"

"이동 장소가 변경됐습니다."

어느새 면갑을 다시 쓴 패트릭 경이 태연하게 답했다.

"바뀌었다고?"

에스텔이 고개를 갸웃 기울였다.

"난 전달 받은 게 없는데?"

그들을 훑어본 에스텔의 눈에 의심이 스쳤다. 디아나가 초조하게 주먹을 말아 쥐었다. 기사라면 모를까 에스텔에게 가짜 명령서가 통할지 모르는 일이었다. 하지만 패트릭 경이 명령서를 꺼내 보일 필요도 없이 에스텔이 단호하게 명했다.

"가서 오라버니께 여쭙고 오거라."

디아나가 입술을 깨물었다.

"알겠습니다."

"잠시 여기서 대기하죠."

명령을 받은 기사가 자리를 벗어나려 할 때였다.

"윽."

머리를 짚은 기사가 비틀거리더니 손을 허우적거리다 그대로 픽, 쓰러졌다. 에스텔 주변의 다른 기사들도 마찬가지였다. 멀쩡한 자들은 디아나와 함께 있던 노히바덴가의 기사들뿐이었다.

갑작스러운 사태에 모두 한 박자 늦게 상황을 파악했다.

"이게 무슨 일……!"

에스텔이 소리치던 찰나였다.

―스릉

동시다발적으로 뽑힌 검이 에스텔과 에스테반을 향해 겨눠졌다. 소리치던 모양 그대로 에스텔이 굳었다. 에스텔과 에스테반을 겨눈 둘을 제외하고 다른 기사들이 빠르게 주변을 살폈다.

"저 방으로 가죠."

비어 있는 걸 확인하고 온 기사가 가리켰다. 에스텔은 머뭇거렸으나 시퍼런 칼날이 바짝 다가오자 하얗게 질린 얼굴로 따라왔다. 이 모든 상황에도 말 한마디 없던 에스테반도 조용히 뒤따랐다.

복도에 쓰러진 에스텔의 기사들 또한 지나가는 자들의 눈에 띄지 않도록 방 안으로 끌고 들어왔다. 그 모습을 보던 에스텔이 중얼거렸다.

"포기하세요. 로펜 성에 있는 병사들이 한둘도 아닌데 고작 그 정도 기사들로 탈출할 수 있을 것 같으세요?"

"……."

"제가 없어진 것도 금세 알아차릴 거라고요."

모두 내색하지 않았지만 안 그래도 어그러진 계획에 살짝 당황하고 있었다. 그때 헤르만의 손에서 희미한 빛을 깜빡이던 것이 떨어졌다.

'저걸 왜 헤르만이 가지고 있지?'

바닥에 부딪히며 파삭 소리를 내며 깨진 구슬은 디아나도 본 적 있는 것이었다. 세니르가 바스티안의 친모를 길거리에서 재울 때 쓴 마법 아이템이었다.

'그때는 마석에 닿은 한 사람만 재울 수 있는 아이템이라고 했던 거 같은데?'

미간을 찌푸린 헤르만이 손등으로 입가를 닦아 냈다. 슬쩍 붉은 빛이 비쳤다.

"헤르만……!"

피가 묻은 손등을 옷자락에 문지른 헤르만이 기사를 향해 반대 손을 펼쳤다.

"검 줘 봐."

"예?"

"빨리."

머뭇거릴 틈도 없다는 듯 헤르만이 기사에게서 직접 검을 뺏었다. 그리고 아무 예고 없이 헤르만이 든 칼날이 에스테반의 배를 찔렀다.

"허어억!"

누군가 저도 모르게 놀란 숨을 들이켰다.

"에스테반!"

에스텔이 비명처럼 소리쳤다. 전혀 예측하지 못한 상황에 모두 눈을 부릅떴다.

"이게 뭐 하는 짓이야!"

"이거 열쇠 가지고 있지? 내놔."

무언가 알고 있는 바라도 있는지 확신에 찬 헤르만이 구속구를 차고 있는 팔을 흔들어 보였다.

"당신 미쳤어?!

"이 정도로는 안 죽어."

헤르만이 태연한 안색으로 말했다.

"더 찌르면 어떻게 될지 모르지만."

아직 검이 박혀 있어서인지 피가 흐르진 않았다. 에스테반이 가쁘게 숨을 쉬며 배에 박힌 검날을 얕게 잡고 허리를 옹송그렸다.

"10초 주지."

"무, 무슨 소리를 하는, 열쇠라니!"

헤르만의 한쪽 입꼬리가 삐뚜름하게 올라갔다.

"5, 4, 3."

반을 뚝 잘라먹은 숫자부터 곧장 카운트가 시작되었다. 에스텔의 안색이 대번에 하얗게 질렸다.

"2—"

검을 쥔 헤르만의 손에 힘이 들어가는 것이 보였다.

"하나밖에 없어!"

에스텔이 소리쳤다.

"하나?"

"내가, 내가 가지고 있는 건 영애 것뿐이야. 당신 건 오라버니가 가지고 계셔! 정말, 정말이야!"

"하, 젠장."

욕설에 디아나가 살짝 놀랐다. 헤르만이 검을 뽑았다. 에스테반은 작은 신음 한번 없이 배를 부여잡고 주저앉았다.

'⋯⋯너무 이상한데?'

디아나가 에스테반을 가만히 바라보았다.

'에스테반이 저런 사람이었나?'

아무리 깨어난 지 얼마 되지 않아 회복이 덜 되었다지만, 이런 상황에서 가만히 있는다고?

"에스테반!"

"움직이지 마십시오."

에스텔이 소리치며 다가가려는 걸 기사가 단호하게 막아섰다. 여전히 에스텔 목에 검이 겨누어져 있었다.

"열쇠. 그거라도 내놔."

벌벌 떨리는 손이 품속에서 비단 주머니를 꺼냈다. 동그란 구멍에 여하간 독특하게 생긴 열쇠였다. 건네받은 기사가 헤르만에게 넘겼다.

"에스텔이 열쇠를 가지고 있다는 걸 어떻게 안 거예요?"

디아나가 목소리를 낮춰 속삭이듯 물었다.

"그간 마냥 붙잡혀 있기만 한 건 아니거든."

헤르만은 독특한 열쇠의 사용법을 아는지 곧장 그녀의 손목을 채우던 구속구에 열쇠를 꽂아 넣었다. 부드럽게 들어간 열쇠가 돌아가자 구속구가 풀렸다.

― 철컥.

구속구를 한쪽에 집어 던진 헤르만이 그대로 검을 들어 휘둘렀다.

"혀, 현자님!"

검의 궤적을 예측한 기사들이 다급히 소리쳤다.

ㅡ픽.

기묘한 소리와 함께 칼날이 에스테반의 목을 베어 냈다. 몸을 잃은 에스테반의 머리칼이 흩날리며 바닥으로 떨어졌다. 이 모든 상황이 아주 느리게 보였다. 에스텔의 눈이 커다랗게 확장됐다.

"아."

멍하니 바라보던 에스텔이 그대로 바닥에 쓰러지듯 주저앉았다. 짧은 침묵 후 에스텔이 비명을 지르듯 에스테반의 이름을 불러댔다.

"에스테반, 에스테반!"

에스텔이 바닥을 기어 에스테반을 향해 다가갔다.

"왜, 왜! 달라는 대로 줬잖아!"

에스테반을 끌어안은 에스텔이 물기 어린 노성을 터트렸다. 디아나가 그런 에스텔과 에스테반을 입술을 깨문 채 응시했다. 기묘한 악취가 났다. 기사들의 표정도 처음과 달리 굳어 있었다.

"네 눈엔 이게 사람으로 보여?"

검붉은, 정확히는 검은색에 가까운 끈적끈적한 핏물이 악취를 풍기며 느리게 흘러나왔다.

"칼리프 그 쓰레기가 정말 치료해 준 게 아니라 지 실험체로 쓴 거야."

"흐으윽, 아니야. 흐윽."

울음을 내뱉으며 에스텔이 마구 고개를 저었다.

"그걸 믿다니, 머저리같이."

씁쓸하게 에스텔을 바라본 헤르만이 단호하게 말했다.

"기절시켜."

기사들과 에스텔을 방 안쪽에 보이지 않게 묶어 둔 일행은 에스테반의 시체도 대충 숨기고 방을 빠져나왔다. 빠르지만 의심스럽지 않은 속도로 움직였다.

"에스테반 저하가……정말로 죽었던 거였어요?"

계속해 시체 같다, 기이하다 여겼던 것이 사실로 밝혀진 기분은 절대 후련하지 않았다. 찝찝하며 소름 끼쳤다.

"그래. 로베르트 그 개자식도 알고 있었을걸. 저 황녀는 속은 거야."

"왜, 아니 왜 이런 짓을……."

"내가 알아?"

뾰족하게 답한 헤르만이 다소 누그러진 목소리로 설명을 덧붙였다.

"……여기 붙잡혀 있는 동안 파악한 바로는 에스텔은 처음에 반란을 반대한 것 같더군."

"아……."

"아마 미끼가 필요했겠지."

에스테반을 어떻게서든 낫게 하려는 에스텔의 마음을 이용한 것이었다. 사악하고 잔혹했다.

"그냥 추측이야."

칼리프. 그자의 잔인한 범죄 사실은 알고 있었으나, 로베르트······.

로베르트는 에스테반과 에스텔의 친남매지간이면서 어떻게 이런 짓을 한단 말인가?

"아가씨, 조금만 더 가면 될 것 같······."

하지만 우르르 몰려오는 수많은 발소리에 기사들의 안색이 굳었다. 에스텔을 마주쳤을 때와는 비교도 안 되는 발소리였다.

"설마 벌써 들킨 건가?"

너무 빨랐다. 아니면 그녀가 일으킨 폭발이 생각보다 약했나? 심각한 낯을 하고 이제 앞뒤 볼 것 없이 그냥 달렸다.

"저기 있다!"

한쪽 복도에서 병사들이 우르르 몰려왔다.

"실라!"

ㅡ쿠당당탕

폭풍 같은 바람이 병사들을 날려 보냈다. 날아간 병사들이 서로 뒤엉키며 신음했다. 검을 뽑아 든 노히바덴의 기사들이 눈을 휘둥그레 뜨고 그녀를 보았다.

"정말로 정령사셨군요."

잠입하기 전에 전달받긴 했다. 하지만 직접 힘을 쓰는 걸 보니 놀라울 따름이었다. 이 힘이 저 작은 체구에서 나온 거라니.

"지금 감탄할 때야?"

헤르만의 일갈에 다시 서둘러 달렸다.

"이쪽으로······!"

하지만 도착한 복도마다 날려 보낸 수보다 더 많은 병사가 우르르 몰려들었다. 디아나의 이마에 땀이 맺히며 점차 숨소리가 거칠어졌다. 그 거친 숨소리는 단순히 뛰는 것에만 기인한 것이 아니었다.

"비밀 통로는 일직선으로 일단 들어가기만 하면 됩니다. 통로 끝에 기사단을 대기시켜 놓았으니……!"

— 쾅!

큰 폭발음과 함께 실라가 펼친 방어막에 큰 충격이 느껴졌다. 힘이 뭉텅이로 빠져나갔다.

하지만 미처 모두 방어하지 못했다. 확 줄어든 힘과 흡수하지 못한 충격에 디아나는 저도 모르게 바닥에 주저앉았다.

그런 디아나의 눈에 미처 방어막 안에 들어오지 못한 기사 몇이 피를 흘리며 나동그라져 있는 모습이 보였다.

그 순간 쓰러진 기사들을 향해 번쩍이는 공격이 이어졌다. 넘어지지 않은 기사들이 재빨리 공격을 막아 냈지만, 미처 다 막지 못한 공격도 있었다.

"마법……."

헤르만이 그녀의 팔을 붙잡고 일으켜 세웠다.

"쥐새끼처럼 어딜 도망가나?"

칼리프였다. 칼리프가 주변을 느리게 훑었다. 그 여유로운 모습에서 자신감이 느껴졌다.

"아, 대공가 쥐새끼들인가?"

피부가 따가울 정도로 날카로운 기운이 느껴졌다.

"그래, 이래야 재밌지."

칼리프가 헤르만을 응시하며 비죽 웃었다.

"안 그런가, 헤르만?"

헤르만이 이를 아득 물었다.

"칼리프."

"선배님이라고 해야지."

"역겹기는."

"왜 그리 날을 세우는지 모르겠군."

칼리프가 어깨를 으쓱했다.

"내가 파문된 자리에 들어갔으니 오히려 내게 고마워해야 하지 않느냐? 나 아니었다면 그 나이에 현자라니, 어불성설이지."

"너 혼자 병신 짓 하다 고꾸라진 걸 어쩌라고."

헤르만이 코웃음을 쳤다.

"에스테반 가지고 노니 재밌든?"

"역시. 에스테반을 죽인 게 너로군."

"이미 뒈진 놈을 어떻게 죽여? 네가 죽인 거겠지."

"글쎄. 어떻게든 깨워 달라고 했고, 난 그들 부탁대로 해 준 것뿐인데 뭐가 잘못된 거지?"

"개소리하지 마. 네놈 수작을 모를 줄 알아?"

칼리프가 고개를 기울였다.

"로베르트를 네놈 인형으로 만들어 제국을 네 멋대로 주물럭거리려는 거잖아?"

그래서 로베르트를 돕는 척 곁에 붙어 있는 것일 터였다.

"……."

칼리프의 반만 드러난 얼굴이 굳었다.

"잘 아는군."

칼리프의 눈이 어둡게 빛났다.

"그런데 혼자 알고 있지 그랬나. 왜 이리저리 끌어들여서는."

칼리프가 이어 중얼거렸다.

"다 죽게 생겼네."

─ 콰쾅!

커다란 소리와 함께 기사들이 막아 낸 마법이 갈라지며 애꿎은 벽을 강타했다. 그와 함께 몇몇은 칼리프를 향해 덤벼들기까지 했다. 두 번째 마법이 급하게 공격해 온 기사들을 향해 날아갔다.

─ 쾅! 콰쾅!

연속해서 커다란 소리가 지축을 흔들었다.

"고작 이 정도 수로 도망칠 수 있을 거라고 생각했다면 실망인데!"

칼리프가 기사들을 몰아붙였다.

"아가씨 어서 가십시오!"

이어 망설이는 발걸음을 재촉하듯, 헤르만이 그녀의 팔뚝을 붙들었다.

"어딜⋯⋯!"

칼리프의 마법이 날아오는 순간 어디선가 커다란 그림자가 갑자기 뛰쳐나왔다.

"하늘아!"

마법을 온몸에 맞으면서도 하늘이가 그대로 칼리프를 향해 달려

들었다. 칼리프가 화들짝 놀라 물러나며 손짓했다. 또다시 눈이 번쩍하며 커다란 소리와 함께 땅이 흔들렸다. 칼리프의 마법이 하늘이를 아슬아슬하게 빗나갔다.

"어떻게! 이 지긋지긋한……!"

잠시 칼리프가 평정심을 잃은 틈을 타 헤르만이 그녀를 잡아당겼다.

"가야 돼, 디아나."

헤르만의 손에 이끌리며 뒤를 돌아보았다.

"하지만……."

기사들 또한 반쯤의 병력이 칼리프를 막기 위해 남았다.

"아가씨, 어서요!"

다른 반은 재빠르게 복도를 앞서 나갔다. 헤르만이 거세게 그녀를 잡아끌었다.

*　　*　　*

로펜 성벽을 지켜볼 수 있는 얼마 떨어지지 않은 숲이었다. 그 안에 모습을 숨긴 한 무리의 기사들이 있었다. 그사이, 눈에 띄지 않은 차림새에도 미처 후광을 가릴 수 없는 자가 꼼짝도 하지 않고 가만히 서 있었다.

노히바덴 대공이었다. 디아나의 소식을 듣자마자 곧장 남부에서 동부로 달려왔다.

남부의 마물? 이제 더는 그에게 중요한 것이 아니었다.

한번 놓친 마물을 스스로 마무리 짓겠다 고집부리며 끝내 멍청한 황제 놈의 지원을 기다린 결과는 딸의 실종, 그리고 자발적 인질극이었다.

그의 딸이 인질로 잡힌 걸 알면서도 황제는 그에게 총사령관 자리를 밀었다. 딸아이 또한 아비의 판단을 이해할 거라는 개소리를 지껄이며.

마음 같아선 황궁도 당장 불태우고 싶을 지경이었다. 하지만 그가 이 상황에서 할 수 있는 건 기다리는 것뿐이었다. 세니르에게서 계획대로 성공했다는 소식이 오기만을 오매불망 기다리며.

이렇게 무력한 적이 얼마 만인지 알 수 없었다.

마음 같아선 직접 잠입하고 싶었다. 하지만 로펜 성에는 칼리프가 있었다. 가까이 다가간다면 눈치채지 못할 리가 없었다. 홍염의 강대한 힘이 이제는 오히려 그를 방해하는 장애물이 된 것 같았다.

그리고,

─쾅, 콰쾅!

기이한 폭음이 연달아 들리기 시작했다. 예정에 없던 소란이었다. 기사들이 초조함을 감추며 대공과 성을 바라보았다.

비밀 통로를 이용한 탈출구는 로펜 성에서 약간 거리가 있는, 이제는 비어 버린 마을이었다. 세니르와 기사단 대부분은 그 근방에 숨어 대기하고 있었다.

대공 또한 그곳에서 기다리는 게 어떻겠냐는 제안을 받았다. 하지만 대공은 차마 로펜 성에서 떨어질 수 없었다. 여기 있어 봤자 아무 도움도 안 되는 걸 알지만 로펜 성을 눈 안에 두지 않으면 당장이라도 미칠 것 같았다.

― 콰콰쾅!

연달아 들리던 폭음이 어느 순간 조용해졌다. 그조차 불안함을
가중시켰다. 기사 중 하나는 기다리지 못하고 입을 열었다.

"각하, 마을에 상황을 알아보러 가겠습니다."

그들이라고 딱히 성안의 상황을 당장 실시간으로 알지는 못하겠
지만 이대로 가만히 기다릴 수 없어 나선 것이었다.

"그래."

그런데 순간, 고개를 까딱이던 자세 그대로 대공이 갑자기 굳었다.

"각하?"

뭔가 믿기지 않은 듯 집중하여 성벽을 바라보던 대공이 갑자기
갈라테아에 올라탔다.

"가, 각하!"

투레질 소리와 함께 대공이 힘차게 말의 배를 걷어찼다. 갈라테
아가 그대로 달려나갔다.

"각하!"

기사들이 놀라 대공의 뒤를 서둘러 쫓았다.

*　　　*　　　*

"으아아아아아아악!"

긴 비명 뒤로 '퍽―' 하는 끔찍한 소리가 작게 이어졌다. 차마 성
벽 아래를 내려다볼 수 없었다.

"헉, 허억."

디아나가 가쁜 숨을 내쉬며 주변을 살폈다. 더는 성벽을 지키는 병사가 없었다.

— 철컥, 철컥, 쾅!

"벌써……"

디아나가 입술을 깨물었다. 성벽을 올라오는 계단, 그 앞의 잠긴 문을 부술 듯 두들기는 소리가 요란했다.

비밀 통로로의 탈출은 완전히 실패했다. 도저히 그 방향으로 갈 수가 없었다. 남은 기사들 또한 병사들을 막아서겠다면서 하나둘 씩 떨어져 나가 이제 아무도 남아 있지 않았다.

"콜록, 콜록."

기침 소리와 함께 피 냄새가 짙게 풍겼다.

"헤르만!"

디아나가 크게 눈을 떴다.

"콜록……괜찮아, 아까 무리해서 그래."

아티팩트 마법 수식을 조금 비틀었던 것 가지고 이 난리였다. 진 탕 뒤집힌 속이 쉬어야 한다며 끊임없이 고통을 호소했다. 이딴 것 만 아니었어도 상황이 이렇게까지는 되지 않았을 텐데.

손목을 노려보던 헤르만이 마저 기침하고 피 섞인 침을 뱉어 냈 다.

"할 수 있겠어?"

"자, 잘 모르겠어요."

디아나가 불안한 얼굴로 아득한 성벽 너머 아래를 보았다.

"처음 해 보는 거라……."

뒤늦게 상황을 파악한 로베르트가 병사들을 이끌고 합류했다. 로베르트는 눈이 뒤집혀 그들을 잡으려 했으나 디아나의 능력에 번번이 놓치자 점차 평정을 잃어 갔다.

─ 철컥, 철컥!

"비켜! 그냥 부수게!"

와드득 소리와 함께 문 사이로 새파란 검을 박아 넣은 자들이 잠금 장치를 부수려 들었다. 머뭇거릴 틈 없었다. 별다른 수도 없었다. 거세진 바람이 머리를 마구 헤집었다.

펜던트를 쥔 디아나가 손을 떨었다. 헤르만이 그 손을 덮듯이 꽉 쥐었다.

"잘 부탁하마."

조금 전 헤르만과 함께 계획한 대로 맞아떨어져야 했다. 그녀가 조금이라도 실수하면 헤르만 또한 방금 비명을 지르며 성벽 안쪽으로 떨어진 자와 비슷한 모습이 될 것이었다. 절대 실수해선 안 됐다.

헐떡거리며 그를 바라보는 디아나의 머리를 쓰다듬은 헤르만이 성벽에 올라갔다.

"저기 있다!"

멀리서 로베르트의 목소리가 들렸다.

"그럼 먼저 간다."

헤르만은 머뭇거리지 않고 뛰어내렸다.

"현자가 뛰어내렸다!"

바닥에 부딪히기 전 짧은 찰나, 디아나가 헤르만을 공중에 띄웠다.

"흑!"

이미 여기까지 오느라 힘을 계속해 쓴 상태였다. 얼마 남지 않은 힘이 쑥 빠져나가며 순간적으로 머릿속에 누가 종을 울린 듯 띵— 해졌다. 천천히 내려 줘야 했지만, 순간적으로 집중이 확 풀리고 말았다.

"안 돼……!"

아찔한 시야를 다잡으며 성벽을 붙들고 선 디아나가 헤르만이 착지했어야 할 바닥을 보았다. 헤르만이 바닥에 나동그라져 있었다. 신음하던 헤르만이 비틀거리며 일어났다.

……다쳤나? 하지만 이 먼 거리에선 확인되지 않았다. 그때 헤르만의 갈라지는 듯한 외침이 들렸다.

"뛰어내려!"

고개를 끄덕인 디아나가 성벽에 발을 디뎠다. 그리고 헤르만의 무사함을 확인한 건 디아나뿐만이 아니었다.

"그냥 쏴!"

눈이 뒤집힌 로베르트가 소리 질렀다. 디아나가 그제야 소리가 들린 방향을 확인했다. 막히지 않은 쪽의 계단으로 올라온 모양인지 조금 먼 곳의 성벽이었다. 그곳에서 이곳으로 오려면 한참을 돌아와야 했다.

그리고 그가 도착할 때쯤에는 이미 모든 상황은 끝났을 터였다. 이를 로베르트 또한 알고 있었다.

"죽든지 말든지 일단 쏘고 보라고!"

이성을 잃은 채 붉게 핏발 선 얼굴로 로베르트가 소리쳤다. 이를 무시한 채 뛰어내리려던 디아나의 눈에 활이 눈에 띈 건 찰나였다. 추락한 병사가 놓친 것이었다.

남아 있는 힘은 얼마 없었다. 하지만 매개체가 있다면 —

"디아나 뭐 해!"

성벽 아래서 올라오는 헤르만의 목소리를 뒤로하고 디아나가 홀린 듯 활과 활대를 잡아 들었다.

"쏘라고!"

활과 화살을 집어 든 디아나가 악을 쓰듯 소리치는 로베르트를 향해 시위를 겨눴다. 주변의 소리가 멀어지며 목소리 하나가 떠올랐다. 이 순간 가장 그리운 목소리였고, 필요한 기억이었다.

「활 끝에 집중하거라.」

목소리가 말하는 대로 실라의 힘을 활 끝에 집중했다.

「숨을 내쉬고.」

숨을 내쉬며 —

「가장 안정되었을 때 놓는 거다.」

마침내 시위를 놓았다. 이번에는 정말로 눈앞이 확 어두워졌다.

─ 콰콰콰콰쾅.

엄청난 폭음과 함께 가슴팍이 얼음으로 만들어진 꼬챙이에 찔린 듯 시려 왔다. 가물가물한 시야로 가슴팍을 적시는 붉은 피와 활대가 보였다. 그 모습이 기이하게 현실감이 없었다. 그리고 충격을 이기지 못한 몸이 그대로 성벽을 넘어갔다.

"디아나!"

비명 같은 헤르만의 외침이 들렸다.

정신을,

정신을 차려야 되는데…….

귓가에 빠르게 스치는 바람 소리만이 들렸다.

Chapter 3.

흐릿한 시야 너머로 익숙한 천장이 보였다.

'여기는⋯⋯.'

눈만이 아니라 머릿속도 마치 안개 낀 듯 뿌옜다. 뭔가 아주 길고 긴 꿈을 꾼 것 같은데 기억이 나질 않았다.

'내가 왜 여기 있는 거지? 그러니까 분명⋯⋯. 분명⋯⋯.'

느리게 굴러가던 머릿속에 둑이 터진 듯 기억이 물밀듯 쏟아 들어왔다. 그때였다.

"아가씨?"

놀란 목소리가 들렸다.

"아니요! 움직이지 마세요."

몸을 일으키려던 그녀를 세니르가 황급히 붙잡아 일으켜 주었다. 세니르의 도움을 받아 침대에 겨우 기대고 앉은 디아나가 입을 열었을 때였다.

"세……."

입을 가린 디아나가 말도 채 잇지 못하고 급하게 기침했다. 목이 무척 말라 있었다. 곧장 입가에 미지근한 물이 담긴 컵이 닿아 왔다.

"천천히 드세요."

물을 마시는 것도 고역이었다.

"후우."

간신히 한 컵을 모두 비우자 세니르가 빈 잔을 침대 협탁으로 치우며 말했다.

"운이 좋았네요."

무슨 말이냐 물으려던 디아나는 세니르를 보고 약간 놀랐다. 마지막으로 만났을 때보다 얼굴이 무척 수척했다.

"대공께서 밤낮으로 아가씨 곁을 지키고 서 계시니 아가씨 얼굴 한번 보기도 힘들었는데……."

세니르가 그녀의 얼굴로 손을 뻗었다. 슬그머니 닿은 손끝이 이마를 간질이던 잔머리를 치웠다.

"아빠는……."

"각하는 잠시 황궁으로 출타하셨습니다."

그게 아니었다면 이렇게 그녀를 보기 힘들었을 거라며 세니르가 장난스럽게 말했다.

"황궁엔, 콜록 콜록, 어쩐 일로?"

말을 길게 하기엔 자꾸만 기침이 터져 나왔다. 그녀의 다급한 질문에 세니르가 묘한 눈으로 그녀를 바라보았습니다.

"걱정하실 필요 없습니다. 전쟁은 끝났으니까요."

"끝났어요?"

"예. 로베르트가 죽었으니까요."

"아……."

"거기서 로베르트를 직접 공격할 생각을 하시다니."

세니르가 얕은 한숨을 내쉬었다.

"아가씨는 늘 예상을 벗어나시는군요."

유일한 구심점이었던 로베르트가 죽자 반란군들은 전의를 잃고 항복했다고 했다.

로베르트의 죽음을 확인한 칼리프는 그대로 도주.

하지만 이번에는 쉽게 몸을 숨길 수 없을 거라고 했다. 현자를 공격해 납치한 것도 모자라 금지된 마법 생체 실험까지 감행한 자를 세계탑에서 그냥 두지 않을 테니까.

이미 한 번 죽은 척 몸을 숨긴 사실도 들켰으니 두 번은 통하지 않을 것이기도 했다. 디아나가 정신을 잃은 사이, 헤르만은 구속구를 풀기 위해 세계탑으로 향했다.

그녀의 공격에 로베르트는 시신조차 찾기 힘들게 되었고 로베르트가 가지고 있던 열쇠 또한 같이 사라졌다고.

"헤르만 님은 다리에 금이 가신 것 외에 다른 부상은……."

설명을 듣던 와중 문득 잊고 있던 것이 떠올랐다. 분명 성벽에서 떨어진 것 같았는데 어떻게 살아 있는 거지? 설명을 요구하는 그녀의 눈빛을 알아챈 세니르가 한숨을 쉬며 답했다.

"각하께서 받아내셨습니다."

"아빠가요?"

"예."

성벽에서의 소란을 보고 근처에 몸을 숨기고 있던 대공이 달려와 운 좋게 받아냈다는 설명이 이어졌다.

"너무 무모하셨습니다. 하지만 각하와 현자님께서 저 대신 혼내실 테니 저는 그냥 넘어가겠습니다."

디아나가 울상을 지었다. 그런 디아나를 응시하던 세니르가 희미하게 웃었다.

"그래도 정말 무사하셔서 다행입니다."

"……고마워요."

세니르가 아니었다면 아마 탈출 계획을 세우지도, 제대로 성공하지도 성공치 못했을 터였다. 입술을 깨물고 이불의 문양을 바라보던 디아나가 고개를 들었다.

"묻고 싶은 게 있어요."

세니르가 고개를 기울이고 말하라는 듯 그녀를 보았다.

"제가 그, 로펜 성에서……."

머뭇거리던 디아나가 각오를 다지고 말했다.

"로펜 성에서 로베르트가 말하더군요. 세니르가…… 랏세 르델의 아들이라고. 정말이에요?"

각오를 다졌음에도 목소리가 약간 떨려 나왔다. 정말이라면 왜 그녀를 도왔나? 그에게 그녀는 가족을 죽게 한…….

세니르가 선선히 고개를 끄덕였다.

"맞습니다."

디아나의 입이 작게 벌어졌다. 심장이 그대로 멎어 버리는 느낌이었다. 로베르트의 말을 들었을 때도 놀랐지만, 실제로 이렇게 확인받는 건 또 다른 충격이었다.

"운 좋게 혼란스러운 오흐리드에 들어오게 되었죠."

어머니가 사라지고 혼란스러웠던 오흐리드 백작가. 할머니는 후원하던 고아원에서 능력이 출중한 이들을 뽑았다.

그 고아원에 세니르가 있던 것은 우연이었을 것이다. 하지만 세니르는 다른 모든 후보자를 제치고 제 힘으로 후계자 자리를 얻어 냈다.

"복수하기 위해서요."

멈춘 듯한 심장이 이제는 바닥으로 떨어진 느낌이었다.

"오흐리드를 손에 넣어, 그들의 죄를 만천하에 밝히고 그대로 부수려고 했죠."

세니르의 목소리는 그 말과 전혀 어울리지 않게 다정하고 부드러웠다. 그녀를 바라보던 세니르가 안타까운 얼굴을 했다.

"그런 표정 짓지 않으셔도 됩니다."

"……."

"포기했으니까요."

세니르가 손을 뻗어 그녀의 눈가를 엄지로 살짝 문질렀다. 엄지에 묻어 나온 물기를 보고 나서야 눈앞이 흐릿한 걸 깨달았다. 저도 모르게 헐떡이던 디아나가 물었다.

"왜, 왜 포기한 건데요?"

세니르가 복수하길 바라는 건 아니다. 하지만 성공을 바로 눈앞에 두고, 왜? 세니르는 머뭇거리지 않았다. 마치 수없이 대답해 본 것처럼 찰나의 망설임도 없이 화사하게 웃으며 말했다.

"제가 아가씨를 사랑하게 됐으니까요."

"……."

방 안은 침묵으로 덮였다. 처음에는 무슨 말인지 이해가 되지 않았다. 세니르가 그녀의 뺨에 입을 맞출 때까지.

뺨에 닿는 미지근한 숨과 감촉에 디아나가 화들짝 뒤로 물러났다. 뒤에는 이미 쿠션을 받쳐 둔 침대 헤드가 있어 그 자리에서 움찔 떤 것에 불과했지만.

세니르의 황금색 눈동자가 호선을 그리며 멀어졌다.

"지, 지, 지금 뭘, 아니 그러니까 뭐라고……."

정말로 제가 들은 것이 맞는 말인가? 이런 상황에서 나오기엔 너무, 너무나 간지러운 말이었다. 분명 멈췄다가 바닥에 내팽개쳐진 심장이었는데 어느새 돌아와 쿵쿵 뛰고 있었다.

세니르가 무언가 짙은 시선으로 그녀를 꽤 오래 응시했다.

"……부디 잘 지내세요."

그 목소리가 왠지 모르게 귓가에 길게 남았다. 얼마나 멍하니 있었을까 벌컥 문이 열렸다.

"디아나!"

방 안을 서둘러 가로지른 대공이 그녀를 끌어안았다.

"……아빠."

디아나가 찡해지는 콧등을 느끼며 대공의 품에 얼굴을 문질렀다. 그녀를 꽉 끌어안았다가 금세 떼어 낸 대공이 서둘러 그녀에게 물었다.

"몸은 어떻느냐. 의사가 괜찮다고는 했지만……."

서둘러 말하던 대공의 낯이 굳었다.

"얼굴이 왜 이래?"

"네?"

"왜 이리 붉어? 열이 있는 게야?"

"……네, 네?"

디아나의 얼굴을 요모조모 살핀 대공이 심각한 얼굴로 시중인을 부르는 줄을 잡아당겼다.

*　　*　　*

전쟁의 뒷수습을 위한 모든 처리엔 노히바덴 대공이 나섰다. 아무도 이에 대해 이견을 제시할 수 없었다. 남부의 마물도, 로베르트도 모두 노히바덴 대공가에서 해결한 것이나 다름없었다.

그리고 전쟁 내내 무능력하게 손만 놓고 있던 황제의 행동에 분노한 귀족들은 황제에게 양위를 강요했다. 황제는 건재한 중부군을 앞세워 이를 무시하려 들었다.

하지만 디아나가 로펜 성에서 당한 수모와 그 안에서 일어난 전투는 이미 엄청나게 부풀려져 있었기에 황제가 감당할 수 있는 여론이 아니었다. 이어 홍염의 힘을 본 황제는 얌전히 양위를 받아들이기로 했다. 그리고 황제의 비호가 사라져 제 몸 건사하기도 힘들어진 황후는 그동안의 죄들이 낱낱이 밝혀지며 폐위당했다.

황후의 죄를 밝히는 데에 협조한 건 리투아니아였다. 지그프리트와 로베르트가 죽고, 에스텔은 반역도로 분류되었다. 남은 황가의 핏줄은 황족이라고 보기에도 먼 방계뿐이었다.

결국, 황후의 폐위를 도운 공과 권력의 상당 부분을 내려놓는 걸 조건으로 리투아니아가 황태녀로 인정받아 급하게 국정을 이끌어 가고 있었다.

의외로 평은 좋았다. 지그프리트를 상대하던 관료들에게 누군들 낫지 않겠느냐만.

오발론 남작은 끝까지 죄를 인정치 않다 처형당했고, 오발론 영애는 소리소문 없이 변경의 수도원으로 떠났다. 아버지의 허물에 대해 속죄하기 위해서라고 했지만, 진실은 모를 일이었다.

"헤르만!"

그리고 디아나가 어느 정도 기운을 차릴 때쯤, 헤르만이 세계탑에서 돌아왔다. 헤르만이 곧장 품 안에서 뭔갈 내밀었다. 이를 의심스럽게 바라보던 디아나가 설마 하며 물었다.

"하늘이?"

소리 없이 짖은 하늘이가 그녀의 곁으로 가고 싶다는 듯 마구 발버둥 쳤다. 디아나가 눈을 빠르게 깜빡였다. 헤르만이 하늘이를 품 안에 안겨 주며 말했다.

"로펜 성에서 수거했지."

"수거라뇨……."

디아나가 눈을 흘기며 하늘이를 뺨에 마구 문질렀다. 그때였다.

"헉, 정말이네요?"

"헤르만 님을 잘 따르신다기에 전 거짓말이라고……."

"솔직히 믿을 만하시진……."

수군거리는 소리에 디아나가 헤르만 뒤를 바라보았다. 매번 홀 몸으로 돌아다니던 헤르만의 뒤에는 마법사로 보이는 수행원들이 주렁주렁 딸려 있었다. 헤르만에게 정신이 팔려 이제야 알아챘다.

"안녕하세요, 디아나 노히바덴입니다."

디아나가 먼저 살갑게 인사하자 서로 수군거리기 바쁘던 이들이 갑자기 우르르 다가왔다. 각자 재빠르게 자기소개를 한 이들이 곧 장 용건을 꺼냈다.

"정말로 정령사세요?"

"혹시 한 번만 보여 주실 수 있으신가요?"

다소 무례했지만, 반쯤 뒤집힌 눈이 학구열에 불타고 있었다.

"로펜 성 성벽을 날려 버리셨다면서요?"

헤르만이 짜증스레 밀쳐 냈다.

"말 걸지 마. 이것들아."

"아, 헤르만 님!"

"한 번만! 한 번만요!"

"다 안 꺼져?"

로브 자락을 붙들며 매달려 오는 마법사들을 밀어내다 쉽게 떨어지지 않자 소환수를 꺼내 떼어 냈다. 그 모습을 보고 작게 웃던 디아나가 말했다.

"웬일이에요?"

주어 없는 질문을 헤르만이 곧장 알아들었다.

"세계탑 마법사들인데, 같이 갈 곳이 있어서. 칼리프가 올본에 있
다더군."

"아."

드디어 칼리프의 행방을 알아낸 모양이었다.

"올본이면 이번에 마물에게 침략당한 곳 아니에요?"

"맞아."

사람들은 모두 죽고 떠나 폐허가 되어 버렸다고 들었다. 아직도
마물 들이 돌아다닌다는 소리도 있었다. 헤르만이 얼굴을 일그러
트리고 목소리를 낮췄다.

"갑자기 지능적으로 행동한 마물 알지?"

"네."

"그 마물도 칼리프랑 엮인 듯하더라고."

주홍색 눈동자가 크게 뜨였다.

"솔직히 타이밍이 이상할 정도로 좋았잖아?"

그랬다. 마치 남부에서 마물로 인해 소란이 벌어지는 걸 기다렸
다는 듯한 반란이었다.

하지만 주범이 마물이었기에 우연이라 치부했는데, 칼리프가 엮
여 있었다니.

"세니르 그 자식은 어딨어? 오흐리드 저택으로 가면 되나?"

"……."

무심히 묻던 헤르만이 디아나의 얼굴을 보고 멈칫했다.

"왜, 왜 그래?"

당황한 헤르만이 머리를 굴렸다. 뭐 잘못 질문한 거라도 있나? 하지만 이번에는 로펜 성에서 탈출하는 과정에서 여러 가지로 도움을 줬기에 감사 인사를 하려고 물은 것뿐이었다.

정말로 좋은 의도였을 뿐인데? 디아나가 눈을 내리깔고 중얼거렸다.

"……저도 몰라요."

"뭐라고?"

"세니르, 사라졌어요."

디아나의 얼굴이 침울하게 굳었다.

*　　*　　*

디아나가 마차에서 폴짝 내려왔다. 소란을 전달받고 황급히 나온 이가 그녀를 보고 당황했다.

"할아버지!"

"디아나?"

예고하지 않은 방문이었다. 달려간 디아나가 할아버지에게 안겼다.

"어이쿠."

그녀를 마주 안아 주던 할아버지가 뒤로 휘청였다. 디아나가 깜짝 놀라며 몸을 바로 세웠다.

"이제 나도 정말 늙은 모양이다. 디아나 받아 주기도 힘들구먼."

"무슨 소리세요. 아직 정정하시거든요!"

그런 조손의 모습을 오흐리드 백작가의 고용인들이 흐뭇하게 바라보았다.

"잘 쉬었나 보구나. 전보다 안색이 훨씬 좋아졌어."

"저야 뭐, 하는 것도 없이 놀기만 하는데 좋아져야죠."

그러는 할아버지 또한 로펜 성에서 돌아오고 난 후 처음 뵈었을 때에 비하면 무척 좋아지셨다.

"어쨌든 다행이구나. 그런데 여긴……."

질문하던 스펜서가 디아나 뒤편에서 들린 기이한 소리에 말을 멈췄다.

─ 끼잉, 낑, 끼이잉. 끼이이잉.

"이게 무슨 소리야?"

"아!"

디아나가 황급히 마차로 다가갔다. 뒤따라간 스펜서의 눈에 작은 강아지가 마차에서 내려오지 못하고 낑낑거렸다.

"강아지?"

디아나가 칭얼거리는 생명을 안아 들어 스펜서에게 보였다.

"하늘이에요!"

"……이 애가? 분명, 로펜 성에서, 아니. 왜 이렇게 됐어?"

"어, 음……."

헤르만은 하늘이를 이런 식으로 되살릴 수밖에 없었던 이유를 아주 전문적으로 상세히 설명했다. 주저리주저리 떠들던 그는 제도에 하루만 머물고 곧장 떠났다.

헤르만이 해 줬던 긴 설명을 축약하기 위해 고심하던 디아나가 간단하게 말했다.

"이게 최선이었대요."

"거참 신기하군."

할아버지가 하늘이의 코를 슬쩍 만졌다. 언제 낑낑거렸냐는 듯 디아나 품에 안긴 하늘이가 아주 얌전해졌다. 반쯤 죽었다 살아나서인지 이상하게 떨어지려 들질 않았다.

"무슨 말씀 하시려 하셨어요?"

디아나가 저택 방향으로 걸으며 말했다.

"아, 그것이……."

할아버지가 입가를 쓰다듬으며 살짝 시선을 피했다.

"대공이 여기 오는 건 뭐라 안 하느냐?"

"오늘 또 황성 가셨어요. 요새 저택에 아침에만 잠깐 계세요."

여기서 부르고 저기서 부르고, 황성에서 밤을 지새우고 돌아오기 일쑤였다. 그리고 그런 대공님의 인내심도 점차 짧아지고 있는 것이 느껴졌다.

세상에서 서류 처리와 사람을 상대하는 걸 제일 싫어하던 대공님이셨다. 차라리 전쟁터에 있을 때가 좋았다고 부관과 이야기하는 것도 들었다.

"되게 음, 오늘 아침에도 가기 싫어하시더라고요."

한 번은 너무 싫어하시길래 가지 말고 저와 놀자고 농담 반 진담 반으로 장난쳤더니 대공님이 기다렸다는 듯이 덥석 물었다.

"얼마 전에도 갑자기 너랑 종일 놀았다고 하지 않았던가?"

"······그랬죠."

본인은 정말 한 치도 신경 쓰지 않고 만족스러워했다. 오히려 그녀만 이래도 되나 불안해했다. 할아버지가 혀 끌끌 차며 말했다.

"참 웃기는 녀석일세."

오늘도 종일 저택에 혼자 있으면 심심하지 않겠느냐 밑밥을 깔려 들기에 약속이 있다고 하고 오흐리드 저택으로 도망치듯 나온 것이었다. 디아나의 푸념을 들은 할아버지가 짐짓 서운하다는 듯 말했다.

"뭐야, 그런 거였어?"

그새 사이가 꽤 누그러진 오흐리드와 노히바덴이었다. 아무래도 로펜 성에서 두 가문이 협조한 일이 영향을 미친 듯했다. 그녀로서는 반길 일이었다. 앞으로도 조금씩 가까워지도록 노력할 생각이었다.

"할아버지도 당연히 보고 싶었고요."

"어이구? 이미 다 들켰어."

"흐흠. 할머니는 안에 계시죠?"

돌아오는 답이 없었다. 침묵에 이상함을 느낀 디아나가 뒤로 처진 할아버지를 돌아보았다.

"할아버지?"

"그게 말이다······. 디아나."

할아버지가 머뭇거리다 한숨을 푹 내쉬었다.

"어제 클레멘트가 집무실에서 쓰러졌단다."

"······!!"

─벌컥

문이 다소 소란스럽게 열렸다. 디아나가 잔뜩 일그러트린 얼굴을 하곤 방 안으로 뛰어 들어왔다.

"할머니!"

"……디아나?"

침대 헤드에 몸을 반쯤 기댄 채 머리를 짚고 있던 클레멘트가 놀라 손을 내렸다. 진료를 받던 와중인지 방 안에는 의사도 있었다.

"여긴 어떻게……."

묻던 할머니가 그녀 뒤를 따라 들어오는 할아버지를 보고 눈을 치켜떴다.

"내 디아나에게 알리지 말라 하지 않았소?"

"아니, 디아나가……."

할아버지가 다소 억울하다는 듯 말하는 걸 할머니의 뾰족한 목소리가 잘랐다.

"애가 걱정할 걸 뻔히 알면서도 백작저로 부르면……."

"할머니, 제가 그냥 놀러 온 거예요."

할아버지가 더 혼나기 전에 디아나가 서둘러 막았다.

"디아나, 스펜서 편들지 않아도 된단다."

"아니, 정말인데……."

할머니는 디아나의 잇따른 설명에 약간 시간을 두고 나서야 이해했다.

"큼큼. 미안하오. 미안하구나."

많이 억울했는지 할아버지 부루퉁한 얼굴로 말했다.

"내 그대가 몸이 안 좋으니 그냥 넘어가겠소."

그러나 이어진 디아나의 걱정에 투덜거리던 할아버지가 금세 실수했다는 얼굴을 했다.

"많이 안 좋으신 거예요?"

"괜찮단다. 그저…… 최근 피로가 조금 쌓인 것뿐이란다."

입술을 짓씹던 디아나가 진료 가방을 정리하던 의사를 돌아보았다.

"할머니 말씀이 맞나요?"

"예. 쉬면 나으실 겁니다."

눈을 내리깐 의사가 머뭇거리더니 빠르게 말을 이었다.

"다만, 계속 이런 식으로 무리하시면 언제 또 쓰러지실지 모릅니다. 그리고 다음번에는 정말 크게 안 좋아지실 수도 있습니다. 백작님 연세가 꽤 있으니까요."

입을 꾹 다물고 의사를 매섭게 바라본 할머니가 곧 누그러진 음색으로 말했다.

"쓸데없는 말 말고, 어서 나가게."

인사를 한 의사가 서둘러 방을 나갔다. 깊게 한숨을 쉰 할머니가 그녀의 손을 토닥였다.

"괜찮단다. 노먼 선생이 걱정이 많은 것뿐이란다."

"하지만 할머니……."

오랫동안 오흐리드가 주치의를 도맡던 의사 선생님이셨다. 선생님 또한 할머니의 성품을 보아 절대 쉬지 않을 걸 알았을 터였다.

"상황이 어쩔 수 없어."

할머니는 가택 연금 상태였고, 대부분 일을 도맡아 하던 세니르는 어느 날 갑자기 사라졌다.

'대체 어디로 간 걸까.'

재차 떠오르려는 상념을 서둘러 털어 냈다. 그가 불온한 목적으로 오흐리드를 손에 넣으려던 건 사실이었다. 하지만 그 말은 그가 오흐리드를 손에 넣을 수 있을 만큼 오흐리드 일을 처리하고 있었다는 뜻도 됐다.

세니르가 사라진 후, 할머니는 그 모든 일을 홀로 도맡을 수밖에 없었다. 할아버지가 돕고 있다 들었지만, 그런데도 무리할 수밖에 없는 것이었다.

그런데 그동안 디아나는 이런 모든 상황과 동떨어져 홀로 여유로웠다.

'아빠도 할머니도 모두 바쁜데 나만······.'

입술을 깨문 디아나가 말했다.

"제가 도울 수 있는 게 없을까요?"

"디아나."

"저도 오흐리드잖아요."

"······."

할머니가 형언할 수 없는 표정으로 그녀를 보았다.

　　　　　*　　　*　　　*

　그날 밤. 디아나는 새벽에 귀환하는 대공을 기다렸다. 대공은 그녀 앞에 그녀가 좋아하는 쿠키를 내어놓고 차를 따랐다.

　"이 늦은 시간까지 왜 안 자고 있었느냐."

　"드리고 싶은 말씀이 있어요."

　"말하거라."

　디아나가 크게 숨을 들이쉬었다. 하지만 각오와 달리 말이 바로 나오진 않았다. 대공은 가만히 그녀가 입을 열길 기다려 주었다. 그 배려가 와닿아 가슴이 아팠다.

　"저 오흐리드로 돌아가려구요."

　디아나는 차마 대공을 바라보지 못하고 말을 이었다.

　"사실 처음에 성인이 되기 전까지 노히바덴에 머물겠다 제안한 것도, 그냥, 그저 핑계였어요. 소송을 취하하게 하려고……."

　"안다."

　그런 디아나의 대공이 자르며 답했다. 디아나가 저도 모르게 눈을 크게 떴다.

　"알고, 알고 계셨어요?"

　대공은 그런 그녀가 귀엽다는 듯 웃었다. 그 웃음에 저도 모르게 아연한 얼굴을 했다.

　"디아나, 넌 거짓말을 정말 못한단다."

　"……."

　"어차피 이미 그땐 후회하고 있었단다."

괜한 소송으로 아이를 곤란하게 한 것을.

"처음엔 내 딸이니 당연히 내 성을 따라야 한다고 생각했었다."

되묻기 전에는 설명을 덧붙이지 않는 대공의 버릇이 또 도졌다.

"……그런데요?"

"그런데 어느 날 갑자기 의문이 들더구나."

디아나가 고개를 기울였다.

"필리파가 살아 있었다면 어떻게 했을까 하는."

"어떻게 하셨을 것 같으신데요?"

대공은 말없이 웃어 보였다. 어느 순간부터 대공은 그녀를 대하는 데 초조해하거나 불안해하지 않고 느긋하고 여유로워졌다. 그리고 그걸 오늘 이 자리에서 새삼 깨달았다.

'아, 그렇구나.'

굳이 집착하지 않아도 이제 그들은 가족이었다.

"나는 네가 필리파의 딸임을 알리는 게 더 마음에 드는구나."

"……아빠."

그런 생각을 하고 계셨는지 전혀 몰랐다. 저도 모르게 작게 입을 벌리고 바라보던 디아나는 갑자기 입 안으로 들어오는 무언가에 깜짝 놀랐다.

"……?!"

대공님이 테이블에 놓아둔 쿠키를 그녀 입에 물린 것이었다. 반사적으로 와그작 씹으면서도 어처구니가 없었다.

'……맛있네.'

눈물이 쏙 들어갔다.

"그래서 오흐리드가로 돌아가면 그놈은 어쩔 거냐."

"그늠으이?"

쿠키를 씹느라 우물거렸더니 이상하게 발음되었다.

"요새 네 신경을 쏙 빼놓고 있는 세니르 그 자식 말이다."

놀라 화등잔만 하게 눈이 커진 디아나가 캑캑 기침했다. 꽤 식은 차를 다급히 들이키고 나서야 겨우 기침을 진정했다.

"사람을 풀었지만, 아직 들어오는 소식은 없더군."

"아니, 어, 언제 푸신, 그보다 어떻게 아셨어요?!"

그녀에겐 말도 없었는데 사람까지 풀었다니 완전히 본격적이지 않은가.

"너는 어쩌고 싶으냐."

"……어, 어."

당황한 디아나가 눈을 빠르게 깜빡였다. 얼굴에 열이 오르는 듯 뺨이 화끈거렸다.

"솔직히 내 기분만으로는 그놈이 마음에 들지는 않는다."

"아, 그렇군…… 네?"

"이렇게 사라진다면 더할 나위 없이 만족스럽지."

대공님이 매섭게 웃었다.

"하지만 너는 다르겠지."

"……."

"작정하고 숨는다면 그놈 머리 굴리는…… 아니, 돌아가는 걸 보아 찾기는 힘들 거다."

"……."

"어찌하고 싶냐."

뻐끔거리던 디아나가 어느 순간 입을 다물었다. 세니르의 고백을 받고 처음엔 혼란스러웠다. 언제부터? 언제부터 날 좋아한 거지? 라는 질문부터,

나는? 나도 세니르를 좋아하나? 질문에 대한 답을 내리기도 전에 세니르가 사라져 버렸지만, 그 후에도 도저히 고민을 떨칠 수가 없었다.

세니르만 생각하면 가슴이 답답하고 속에서 무언가가 울컥 솟아오르는 기분이었다. 아직도 답을 내릴 수 없었다.

아무것도 결론 내릴 수 없고 혼란스러울 뿐이었지만, 하나만큼은 확실했다.

"이렇게……."

흐리게 중얼거리던 디아나가 이내 또렷한 눈으로 대공을 응시했다.

"이렇게 끝내고 싶진 않아요."

* * *

붉은 조끼를 입은 시종이 공손히 인사하고 소식을 전했다.

"각하께서는 회담이 끝나셨다 합니다."

"알겠네."

곧장 응접실을 나서는 은발이 어깨 아래에서 흔들거렸다. 한참 복도를 걸어가던 이는 복도 맞은편에서 다가오는 자들을 보고 걸

음을 멈칫했다. 그러곤 갑자기 가던 방향을 틀었다.

"오흐리드 백작!"

하지만 그보다 상대가 그녀를 발견하는 것이 더 빨랐다. 입술을 꾹 마주 물었다가 얇은 한숨을 내쉰 디아나가 정중하게 인사했다.

"하임바르덴에 무궁한 영광이 있기를."

이제 황성에 이 인사말을 받을 이는 한 사람밖에 남지 않았다.

"편히 인사해도 된다지 않았나."

"괜찮습니다."

디아나가 딱딱하게 대답했다. 별로 친해지고 싶지 않은 걸 온몸으로 보여 주고 있었지만, 리투아니아는 태연하게 웃으며 말했다.

"요새는 통 얼굴 보기가 힘드네."

"전하께서 바쁘시니까요."

"응? 내 핑계 대시기는."

얼마 전까지만 해도 디아나와 리투아니아는 거의 일주일에 한 번씩은 얼굴을 마주했다. 전후 복구에 필요한 막대한 비용을 오흐리드에서 상당 부분 부담했다.

자연히 오흐리드 백작이 된 디아나는 황궁에 자주 모습을 비추며 리투아니아와 이야기를 나눌 수밖에 없었다.

하지만 그 만남 또한 최근엔 뜸해졌다. 리투아니아가 결혼을 앞두고 있기 때문이었다. 결혼 후 황제가 되는 즉위식 또한 거행될 예정이었다. 하여 리투아니아가 결혼식과 즉위식 준비로 눈코 뜰 새 없이 바쁜 건 사실이었다.

"그래서 백작. 아무리 바쁘더라도 내 결혼식에는 참석하겠지?"

하지만 디아나가 별다른 용건이 없다면 그녀를 만나지 않으려던 것 또한 사실이었다.

"……결혼을 미리 축하드립니다."

리투아니아가 눈을 살짝 치떴다.

"그 말은 못 온다는 뜻으로 들리는군."

"네. 그렇게 됐네요."

리투아니아가 매우 실망스럽다는 듯 과장되게 한숨을 쉬며 말했다.

"무슨, 나보다 백작이 더 바쁜 것 같네만."

계속 친밀하게 말을 거는 리투아니아와 단호하게 내치는 디아나의 모습은 하루 이틀이 아니었기에 리투아니아 뒤편의 궁인들도 '또 이러시는군' 하고 평온한 얼굴이었다.

리투아니아와 자잘한 투닥거림을 이어 가던 디아나가 말했다.

"바쁘시지 않습니까?"

살짝 인상을 찡그린 리투아니아가 미적거렸다. 디아나가 말을 덧붙였다.

"식도 얼마 남지 않으셨는데 어서 준비하셔야죠."

"뭐, 내가 없다고 문제가 될 리가."

묘한 말투에 디아나가 멈칫하여 리투아니아를 보았다. 리투아니아의 결혼 상대는 귀족원에서 결정해 준 자였다.

황제의 짝으로 전혀 어울리지 않는, 한미한 가문의 유약한 영식.

리투아니아를 제 잇속대로 휘두르겠다는 속내가 뻔히 보이는 상대였다.

"백작, 재밌는 얼굴이군."

"······만나는 보셨습니까."

"뭐, 얼굴을 본 적은 있지."

짧은 침묵을 두고 리투아니아가 장난스럽게 웃었다.

"초상화로 봤을 뿐이지만."

괴상하게 일그러진 디아나의 얼굴을 본 리투아니아가 소리 내어 웃음을 터트렸다.

"······."

"나는 정말 백작의 이런 상냥한 부분을 좋아한다네."

리투아니아가 목소리를 낮추며 그녀를 향해 바짝 다가왔다.

"신경 쓰지 말게, 어머님이 거론하던 후보들보다야. 그건 그렇고 나보단······."

몸을 숙인 리투아니아가 디아나의 귓가에 뒤편의 궁인들이 듣지 못하게 속삭였다. 이야기를 들은 디아나가 흠칫 놀라며 뒤로 물러섰다.

"어떻게······."

리투아니아가 요요히 웃어 보였다.

"설마 소문이······."

"그 정도는 아니라네."

디아나의 말을 리투아니아가 잘랐다.

"아는 이들은 뭐, 그자를 찾는 데 어떤 중요한 이유가 있다고 생각하는 거 같더군."

디아나가 인상을 잔뜩 찡그렸다.

"중요한 가내 비밀을 알고 있어서라든가 아니면 보물을 훔쳐 갔다는 둥 말도 안 되는 추측을 하더군. 바보 같기는."

"……."

"어떻게…… 내 도움이 필요한가?"

리투아니아가 소곤소곤 말을 이었다.

"그래도 내 도움이 있다면 좀 더 수월하지 않겠나? 벌써 1년이 넘은 걸로 아는데."

세니르가 모습을 감춘 지 벌써 1년 하고도 반이 넘어가고 있었다. 하지만 어디선가 세니르를 보았다는 소식 하나 들려 온 적 없었다.

"필요 없어요."

"정녕?"

"네."

리투아니아가 지금까지 질척이던 것과 다르게 선선히 물러났다.

"이런 아쉬워라. 뭐라도 좀 얻어 낼 수 있을까 싶었는데."

리투아니아가 장난스럽게 웃으며 거리를 두었다. 물심양면으로 전후 복구를 돕는 오흐리드에 뭘 더 얻어 낼 게 있단 말인가?

"필요한 점이 있다면 지금 말씀하시지요. 듣고 판단하겠습니다."

"음. 당장 얘기할 만한 건 아니라 내일 대회의에 참석하면 그때 자연스럽게 알게 될 거요."

"아뇨. 지금 하세요."

디아나가 단호하게 말했다.

"전 내일부터 중병에 걸릴 예정이거든요."

리투아니아가 저도 모르게 당황한 얼굴로 디아나를 보며 물었다.

"······중병이라니?"

*　　*　　*

로베르트의 반란 이후로 많은 것들이 변화했다. 그중 하나는 오흐리드와 노히바덴을 보는 시선이었다. 당장 오흐리드는 오발론 남작이 벌인 범죄와 얽혀 그 명예가 땅에 처박힌 상황이었다.

반대로 노히바덴의 명성은 더할 나위 없이 높아졌고, 이번 일로 허수아비나 다름없게 된 황제를 대신하여 제국을 안정시키고 있었다.

심지어 정령과의 계약자!

사람들은 디아나를 노히바덴 영애라 부르길 주저치 않았다. 당연히 대공가를 계승할 거라 여겼기 때문이었다. 하지만 이 모든 예상을 뒤엎고 그녀는 급작스럽게 오흐리드 백작 위를 물려받았다.

별다른 성인식을 치르지도, 계승을 공표하지도 않았다. 클레멘트는 백작 위를 조용히 물려주었지만, 소문은 들불 번지듯 번졌다.

소식을 접한 사람들은 당황했다. 현 황권이 자리잡기까지 지대한 공을 한 디아나를 오흐리드가 이용하려 드는 것이 아니냐고 말하는 자들도 많았다.

하지만 노히바덴 대공은 이제는 오흐리드 백작이 된 딸의 든든한 지원자로 자리했다. 적어도 노히바덴 대공은 이 상황을 미리 알고 동의했다는 의미였다.

사람들은 대공에게 그럼 디아나가 노히바덴 대공가를 물려받지 않는 거냐 물었으나 대공은 아무 답도 하지 않았다. 디아나가 가주가 된 오흐리드는 전후 복구에 전면으로 나서며 그간 모아 온 많은 재산을 사회에 환원하기 시작했다.

처음에는 대부분 그동안 실추된 백작가의 이미지를 복구하기 위한 수작으로 취급했다. 잠깐 보여 주기식의 행동일 거라고.

하지만 그런 지원이 대규모로, 그리고 지속해서 이어지자 어느 순간 그 논란은 수그러들었다.

그리고 1년이 넘었을까. 백작에 관한 기이한 소문이 퍼지기 시작했다.

"그거 들었소?"

소문이 퍼져 나가는 중심인 여관, 술집, 카페 등등에서 대화하는 많은 이들의 첫마디였다. 세상에 남의 이야기만큼 재밌는 것이 없으므로 이런 풍경은 오랫동안 이어졌고 앞으로도 이어질 터였다.

"오흐리드 백작이 중병에 걸렸다더군."

평범한 노동자의 복장을 한 이가 답했다.

"오흐리드 백작 나이면 그럴 만하지."

"아니, 전 백작 말고. 이번에 새로 백작이 된 그, 노히바덴 대공의 딸 말이오!"

"엥? 이제 갓 성인이지 않나?"

"그러니까, 놀랄 노릇이지! 하여튼 꽤 심각해서 사경을 헤맨다던데."

"뭐? 허허, 대체 무슨 병이라던가?"

"거기까진 못 들었소. 근데 뭘 찾아 헤매다가 걸린 병이라더군."

"뭐?"

"아무튼, 병중이 심각해 고향으로 요양을 떠났다 하더구먼!"

누군가의 입에서 퍼지기 시작한 소문은 순식간에 제국 전체로 퍼져나갔다.

*   *   *

단출한 짐이 소박한 주택에 놓였다.

"수고했어."

디아나의 말에 눈치를 보던 제인이 물었다.

"저희 정말 가나요?"

"응. 휴가야. 푹 쉬어."

디아나는 백작 위를 받은 후 누구에게나 존대하던 말투를 싹 고쳤다. 제 마음껏 지낼 수 있던 영애 시절과 달리 백작이 되어서도 존댓말을 하는 건 가신이나 다른 귀족들로부터 얕보이게 만드는 모습 중 하나였다.

"하지만 백작님을 홀로 두는 건 조금……."

메릴이 그런 제인을 말리듯 붙들었다. 입술이 튀어나온 제인이 결국 고개 숙이며 말했다.

"물러갈게요."

아직도 제인의 눈에는 그녀가 아이처럼 보이는 모양이었다.

"신경 써 줘 고마워. 하지만 괜찮아."

웃으며 인사하던 디아나는 제인과 메릴이 모두 떠난 후 올리고 있던 입꼬리를 내렸다.

'피곤하다……'

할아버지 할머니의 도움을 받아서 차근차근 오흐리드 백작 자리를 준비했다. 분명 두 분이 도와주고 있음에도 어마어마하게 바쁘고 힘들었다.

이전까지 그 많은 일을 세니르 홀로 처리했다곤 믿기지 않을 지경이었다. 잘하려고 노력하고 실제로도 꽤 잘해 가고 있었지만 힘들어 밤에 혼자 몰래 운 적도 있었다.

마른세수를 하며 디아나가 집 안을 둘러보았다. 기억 속에서 변한 것 하나 없이 그대로였다. 디아나가 1년 새 덩치가 꽤 커진 하늘이를 보고 말했다.

"하늘아, 기억나? 너 예전에 여기에서 지냈잖아."

아무 반응 없이 바닥을 뒹굴고만 있는 하늘이를 뒤로하고 집 안을 살폈다.

"아, 이 접시 오랜만이네. 내가 고른 건데."

예쁜데 값이 좀 나가 정말 큰맘 먹고 구매했었다. 그런데 몇 번 쓰지도 못하고 떠나 버렸다. 부엌 찬장을 살피자 다른 접시들도 가지런히 정리되어 있었고 식료품도 꼼꼼하게 채워져 있었다.

침실의 이불에는 먼지 한 점 찾아보기 힘들었다. 최근 찾아올 일은 전혀 없었지만, 그녀가 며칠 머물 거라고 말해 둬서인지 세심하게 신경 쓴 듯했다. 집 안을 둘러보던 디아나가 거실 한쪽에 놓인 흔들의자에 앉았다.

그녀가 처음 샀을 땐 무척 큰 의자였는데 지금은 딱 맞았다. 부산스럽던 그녀의 움직임이 사라지자 집 안은 무척 고요해졌다.

절로 상념에 빠져들기 좋았다.

「역시 흔적을 찾을 수가 없구나. 이제 어쩔 거냐. 계속 찾아볼 테냐?」

대공의 질문에 디아나는 그녀가 오랫동안 생각했던 계획을 꺼냈다.

「아니요. 이제 찾는 건 그만하려고요.」
「그러면?」
「스스로 모습을 드러내게 하려구요.」

대공이 그게 어찌 가능하겠냐는 의문을 눈짓으로 표현했다. 디아나는 차분히 말을 이었다.

「제가 병에 걸려 사경을 헤맨다는 소문을 낼 거에요.」
대공님이 왈칵 인상을 찌푸렸다.
「상황을 모르는 사람들은 알아듣지 못하지만, 아는 사람이 듣는다면…… 세니르를 찾다가 앓아누운 걸 알 수 있도록요.」
「……」

디아나는 최대한 치솟는 감정을 억눌렀다. 하지만 목소리 끝이 살짝 떨리는 것만큼은 어쩔 수 없었다.

「만약 세니르가 절 떠날 때와 마찬가지로…… 사랑하고 있다면 절 만나러 오겠죠.」

그것은 도박이었다. 나를 사랑한다면 소문이 사실인지 걱정될 거라는, 믿음을 전제로 한 도박.

그 말을 끝으로 한동안 긴 침묵에 잠겼고, 무언가 복받친 듯 반쯤 일그러진 표정의 대공이 물었다.

「만약…… 만약에 널 찾지 않는다면?」

「……」

「오지 않는다면?」

그 질문은 그녀에게 하는 것이기도 했고, 그녀를 통해 떠오르는 다른 이를 향한 것이기도 했다. 디아나는 제 손을 핥는 느낌에 침잠하던 기억 속에서 빠져나왔다.

손톱자국이 생길 정도로 꽉 쥔 손을 어느새 다가온 하늘이가 핥고 있었다. 몸을 숙인 디아나가 하늘이를 무릎 위로 올려 꽉 안았다.

"어떡하지?"

허술하기 그지없는 계략이었다. 세니르가 눈치채지 못할 리가 없었다. 이 뜬금없는 소문의 목적을.

또한, 입을 엄중히 막아 놨다더라도 오흐리드에서 10년이 넘는 세월 지냈던 세니르였다. 진실은 금방 알아낼 수 있을 것이었다.

하지만……. 디아나가 저도 모르게 입술을 잘근잘근 깨물었다. 그 마음이 진실하였다면, 아직도 남아 있다면, 뜬소문임을 알지라도 눈으로 직접 확인하지 않고는 못 배길 거라고 —

"어떡하지? 정말로 안 오면?"

세니르를 생각할 때마다 평소와 다르게 불안하고 조급했다. 언제부터 이렇게 되어 버렸는지 그녀도 알 수 없었다. 그런 자신의 모습이 무척 낯설었다.

생각하고 고민할수록 오히려 늪에 가라앉는 느낌이었다. 찾을수록 그립고 떠올릴수록 괴로웠다. 자리와 상황을 따지지 않고 흔치 않은 백금발이 힐끗 보이기라도 한다면 저도 모르게 정신없이 그 머리 색의 주인을 확인하고 있었다.

그러다 어느 순간 깨달았다. 그에게 답하고 싶은 말이 있다는 것을.

*   *   *

대공가는 한동안 문을 걸어 잠갔다. 대공을 보러 온 관료와 군부 인사들은 굳게 잠긴 문에 어쩔 수 없이 발걸음을 돌렸다.

대공의 이러한 행동은 디아나가 크게 아프다는 소문에 신빙성을 더해 주었다. 하지만 굳게 잠긴 문을 코웃음 치며 아무렇지 않게 넘어오는 자도 있었다.

대공가는 평소와 다를 것 없는 분위기였다. 디아나가 아프다는 소문이 사실이라면 마치 절대 이런 분위기가 나올 수 없었다.

"테세비츠는?"

"집무실에 계십니다."

공손한 집사의 대답에 헤르만이 고개를 까딱였다. 헤르만 또한 진실을 알고 있는 자였기에 아무렇지도 않게 노히바덴 저택을 마치 제집처럼 휘적휘적 걸어갔다.

대충 노크를 한 헤르만이 들어오라는 답을 듣기도 전에 먼저 문을 열었다. 헤르만이 온 걸 문밖의 소리만으로 알고 있던 대공은 서류를 보고 있는 고개를 들지도 않았다. 헤르만이 먼저 입을 열었다.

"뭐야. 진짜네?"

"……."

"아헨 안 내려가? 왜 안 내려가고 아직도 여깄어?"

대공이 책상으로 서류를 툭 던지며 일어섰다.

"오르망 와인?"

헤르만이 슬쩍 눈썹을 치켜들며 답했다.

"몇 년산?"

"1……49년산이군."

"오."

대공이 라벨을 읽어 내자 헤르만이 얕게 감탄하며 고개를 끄덕였다. 대공이 술과 잔을 꺼내는 모습을 보며 헤르만이 물었다.

"근데 갑자기 웬 술?"

새롭게 연 와인을 헤르만의 잔에 따르고 자신의 잔에는 다른 술을 채워 넣을 때까지 대공은 입을 열지 않았다.

대공의 잔을 채운 옅은 주황빛 액체에서 알코올 냄새가 확 풍겨 왔다. 멀리서만 맡아도 도수가 높은 걸 알 수 있는 향이었다. 헤르만이 고개를 살짝 기울였다.

"너 정말 아렌 안 가?"

"그래."

"아니…… 안 궁금해?"

대공이 답 없이 한 잔을 빠르게 비워 내고 곧장 다음 잔을 따랐다. 헤르만은 세니르가 없어져 내심 반겼다. 디아나가 금세 털어 낼 거라 생각했지만 기우였다.

그리고 디아나가 마음고생을 하고 있는 걸 보니 더 싫어졌다. 주제에! 지금 누굴 고생시키느냐 말이다! 더 싫으면 싫었지 테세비츠 또한 그와 비슷한 마음일 거라고 여겼는데, 의외로 뭔가 다른 분위기였다.

오랫동안 술에 손대지 않았다 한들 고작 이 정도로 취할 테세비츠가 아니었다. 본인도 한 모금 머금으며 헤르만은 테세비츠가 왜 저러는지 일단은 두고 봤다. 주홍빛 액체가 가득 차서 찰랑이는 모양을 노려보듯 바라보던 대공이 입을 열었다.

"안 봐도 안다."

"음?"

"올 거다."

헤르만이 살짝 미간을 찌푸리며 물었다.

"뭐 들은 거라도 있……."

그 물음을 대공이 잘라 냈다.

"나라면 그랬을 테니까."

"너……."

헤르만도 그제야 눈치챘다. 이 상황은 테세비츠가 겪은 상황과 놀랍도록 같았다. 갑자기 모습을 감춘 이를 찾아 헤매는…….

헤르만은 저도 모르게 굳은 얼굴로 대공을 보았다. 대공은 디아나에게 처음 계획을 들었을 때 머리를 망치로 후려 맞은 느낌이었다. 그는 진정하지 못하며 물었다.

「어떻게, 어떻게 그런 생각을 했지?」

「그냥 예전부터 생각했었거든요.」

「예전?」

「……아빠랑 엄마 이야기를 들었을 때부터요.」

이미 끝난 이야기. 부질없는 가정인 걸 알면서도 대공은 생각할 수밖에 없었다. 만약에 그가 디아나처럼 행동했다면 필리파는, 그를 만나러 왔을까?

"음, 글쎄."

헤르만이 머뭇거리며 말을 이었다.

"필리파와 세니르가 같다고 볼 순 없으니까."

헤르만 딴에는 애써 하는 위로였다. 영원히 정답은 알 수 없겠지만, 굳이 확인받지 않아도 알 수 있는 것도 있었다. 대공은 희미하게 웃었다. 자조이기도 했고 안도이기도 했다.

'내 딸은 나처럼 멍청하지 않으니 앞으로도 걱정하지 않아도 될 것 같다. 필리파.'

*　　*　　*

분수가 뿜어져 나오는 광장이었다. 화단에 몸을 기댄 디아나는 방금 사 온 주스를 다시 마시곤 인상을 슬쩍 찡그렸다.

'물맛 나네.'

예전엔 무척 맛있었는데, 그동안 좋은 음식을 많이 맛봐서인지 이제 이 음료가 전처럼 맛있게 느껴지진 않았다. 음료를 든 채로 디아나가 광장 주변을 쭉 훑었다.

우체국도 가 보고 의상실도 가 봤지만 아헨은 달라진 것이 없었으며, 아무도 그녀를 알아보지 못하고 있었다. 그녀가 안경을 잘 써먹은 사실을 안 헤르만이 더 좋은 마도구를 개발했다.

이제는 눈 색뿐만 아니라 그녀의 외견 자체를 다른 사람처럼 보이도록 변화를 주는 마도구였다.

효과는 굉장했다. 기대고 있던 몸을 바로 세운 디아나가 남은 주스를 버리려 할 때였다.

광장과 통하지만, 빛 한 점 들지 않는 어둡고 좁은 골목. 그 한쪽에 숨어 뚫어져라 그녀를 바라보고 있는 시선이 느껴졌다.

멈칫한 디아나가 쏟으려던 잔을 그냥 얌전하게 내려놓고 물러갔다. 눈치를 보던 아이가 어느 순간 재빠르게 달려와 주스를 집어 들고 뛰었다.

꼬질꼬질하고 허름한 차림새.

전쟁에 대한 피해는 전쟁에 전혀 휩쓸리지 않은 아헨에도 영향을 미쳤다. 고아가 증가하고 도시마다 난민이 유입됐다.

디아나는 그녀가 주스를 구입한 곳으로 향했다. 방금 주스를 사 간 그녀를 알아본 가게 주인이 의아한 시선으로 그녀를 보았다.

"무슨 문제라도 있으십니까?"

디아나가 매대에 누런 동전을 올려놓았다. 금화를 본 가게 주인의 눈이 휘둥그레 떴다.

"오늘 판매할 모든 음료 저 아이들에게 무료로 나눠 주세요."

"어이쿠, 그거야 문제없습니다."

서둘러 금화를 받아간 주인이 싱글벙글 웃으며 답했다. 잠시 주변을 둘러보던 디아나는 곧장 자리를 떠났다. 그녀가 다음에 향한 곳은 카페였다.

세니르가 그녀에게 여러 정보를 캐묻기 위해 데려갔던 카페.

지금 생각해 보면 대체 무얼 믿고 그리 쉽게 세니르를 따라간 건지 알 수가 없었다. 카페 또한 달라진 걸 찾아보기 힘들었다. 커다란 창으로 보이는 풍광 또한 여전히 아름다웠다. 변함없는 곳에서 변한 건 그녀뿐이었다. 디아나는 그녀 앞에 나온 잔을 보았다.

커피.

예전엔 한 모금 넘기기도 힘들어했는데, 지금은 아무렇지도 않게 마셨다. 아니, 오히려 꽤 좋아하게 되었다. 잠을 깨워 주는 것뿐만 아니라 뭔가 태운 듯 끄면서도 고소한 풍미가 매력적이었다. 바닥이 드러난 잔을 내려놓고 카페를 나섰다.

*　　*　　*

바람에 나뭇잎끼리 스치는 소리만 간간이 들려 왔다. 사람의 모습을 찾아보기 힘든 곳이었다. 아무도 관리하지 않은 채 방치된 비석들과 잡초가 뒤엉켜 으스스한 느낌을 자아냈다.

하지만 그녀에겐 익숙했다. 그녀의 어린 시절, 가장 많은 눈물이 스며든 곳.

한 사람만 지나갈 수 있을 정도로 난 수풀 사이를 걸었다. 모든 상념을 털어 내듯 멍하니 걸어 올라가던 디아나는 어느 순간 발을 멈췄다.

볕을 부스러트리듯 빛나는 백금발. 그 아래 아름다우나 베일 듯 차가운, 온기 하나 찾아볼 수 없는 서늘한 얼굴.

늘 드리운 미소 하나 없을 뿐인데 다른 사람처럼 보일 만큼 차가웠다. 하지만 이제는 놀랍지 않았다. 저 얼굴이 세니르의 본래의 모습일 수도 있었다.

순간, 그 청년과 눈이 마주쳤다. 벼락을 맞은 것처럼 그대로 몸이 바짝 굳었다. 숨을 쉬는 것마저 잊은 것 같은 시간이 지나고.

금색 동공이 그녀를 훑고는 그대로 무심히 지나쳤다.

"……!"

수없이 그와의 재회를 상상했지만, 그중 이런 반응은 없었다. 뻣뻣하게 굳어 있던 디아나가 뒤를 돌아보았을 땐 세니르는 이미 언덕에서 모습을 찾아볼 수 없었다. 디아나의 얼굴이 점차 일그러졌다.

'왜, 왜? 왜 모르는 척을……!'

얼굴을 쓸어내리던 디아나의 손에 덜그럭 안경이 걸렸다. 그제야 뒤늦게 착용하고 있던 마도구를 떠올렸다.

"이, 멍청이!"

디아나가 황급히 언덕을 뛰어 내려갔다. 그러나 다급하게 내딛던 발은 금세 다시 멈출 수밖에 없었다.

당황하고 놀란 빛의 흔들리는 금색 동공이 그녀를 바라보았다. 달려오기라도 한 듯 흐트러진 머리칼을 하고 얕은 숨을 몰아쉬던 상대가 조심스럽게 물었다.

"……아가씨?"

몇 번이나 입을 벙긋거리던 디아나에게서 스러지는 듯한 목소리가 나왔다.

"……세니르."

"정말 아가씨셨군요."

세니르는 그간 조금 마른 것 빼고는 별반 달라지지 않았다. 노히바덴과 오흐리드에서 푼 수많은 사람이 그의 행적 하나를 찾지 못한 것이 의아할 정도로, 사람의 시선을 한눈에 사로잡는 모습 그대로였다.

느리게 손을 뻗은 세니르가 조심스러운 손길로 그녀가 쓴 안경을 벗겨 냈다.

"어떻게……."

백지처럼 새하얗게 변한 머리가 되는 대로 내뱉었다.

"어떻게 알아봤어요?"

만나자마자 가장 먼저 한 말이 이런 멍청한 질문이라니. 흔들리던 금빛 눈동자는 어느새 안정을 찾았다.

"글쎄요."

세니르가 고개를 기울이며 생각에 잠겼다.

"그냥…… 알았습니다."

세니르가 부드럽게 눈을 휘며 웃었다. 분명 처음 보는 사람임에도 이상한 느낌에 뒤를 돌아보고, 머리보다 발이 먼저 움직였다.

"건강하신 것 같아 다행이군요."

디아나가 숨골이 찔린 것처럼 숨을 들이켰다. 입술을 질끈 깨문 디아나가 일그러지려는 얼굴을 갈무리하려 애쓰고는 더듬거리듯 물었다.

"왜, 왜 여기 있어요?"

수없이 생각했다.

만나면 그에게 전하고 싶은 말들. 전해야 하는 말들.

그러나 막상 얼굴을 보자, 하고 싶었던 많은 말들은 모두 휘발되고 그저 멍청한 질문을 반복했다. 결국, 참지 못하고 디아나의 얼굴이 일그러졌다.

"그동안 어디 있던 거예요?"

"여기저기를 돌아다녔죠. 돌아다니다가……."

말을 잇던 세니르가 설핏 웃었다.

"기억나십니까?"

"······뭘요?"

"여기서 아가씨를 처음 마주했지요."

"아."

당연히 기억하고 있었다. 지금과 똑같이 이곳을 스쳐 지나갔다. 그때도 눈을 마주쳤고, 세니르는 미소를 지으며 그녀에게 눈인사를 건넸다.

"그때가 떠올라서 와 봤습니다."

그녀에 대한 마음을 깨달은 뒤, 모든 진실을 밝히고 더는 디아나의 곁에 있을 수 없었다. 처음부터 그녀를 속이고 접근했으면서 결국 제 마음이 편해지고자 진실을 밝히고는 비겁자가 되어 도망쳤다.

하지만 복수하고자 하는 마음을 품은 채 살았다고는 하나 평생을 살던 곳을 떠나니 이제 무얼 해야 할지 아무것도 알 수 없었다.

복수에 몸을 던진 삭막한 삶.

추억할 거리조차 몇 없었다. 디아나가 그를 계속해 찾고 있는 건 알았다. 하지만······.

"다시는 아가씨를 만나지 않으려 했는데."

"뭐?"

가느다란 음성이 새된 소리를 내며 세니르의 옷자락을 꽉 붙들었다.

"분명 그랬는데······."

그런 디아나의 손등을 세니르가 감쌌다.

"아가씨가 아프다는 소문을 듣는 순간 아가씨를 보아야겠다는 생각 말고 아무 생각도 들지 않더군요."

거짓인 걸 뻔히 알면서도.

정신을 차리고 보니 아헨이었다. 하지만 곧장 디아나를 찾으러 갈 수는 없었다. 어디 있는지 알았다. 알았지만, 차마, 차마…….

"정말로 아프신 걸까 봐……."

정말로 디아나가 아플까, 그 조금의 불안도 견디지 못해 감히 살피러 가지도 못했다.

"날…… 걱정했어요?"

세니르가 그녀와 마주하던 시선을 내렸다.

"네."

디아나는 저도 모르게 침음성을 냈다. 그녀를 바라보는 다정한 시선에 왠지 모르게 눈물이 났다. 디아나가 물기 어린 목소리로 중얼거렸다.

"더는 어디에도 가지 말아요."

"……."

"가지 마."

이를 바라보던 세니르의 얼굴에서도 그린 듯한 미소가 사라졌다. 그의 얼굴 또한 차츰차츰 일그러졌다.

"그때는 이리될지 몰랐는데."

한 번도 세니르에게서 본 적 없는 표정이었다. 그의 고개가 점차 숙여졌다.

"제가…… 졌습니다."

바람에 흩날리는 그녀의 머리칼을 바로 앞에 선 세니르가 쓸어넘겼다.

"제 속의 어둡고 더러운 것들을 끝까지 아가씨에게 숨기고 싶었죠. 그리고 그게 결국 아가씨를 힘들게 했을 겁니다."

얕은 숨을 들이쉰 세니르가 나지막이 물었다.

"하지만 이런 저라도 괜찮다면……."

세니르에게서 물기 어린 목소리가 흘러나왔다.

"저를 아가씨 곁에 둬 주실 수 있을까요."

절로 입술이 파르르 떨렸다. 물론 세니르의 복수심 어린 행동이, 오흐리드의 과거가 그녀의 머릿속을 복잡하게 만들었던 적도 있었다. 그러나 그런 상념 뒤에 끝끝내 남는 것은…….

"한 번도……."

디아나의 떨리는 손이 펼쳐지며 세니르의 뺨을 덮었다.

"한 번도 세니르가 제 곁에 없는 걸 생각해 본 적 없었어요."

그걸 세니르의 고백 이후에야 깨달았다. 당연하게 그녀의 곁에 있었기에, 떠날 거라 전혀 생각지도 못했던.

"제 옆에 있어 줘요."

*　　　*　　　*

혼자 올라가 둘이 되어 내려오자 마부는 묘한 얼굴로 그들을 보았다. 하지만 두 배의 삯을 주자 언제 그런 표정을 지었냐는 듯 재빠르게 고삐를 쥐었다.

"그거 아십니까?"

손을 꽉 부여잡고 찰싹 붙어 있던 디아나가 세니르를 올려보았다. 빠르게 달리는 마차 바람에 디아나의 머리가 휘날렸다. 그런 그녀의 머리칼을 세니르가 정돈하듯 넘겨 주었다.

"여기서 처음 만났을 때 제 마차는 고장 났던 게 아닙니다."

"……뭐라구요?"

"처음부터 같이 마차를 타고 돌아갈 생각이었거든요."

디아나가 입을 쩍 벌렸다.

"우리 아가씨, 너무나 순진해서 어디서 사기 안 당하고 무사히 자란 게 다행이었지요."

한참을 마차에서 과거를 되짚는 시간을 가지다 보니 어느새 아헨 저택에 도착했다.

"어디 머물고 있었어요?"

세니르가 그녀의 시선을 살짝 피했다.

"비밀 가옥에 머물고 있었습니다."

디아나가 고개를 갸웃 기울였다.

"음? 분명 아헨에 있던 비밀 가옥에는 아무 흔적도 없었는데?"

"제가 오흐리드 후계자로 지낼 때 따로 마련한 곳이니까요."

"……."

알뜰살뜰하게 뭘 이리 빼돌렸는지. 기가 막혔다. 만약 그가 직접 그녀를 만나러 오지 않았다면 정말 평생을 찾아도 못 찾았을지도 모른다는 생각을 하자 등허리가 선뜩했다.

"안 되겠다. 오늘은 일단 여기서 같이 자고, 내일 저랑 같이 가서 짐을……."

눈 떼면 모습을 감출 것 같은 불안감에 다급하게 말하던 디아나가 멈칫했다.

"왜 그러십니까?"

디아나가 묘한 얼굴로 문을 내려다보았다. 디아나가 헛도는 열쇠를 잠금 장치에서 빼냈다.

"내가 문을 안 잠그고 갔나?"

고개를 갸웃한 디아나가 문손잡이를 돌렸다. 걸리는 것 없이 부드럽게 돌아갔다.

'어차피 하늘이가 있으니 별문제는 없겠지만.'

문제가 있었다면 곧장 하늘이가 그녀에게 알려 왔을 터였다.

"하늘~ 헉, 깜짝이야."

집 안으로 들어서던 디아나가 앞을 가로막은 그림자에 놀라 굳었다.

"……헤르만?"

문 앞에 떡하니 팔짱을 끼고 삐딱하게 서 있던 헤르만이 세모눈을 한 채 말했다.

"누가 누구랑 어디서 묶는다고?"

"그걸 들었어요? 여기에 세니르랑 아니 그보다 헤르만! 여긴 어쩐 일이에요!"

그러나 헤르만은 그녀의 질문에 답하지 않고 뒤를 돌아보았다.

"내가 말했지? 세니르가 올 게 분명하니 더 아헨에 가야 한다고?"

헤르만은 혼자가 아니었다.

"아, 아빠?"

흉흉한 시선이 그녀 곁을 곧장 향했다.

"언제 오셨어요?"

디아나가 당황해 대공과 세니르를 번갈아 보았다.

'왜, 왜 당장 칼이라도 뽑아 들 것처럼 바라보시는 거지?'

분명 세니르를 찾는 것에 대해 충분히 이야기를 나눴고 직접 사람도 풀어 주시면서 응원도 하셨는데…….

어쩐지 지금 내는 화는 그동안 그녀를 마음고생 시킨 것 때문이 아니라는 걸 본능적으로 알 수 있었다. 보통 사람이라면 다리가 풀렸을지도 모르는 이 날 선 분위기에서 세니르는 아무렇지도 않게 공손히 인사했다.

"앞으로 잘 부탁드립니다."

그리고 그 모습이 헤르만과 대공에게 더 분기를 일으켰다.

＊　＊　＊

급하게 오흐리드 백작가를 물려받았으나, 모든 우려를 불식시키며 활동하던 오흐리드 백작이었다. 하지만 급작스러울 정도로 갑자기 공식 석상에서 모습을 감추었다.

그리고 여기저기서 흘러나오는 오흐리드 백작이 중병에 걸려 크게 앓고 있다는 소문들.

그 소문은 오흐리드 백작이 황태녀 결혼식에도 불참하면서 크게 퍼졌다. 대공 또한 두문불출하며 그 소문에 불을 붙였다. 하지만 어느 순간을 기점으로 다시 멀쩡한 오흐리드 백작이 모습을 드러냈다.

그리고 그런 백작의 곁에는 로펜 성의 뒷수습이 끝나고 갑작스레 모습을 감춘 세니르가 함께였다.

다만 묘한 점은 오흐리드 백작이 다시 노히바덴 대공저에 머물고 세니르가 홀로 오흐리드 저택에 머물게 되었다는 점이었다.

Epilogue

　하임덴. 하임바르덴 제국의 제도는 인파로 가득했다. 이를 통제하기 위해 병사들이 이곳저곳 빠르게 뛰어다녔다.

　대관식.

　리투아니아가 하임바르덴의 황제의 자리에 오르는 날이었다.

　그 누구도 예상치 못했다. 리투아니아 황녀가 제위를 잇게 될 것이라고는.

　대다수 사람은 리투아니아를 무시했다. 세상에 얼마나 운이 좋으면 황제의 자리가 굴러 들어오냐며 비웃기도 했다.

　본인의 손으로 할 수 있는 건 아무것도 없는 귀족들의 꼭두각시 황제일 거라 업신여겼다. 연이은 내란과 마물과의 전쟁 때문에 황권이 약화된 탓이기도 했다.

하지만 그럼에도 각국의 왕족들과 대표, 고위 귀족들이 이 대관식을 보기 위해 참석했다.

시가 행진 중인 리투아니아가 도착하길 기다리는 동안 고위 귀족들은 황태녀가 도착할 붉은 계단이 아닌 다른 방향을 계속해 힐끗거렸다.

"노히바덴 대공이 거절했다지요?"

"그러니까요. 신전이 한 일이 무엇이 있다고……."

원래 대관식은 현 황제가 후계자에게 황제의 보관을 넘겨주며 축복을 내리는 것이 관례였다.

하지만 현 황제는 폐위된 지 오래. 황제가 여러 문제로 나서지 못할 땐 황후, 그도 불가능하다면 다른 황족 순으로 내려갔으나 현 하임덴 황가에는 보관을 후계자에게 내려줄 자가 없었다.

귀족원에서는 여러 논의 끝에 노히바덴 대공에게 그 역할을 넘기려 했다.

마땅한 자를 찾기 힘든 것도 있었지만, 하임바르덴 귀족들의 권위를 이번 대관식을 통해 천하에 알리기 위한 것도 있었다.

하지만 대공은 일언지하에 거절했다. 그리고 귀족원과 의논하지 않고 그대로 신전의 주교에게 그 자리를 넘겼다.

하지만 아무도 감히 대공에게 이를 따지고 들지 못했다. 명실상부 실세가 된 노히바덴 대공의 뜻을 거스르는 것은 사실상 불가능한 일이었다.

약간의 시간을 두고 빈자리의 주인들이 나타났다. 노히바덴 대공, 세계탑 대표로 와 있는 현자 헤르만 레체프, 그리고 오흐리드 백작이었다. 그리고 그들 사이 한 사람이 더 있었다.

"저자는……."

"오흐리드의 전 후계자 아닌가요? 저자가 어떻게 여기 있는 거죠?"

대관식을 가장 가까이서 볼 수 있는, 초대된 고위 귀족들만 들어올 수 있는 자리였다.

"요새 오흐리드 백작이 자주 데리고 다니는 것 같긴 하던데요."

어디서든 흠잡을 곳 없이 디아나를 에스코트하는 모습이었다.

"아무리 그렇다지만 이런 자리까지요?"

일적으로 조언을 얻을 만한 자리도 아닌 이런 공식 행사에?

대다수의 귀족들은 로펜 성의 일에 세니르가 일조한 사실을 알지 못했다. 디아나가 정신을 잃고 있던 사이 뒤처리를 했던 세니르가 모든 공을 디아나에게 넘겼기 때문이었다.

그래서 오늘도 세니르가 초대되었다고 생각하기보다는 디아나가 파트너로 데리고 왔다고 여겼다.

하지만, 파트너가 필요해서라면 곁의 대공이나 현자인 헤르만도 있지 않은가.

그들을 두고 굳이 세니르와 함께 입장했다는 건 의아한 일이었다. 배정된 자리에 도착한 디아나의 귓가에 세니르가 무슨 말을 속삭이자 디아나가 꺄르르 웃었다.

햇살 아래 부스러지는 비슷한 빛깔의 은발과 백금발이 어우러졌다. 그 선남선녀의 모습에 저도 모르게 대화하던 이들이 눈빛을 교환했다.

"저만 이상한 생각이 드나요?"

"에이 설마, 오흐리드 백작이 이제 와 저 평민과 얽힐 이유가 뭐가 있어요?"

"하지만 그게 아니라면 저런 모습은 조금……."

들리지 않게 소곤거린다지만 주변인들의 분위기를 읽지 못할 헤르만이 아니었다. 그는 보통 자신에 대해 말하는 건 얄짤없이 무시했다.

하지만 디아나, 제 토끼 같은 피후견인이 저 속이 시커먼 구렁이와 함께 언급되는 건 영 마뜩잖았다. 세니르와 소곤거리던 디아나가 제 앞에 끼어든 헤르만을 보고 눈을 동그랗게 떴다.

"헤르만?"

"둘이 떨어져."

"네?"

기가 찬 디아나가 무어라 한마디 하려 했으나 때마침 시가 행렬이 끝나 가는지 주교와 의례를 담당하는 자들이 우르르 몰려왔다. 디아나가 한숨을 쉬며 물러섰다.

잠시 뒤, 화려한 마차가 붉은 계단 아래 도착했다. 그리고 가장자리에 새하얀 털로 장식된 황금빛 망토를 두른 황태녀가 느리게 붉은 계단 위를 올라왔다.

왠지 모를 감회가 들었다. 아버지도 모르는 고아였던 그녀가 지금은 오흐리드의 백작이 되어 이 앞자리에서 대관식을 지켜본다는 사실이 묘한 감상을 불러일으켰다.

'……괜찮을까.'

그러다 어느 순간부턴 걱정이 슬금슬금 치밀어 올랐다. 오흐리드는 황위 다툼에 관여하지 않는다는 철칙은 깨진 지 오래였다.

스스로 원해 깨트린 건 아니었다. 하지만 이미 빠져나올 수 없을 만큼 얽혀 버렸다. 그녀의 선택이 과연 옳은 건지 걱정스러웠다.

그리고 디아나의 상태를 곁에 있는 대공이 빠르게 알아챘다.

"표정이 왜 그러느냐."

"리투아니아 황녀님은 로베르트나 지그프리트 황자보다 훨씬 좋은 황제가 돼야 할 텐데요."

"걱정 말거라."

그녀의 작은 중얼거림을 대공이 곧장 받았다.

"우리가 그렇게 만들면 될 테니."

눈을 살짝 크게 뜬 디아나가 어느 순간 안심하는 미소를 지었다. 계단을 모두 오른 리투아니아에게 주교가 왕홀을 건넸다.

이를 정중히 받아 든 리투아니아가 왕관을 머리에 쓰자, 주교가 리투아니아가 하임바르덴의 황제가 되었음을 선포했다. 제국민들이 외치는 만세 소리가 새로운 황제를 환영했다.

*　　*　　*

대관식이 끝나고 난 후엔 피로연이 이어졌다.

밖에서는 대관식을 구경하기 위해 구름처럼 몰려온 사람들에게 비스킷과 사탕과 같은 선물을 나눠 주었다.

"아, 진짜 귀찮아 죽겠네. 이거 언제 끝나냐?"

세계탑은 헤르만을 제국 사절로 제대로 부려먹는 중이었다. 원래 세계탑 현자들은 본인 연구에 집중하느라 세계탑을 떠나는 걸 극도로 싫어했다.

하지만 헤르만은 어쩌다 보니 세계탑 현자가 되자마자 세계탑에 머무는 것보다 밖에 나도는 시간이 더 많아져 버렸다. 세계탑도 처음에는 별종 보듯 바라보며 돌아오라 종용하다 나중엔 차라리 이용하자로 태도를 바꾸었다.

이번에도 하임바르덴 새 황제 대관식의 사절로 헤르만을 홀랑 보내는 바람에 헤르만은 그 위치 때문에 쉽사리 피로연을 빠지지 못했다.

헤르만의 거취는 자유로워졌지만 그만큼 귀찮은 일도 많이 생긴 것이었다.

"인사하고 바로 가실거죠?"

"어."

"그럼 조금만 참으면…… 아, 저기 오시네요."

리투아니아를 발견한 디아나의 눈이 금세 주변을 빠르게 훑었다.

'세니르는 어디 간 거지?'

대공님은 한쪽에서 군부 사람들과 함께였다. 그러나 근처에 있을 줄 알았던 세니르는 어디에도 보이지 않았다. 그사이 신전 측 사람들과 대화를 다 마친 듯 리투아니아가 곧장 그들을 향해 다가왔다.

"하임바르덴의 태양에게 무궁한 영광이 있기를. 축하드립니다.

폐하."

"축하드립니다."

디아나와 헤르만이 차례로 말했다. 대관식 내내 굳은 얼굴을 하던 리투아니아의 얼굴이 다소 풀어졌다.

"모두 그대들 덕분이지."

"세계탑에서도 축하의 뜻과 함께 선물을 보냈으니 후에 확인하십시오. 그럼 이만."

헤르만이 용건만 재빠르게 말한 후 자리를 떠났다.

"현자 헤르만은 매번 저러…… 음, 걸렸군."

피로연장을 빠져나가려는 헤르만을 지켜보던 리투아니아가 탄식했다. 안타깝게도 출구 코앞에서 누군가 헤르만을 붙잡았다. 보통이라면 무시하고 자리를 떴을 텐데, 세계탑과 관련된 인사인지 머리끝까지 짜증이 난 얼굴로 상대하고 있었다.

이를 모두 본 리투아니아가 웃음기 어린 얼굴로 디아나를 돌아보았다.

"앞으로도 잘 부탁하네."

"제가 드릴 말씀이지요."

지그프리트나 로베르트와는 다른 좋은 황제가 되기를.

그 뜻을 알아챈 리투아니아가 진지하게 고개를 끄떡였다. 그러나 금세 분위기는 다시 풀어졌다. 아무렴 리투아니아가 접견하는 고위 귀족 중 비슷한 또래라고는 디아나가 유일했기 때문이다.

"그리고 보니 대관식이 끝나면 곧장 영지로 내려간다고?"

"네. 오흐리드 령으로 가려고요."

"조금 더 머물지 그러나."

"아니요. 가문의 일을 정리해야 할 것 같아서요."

오흐리드 영지에는 제도의 일에서 손을 떼고 내려간 할머니가 계셨다. 할머니께 세니르는 오흐리드를 무너트리려던 배신자였으며, 세니르에게 할머니는 부모님이 누명을 쓴 채 죽게 만든 방조자였다.

그들의 사이를 아는 디아나는 쉽게 어쩌라고 말하지 못했다. 하지만 이번에 세니르가 먼저 오흐리드 영지에 가자는 제안을 했다.

"그대가 오흐리드를 선택할 줄 몰랐는데."

리투아니아는 묘한 얼굴로 그녀를 보았다.

"결국, 원하는 걸 모두 얻은 감상이 어떠한가?"

세니르를 말하는 것임을 디아나도 알아들었다. 미소를 숨기지 못한 디아나가 작게 말했다.

"하루하루가 기대돼요."

"그거 다행일세."

환하게 웃던 디아나를 물끄러미 보던 리투아니아가 몸을 숙여 귀에 속삭였다.

"입구 오른쪽에서 두 번째 테라스에 가 보게."

"⋯⋯?"

의아한 얼굴을 한 디아나에게 리투아니아가 웃음기 띤 낯으로 했다.

"대공과 현자의 방해가 대단하다지?"

눈을 크게 떴던 디아나가 대공이 있는 방향을 한번 바라보더니 재빠르게 테라스로 향했다.

*   *   *

그 시각 노르반 백작과 대화하는 대공의 심경은 복잡했다. 그는 딸의 연애를 방해하는 철부지 아비가 되고 싶지 않았다.

그와 필리파의 관계에서도 전 백작과 전 대공의 반대가 심했었다. 이를 겪은 대공은 똑같은 일을 하는 같은 사람이 되고 싶지 않았다.

하지만 세니르와 디아나만 보면 떨어트려 놓고 싶은 충동에 자꾸만 시달렸다. 디아나를 노히바덴 대공저에 머물게 한 것도 이성이 감성에 패배한 결과였다.

말은 아직 미혼 남녀가 함께 같은 집에 있는 건 좋지 못하다고 주장했지만, 어릴 적부터 같이 살았는데 이제 와 유난인 게 웃기는 일이기도 했다.

하지만 눈에 흙이 들어와도 같은 집에서 지내는 건 용납할 수 없었다. 그의 딸은 연애하기엔 아직 너무 어렸다!

물론 필리파와 대공은 이보다 더 어린 나이에 사귀기 시작하였지만.

"요새는 오흐리드 전 백작이 이해 가더군."

오흐리드 전 백작 눈에 그는 그냥 도둑 그 이상도 이하도 아니었다. 그때는 그렇게 이해할 수 없던 백작의 행동을 이제야 알 것 같았다.

샴페인을 들이키던 노르반 백작이 가까스로 넘기고는 거칠게 기침을 터트렸다. 노르반 백작은 디아나와 세니르의 관계를 빠르게 눈치챈 사람 중 하나였다.

정확히는 노르반 백작 부인이 먼저 눈치채 백작에게 귀뜸한 것이었다. 다급한 기침을 겨우 진정시킨 노르반 백작이 허허 웃으며 말했다.

"원래 자식을 두면 부모의 생각이 이해 간다고 하지 않습니까."

노르반 백작 곁의 백작 부인이 웃음을 참으며 말했다.

"그래서 약혼식은 언제 하실 생각인가요?"

"약혼이라니."

대공의 눈이 대번에 사나워졌다. 찔끔 놀란 노르반 백작과 달리 백작 부인은 이 상황을 즐겼다.

"교제하는 사이잖아요? 이런 일은 빨리 알리는 게……."

"교제한다고 꼭 결혼해야 하는 건 아니지 않나."

"……."

"하, 하하하, 뭐 그, 그렇긴 하죠. 그래도 뭐, 잘 어울리는 한 쌍이니까요."

노르반 백작이 개방적인 대공의 말을 수습했다.

"백작의 뜻도……음? 백작의 모습이 보이지 않군요."

"뭐라?"

눈썹을 치켜든 대공이 흉흉하게 홀을 둘러보았다.

"나중에 대화하지."

대공이 자리를 떠나 어디론가 성큼성큼 걸어갔다. 이를 안도하며 보는 노르반 백작의 갑자기 옆구리를 꾹 찌르는 느낌에 놀라 돌아보았다.

"으헉, 여보. 왜 그러시오?"

"으이구. 눈치가 이리 없어서는."

타박하면서도 노르반 백작 부인은 상념에 잠겨 멀어지는 대공의 모습을 보았다. 필리파가 없는 대공이 행복해질 수 있을까 의문을 가졌지만, 정말 쓸데없는 고민이었다.

* * *

짙은 그림자가 벽난로의 불빛을 따라 불규칙적으로 일렁였다. 그 앞에 느슨히 머리를 짚은 청년이 무언가를 읽어 내려가고 있었다.

장인이 빚어 낸 밀랍 인형 같은 아름다운 외형의 청년이었다. 온기 한 점 찾아보기 힘들 정도로 예리하게 빛나는 황금색 눈동자는 누구도 쉽게 접근치 못할 오싹한 느낌마저 풍겼다.

─똑똑

창문을 두드리는 듯한 소리가 침묵을 깨며 미약하게 들렸다. 하지만 청년이 머무는 방은 4층이었고 누군가 창문을 두드린다는 건 상식적으로 불가능했다.

그러나 청년을 감싸던 싸늘한 기운은, 허리 높이의 창문에 비친 그림자를 보자 봄볕 눈 녹듯 순식간에 사라졌다.

그는 기다렸다는 듯 창가로 다가갔다. 열린 창 안으로 디아나가 날 듯이 들어와 사뿐히 발을 디뎠다. 정령을 다루는 디아나의 능력은 날로 발전해 이제 이 정도는 가뿐했다.

꿀이 떨어질 것처럼 다정한 그 금색 눈동자에 디아나가 저도 모르게 입을 맞췄다.

"요새 자꾸 누군가 창문을 두드리는 환청이 들리는 거 아십니까?"

가볍게 떨어진 세니르가 콧등을 맞대고 말했다.

"안 자고 뭐 하고 있었어요?"

어둑한 방의 불이라고는 벽난로의 장작불뿐이었다.

"기도문을 읽고 있었습니다."

디아나가 고개를 갸웃 기울였다. 세니르가 그다지 신실한 사람이 아닌 걸 알았기 때문이다.

"읽다 보면 잠이 잘 오거든요."

"아하."

그의 불면증은 예전에 비하면 상당히 개선되었다. 하지만 오늘 같은 날에는 쉽게 재발되었다.

"저도 잠이 안 와서 왔어요."

"푹 주무셔야죠."

"그냥 좀…… 떨리네요. 세니르는 안 떨려요?"

"제가 왜 잠들지 못하고 있다고 생각하시나요."

디아나가 옅게 웃으며 세니르의 손을 잡았다. 미지근한 온기의 손이 그녀의 손을 꽉 붙잡았다.

"벌써 내일이 약혼식이네요."

"그러게요."

여기까지 오는 데 얼마나 많은 고난이 있었는지 다 셀 수가 없었다. 떠난 세니르를 되찾는 건 시작일 뿐이었다. 이를 떠올리던 디아나가 기억을 떨치듯 고개를 털었다.

그녀는 이제 완벽하게 오흐리드 백작으로 자리 잡았다. 그리고 오흐리드 백작가가 저질렀던 범죄들과 가문의 오랜 폐단들 또한 차근차근 정리해 나갔다.

세니르의 도움이 없었다면 그 과정이 훨씬 힘들었을 터였다. 한창 자잘한 대화를 나눌 때였다.

"아, 그리고……."

디아나가 살짝 머뭇거렸다.

"세니르 부모님이요."

세니르는 이반이라는 원래 이름은 완전히 묻기로 했다. 그러나 부모님까지 잊은 채 살 수는 없는 노릇이었다.

"제대로 장례를 치러드릴까 하는데 어때요?"

"……."

"이미 할머니와 이야기가 끝난 건 알지만……."

정확히 무슨 이야기를 나누었는지는 알 수 없었다. 하지만 대화 끝에 더는 서로 칼을 겨누지 않기로 한 것만은 알 수 있었다.

"물론 세니르가 싫다면 더는 언급하지 않을게요."

하지만 그의 가족과 오흐리드의 관계는 계속해 그녀의 한쪽 가슴을 무겁게 내리눌렀다. 침묵하던 세니르가 얕은 웃음을 지었다.

"그런 생각을 하고 계셨다니. 참……."

디아나가 그에게 부모의 일로 부채감을 느끼고 있는 건 알았다. 하지만 굳이 그녀를 달래거나 말을 꺼내지 않고 그냥 두었다.

"저는 괜찮습니다."

진심이었다. 세니르가 잡고 있던 손을 들어 올렸다. 손등에 도장을 찍듯 입술을 묻으며 천천히 눈을 감았다.

그는 그런 그녀를 붙잡기 위해 뭐든 이용할 수 있었다. 정상이 아닌 비틀린 마음인 건 그도 알았다. 하지만 아무렴 어떤가.

"제겐 아가씨만 있으면 되니까요."

그의 사랑스러운 아가씨는 불쌍한 사람을 지나치지 못하는 심성을 지녔고, 그에게 가진 부채감을 절대 외면하지 못할 터였다.

"그러니 저를 버리시면 안 됩니다."

고개를 슬쩍 든 세니르가 디아나를 바라보며 눈을 휘었다. 떨리는 주홍색 동공에 가득했던 죄책감이 점차 사라지고 양 뺨이 사랑스럽게 달아올랐다. 끝없이 추락하던 세상에 내린 구원이었다.

*　　　*　　　*

노히바덴 본성은 밀려드는 손님으로 정신이 없었다.

오흐리드 백작의 약혼식.

이를 노히바덴 본성에서 하는 건 기이한 일이었다. 하지만 사람들은 이에 의문을 가지지 않았다. 그간 노히바덴 대공이 보인 지극한 딸 사랑은 이미 제국에 널리 퍼져 있었기 때문이다.

오흐리드 백작의 약혼식이므로 영지에서 근신하던 오흐리드 전 백작 또한 예외적으로 모습을 드러냈다.

이로써 노히바덴 대공가와 오흐리드 백작가가 한자리에 모여 무언가를 함께하는 건 제국 역사상 처음이었다.

그리고 약혼식을 구경하기 위해, 어떻게든 초대장을 구하기 위해 한바탕 전쟁을 치렀던 귀족들은 입장하자마자 벌어진 입을 다물지 못했다.

결혼식도 아닌 고작 약혼식임에도 기가 질릴 정도로 어마어마하게 화려했다. 야외의 정원엔 각기 다른 계절을 대표하는 색색의 꽃들이 아름답게 피어나 있었고, 하늘을 뒤덮은 상앗빛 얇은 천들이 볕에 반짝이며 한낮임에도 별을 띄운 느낌을 만들어 냈다.

분수 소리와 함께 한쪽에서는 아름다운 음률이 끊임없이 흘러나왔다. 그 가운데 스펜서 오흐리드, 오흐리드 전 백작 부군이 만면에 미소를 띤 채 손님들과 차례로 인사했다.

"이번에도 오흐리드는 데릴사위를 들이네요."

"그러게요. 오흐리드 백작이 그 평민과 약혼할 줄이야."

"뭐, 오흐리드가는 대대로 좀 가풍이 독특했으니까요."

이번 오흐리드 백작은 다를지도 모른다는 말도 많았다. 그렇게 믿고 싶은 자들의 쓸데없는 희망이었다.

"그런데 하나뿐인 딸이 오흐리드를 이으면 노히바덴 대공가는 누가 잇게 되는 거죠?"

*　　*　　*

새벽부터 시작한 준비는 점심이 넘어서야 겨우 끝났다. 늦은 시각까지 잠을 이루지 못해 혼곤한 정신으로 하녀들의 손에 따라 이리저리 흔들리던 디아나는 드디어 정신을 차리고 거울을 확인했다. 그리고 —

"하……."

저도 모르게 탄식할 수밖에 없었다. 디아나가 저도 모르게 거울 속의 자신을 더듬었다. 오늘만큼은 정말 아름답다는 말이 모자랐다.

"다들 정말 고생했어요."

디아나의 눈이 사르르 접히자 뒤편의 하녀들이 절로 탄성을 터뜨렸다.

"아가씨, 정말……."

그리고 어느 순간 물기 어린 신음이 흘러나왔다.

"아가씨 정말로 행복하셔야 해요."

디아나가 당황해 입매를 허물어트렸다.

"누가 보면 나 오늘 결혼하는 줄 알겠어."

"흐윽, 하지만……."

"아니, 제인도? 왜, 왜 다들……다들 왜 울어."

평소 감정 표현이 적은 미셸마저도 눈가가 붉었다.

"아이참."

서둘러 서랍에 다가간 디아나가 손수건을 꺼내 나눠 주었다. 그로도 진정되지 않자 두어 명을 양손으로 토닥이며 달래야 했다. 그때 문이 열리며 지팡이 짚는 소리가 들려왔다.

"이게 무슨 소란이지."

"흡!"

화들짝 놀라서 하녀들이 화다닥 떨어졌다.

"할머니!"

제대로 걷지도 못할 정도로 건강이 나빠지기도 하셨지만 오흐리드 영지에 내려간 이후로는 다시 꽤 회복되셨다. 돌아본 그녀와 마주한 할머니가 두 눈을 부릅뜬 채 그대로 굳었다.

"……할머니?"

묘한 반응에 디아나가 조심스럽게 할머니를 불렀다. 할머니가 소리 없이 무언가를 읊조렸다.

'필리파.'

분명 그리 말한 듯했다.

"……오늘 정말 아름답구나."

이윽고 굳은 입매를 허물어트리며 할머니가 다정하게 말했다. 하지만 그 뒤에 서린 슬픔이 나직이 느껴졌다.

"드레스가 너무 화려해서 걱정이에요."

"무엇이?"

"그냥 약혼식인데 너무 유난이라……."

"흥, 고작 이거 가지고 유난이라니. 내 건강만 더 좋았다면 이 정도로 끝나진 않았을 거다."

"……."

오흐리드 백작이 되어 엄청난 금액을 쓰는 데 꽤 익숙해진 디아나였다. 하지만 그럼에도 이번 약혼식에 들어간 금액은 경악할 정도였다.

그러나 이런 것을 말하기보단 디아나는 그저 웃었다. 할머니께서 행복하시다면야, 그녀 또한 행복했다. 할머니를 살짝 끌어안은 디아나는 속삭이듯 말했다.

"늘 감사해요."

마주 안는 팔이 부쩍 마른 게 느껴지자 저도 모르게 찔끔 눈물이 샜다. 할머니의 품에서 몸을 떼어 낸 디아나가 꺼내 두었던 상자를 집어 들며 말했다.

"저 그럼 잠시 아빠한테 갔다 올게요."

                    *   *   *

디아나는 제가 들고 있던 낡은 함을 매만지다 크게 숨을 들이쉬고 손을 들었다.

─똑똑

"들어오거라."

낮은 허락의 목소리에 문을 열고 들어서던 디아나가 그대로 문지방에 멈췄다.

"오랜만입니다, 누님."

"바스티안!"

몇 년 새 훌쩍 큰 바스티안이었다. 그간 꾸준히 편지를 교환했다. 하지만 대공 본성에 오는 것은 전혀 모르고 있었다.

"어떻게 온 거야?"

답은 바스티안 뒤에서 들렸다.

"졸업 시험을 통과했다더군."

"허어어 벌써?"

"정확히 아직 졸업한 건 아닙니다. 내년에 졸업하는 겁니다만……각하께서 배려해 주셔서 누님의 약혼식에 맞춰 올라올 수 있었습니다."

"그래도! 엄청나게 빠른 거 아니야? 대단한데?!"

그녀의 친구인 테시오르도 졸업한 지 얼마 되지 않았다. 일반 학부생 졸업과 검술 전공 학부생의 졸업 난이도에 상당한 차이가 있다고도 했다. 그것까지 감안한다면 더더욱 빠른 수준이었다.

"왜 미리 말 안 했어!"

바스티안이 약간 쑥스러운 얼굴로 입가를 긁적였다.

"그냥 놀라게 해 드리고 싶었습니다."

"그럼 내 약혼식도 참석하는 거지?"

바스티안이 대공을 흘끔 돌아보고 답했다.

"예. 다행히도요."

"그런데 디아나. 그건……."

그리고 대공이 그녀가 들고 있는걸 본 모양이었다.

"아, 이제 돌려드려야 할 것 같아서요."

대공이 미간을 살짝 찌푸렸다. 디아나가 씁쓸하게 웃으며 상자를 내밀었다.

"원래는 더 빨리 돌려드려야 했는데. 많이 늦었네요."

대공이 함을 받아 들 생각을 하지 않자 디아나가 민망한 얼굴로 탁자에 올려놓았다.

"무엇인가요?"

바스티안이 상자를 바라보며 물었다. 굳은 얼굴의 대공을 흘끔 본 디아나가 말했다.

"소공작의 인장이야."

이젠 바스티안이 알아도 될 터였다. 그리고 그녀의 답에 바스티안이 묘한 얼굴을 했다.

"그걸 왜 대공님께 드립니까?"

"음?"

디아나가 고개를 갸웃 기울였다.

"네가 온 줄 알고 가져온 건 아니었지만 너도 돌아왔고, 나도 이제는 오흐리드가를 이끌어 가야 하니까."

하지만 납득가는 설명이 아닌지, 바스티안은 그녀의 말이 더 이해 가지 않는다는 얼굴로 말했다.

"누님이 노히바덴을 물려받지 않으면 누가 물려받는 겁니까?"

"그건⋯⋯."

그녀도 무어라 답하기 어려웠다. 그녀도 그것이 고민되었기에 아직까지 소공작의 반지를 어쩌지 못하고 가지고 있던 것이지만.

머뭇거리는 디아나에게 바스티안이 말했다.

"꼭 한쪽만 선택해야 하는 겁니까?"

"뭐?"

"둘 다 가지시면 되지 않습니까."

"응?"

그것은 또 다른 이야기의 시작이었다.

〈본편 완결〉

외전 Chapter 1.

부잣집 마나님 같은 차림새의 중년 여인이 뜸 들이며 곁의 사내
를 돌아보았다.

"어때요, 여보?"

"글쎄. 나쁘진 않아 보이는데."

사내 또한 여인과 비슷한 차림새였다. 빳빳한 중절모에 윤기 흐
르는 코트, 맞춤 제작한 것 같은 지팡이가 그들의 부유함을 드러내
고 있었다.

그리고 동시에 그들이 서 있는 장소와 전혀 어울리지 않기도 했
다. 깨끗하게 치우려고 노력한 듯하지만 허름한 티를 벗지 못하는
응접실.

"당신 생각은 어떠하오."

화려한 깃털 부채로 입가를 가린 여인이 사내의 귓가에 속삭였다. 목소리를 낮춘다 한들 좁은 응접실 안이었다. 속삭이는 말 몇 토막이 맞은편에 자리한 아이와 그 보호자로 보이는 여자의 귓가에 닿았다.

미소를 유지하던 보호자의 입가가 불만에 씰룩거렸다.

"……사근사근한 느낌이 ……우울……."

아내의 이야기를 모두 들은 남편이 고개를 끄덕였다.

"원장. 아무래도 우린 좀 더 시간이 필요하겠군."

입술을 깨문 원장이 절박하게 다가갔다.

"한 번만 더 고려해 주실 수 없을까요?"

사내가 고개를 수그리고 있는 아이를 일별했다.

"외견은 꽤 마음에 들긴 하나……. 미리 말했듯이 우리 집엔 아픈 딸이 있어서 말이오. 딸이 덩달아 기운 날 수 있을 만한 밝은 아이를 찾고 있소."

"잠시만 한번……!"

"그럼 이만."

부부는 더는 볼일 없다는 듯 응접실을 빠져나갔다.

"부인, 부인!"

원장은 아이를 두고 황급히 부부를 따라 나갔다. 삐걱거리는 문이 몇 번 덜컹거리고 응접실이 비워지자 아이는 그제야 크게 숨을 내쉬었다.

차라리 사냥꾼네 집에서 지낼 때가 몸은 훨씬 고단했지만, 마음만큼은 편했다. 그를 어떻게든 비싼 값에 팔아넘기려는 원장이 있는 이곳보다는.

그리고 잠시 후.

— 쾅!

기름칠해도 이미 녹슬어 빽빽한 문이 거칠게 열렸다. 성큼성큼 다가온 여인이 손을 치켜들었다.

머리끝까지 화가 난 얼굴의 원장이 아이의 머리, 어깨, 얼굴, 팔 할 것 없이 무차별적으로 손찌검했다.

"또! 또! 웃으라고! 내가! 몇 번이나! 말했는데! 내 말이 우스워?!"

소년은 최대한 웅크린 채 마구잡이로 퍼부어지는 폭력이 끝나길 기다렸다.

"대체 뭐가 불만이야! 저런 기회가 또 올 것 같아?! 네놈이 좋은 데를 가야! 돈을 받을 거 아냐!"

나라의 지원금은 고아원을 운영하는 것만으로도 빠듯했다. 이 고아원 원장 같은 경우는 제 기분에 따라 폭력을 휘두르긴 했으나 최소한으로 필요한 지원은 했다.

단지 아이를 좋은 집으로 입양 보내, 그 후 들어오는 기부금을 자신의 뱃속에 집어넣을 뿐.

하지만 이번에는 벌써 몇 번째 실패하고 있었다. 아이는 귀여운 외모와 달리 어딘가 꺼려지는 음울한 분위기를 가지고 있었다.

되는 대로 손을 휘두르길 한참, 거센 숨을 가다듬으며 원장이 털썩 소파에 주저앉았다.

"당장 내 눈앞에서 꺼져!"

불호령을 들은 소년이 조용히 응접실을 빠져나갔다. 소년은 원장의 집무실 옆에 딸린 방으로 들어갔다. 상자가 쌓여 있는 창고 같은 방 한구석에 반으로 금 가고 귀퉁이가 떨어져 나간 거울이 있었다.

보여 주기 위해 입었던 보드라운 재질의 단정한 옷을 벗고 한 귀퉁이에 있던 낡은 옷을 걸쳤다. 소년에게 너무 커 포대 자루처럼 보이는 옷이었다.

크게 숨을 내쉬고 소년은 단정했던 머리칼을 억지로 잡아당겼다. 눈을 가릴 수 있도록 최대한 늘어트리고선 다시 방을 나왔다.

금이 가고 석회가 떨어져 나가 군데군데 벽돌이 드러난 복도를 걸어간 소년은 한 방문 앞에 멈추었다.

방 안에서 재잘거리며 노는 아이들 소리가 나왔다. 붙박인 듯 문 앞에 서 있던 소년은 어쩔 수 없이 문고리를 잡았다. 문을 열고 들어가자마자 방이 조용해졌다. 아이들의 시선이 소년에게로 다닥다닥 붙었다.

부러움. 선망. 시기. 질투. 안도. 한심함 등이 뒤죽박죽 섞인 눈빛.

목이 조이는 것 같은 답답함에 한숨을 내쉰다고 생각한 순간, 지독한 두통을 느끼며 눈을 떴다.

꿈.

정말 쓸모없는 꿈이었다. 고아원에서의 기억이라니. 이젠 떠올리려 해도 기억나지 않을 지경인데 잠자리 때문인지 이번 꿈은 꽤 선명했다.

한심한 꼴이 아닐 수 없었다. 가족들의 죽음에 대한 진실을 안지 얼마 되지 않았을 때였다. 오갈 곳 없는 분노가 그를 좀먹었고, 자연히 고아원 아이들 사이에서 세니르는 겉돌았다.

지끈거리는 이마를 팔로 덮고 눈을 감은 채 한참을 누워 있던 세니르가 몸을 일으켰다. 낡은 침대가 커다란 소리를 내며 삐걱거렸다. 침대와 빛바랜 탁자와 의자, 바닥의 냉기를 막기 위해 짚으로 만들어 놓은 깔개가 이 방의 전부였다.

곧장 일어난 세니르는 탁자 위에 놓인 가면을 들고 방을 나섰다. 과실수 몇 그루, 손바닥만 한 텃밭이 보이는 회랑을 지나치는 동안 사람 한 명 마주치지 않았다.

무척 작은 신전이었다. 신관 한 명, 수도자 한 명이 겨우 관리하는 곳으로 가장 가까운 마을도 걸어서 반나절은 걸어야 했다.

그나마 방문하는 자들도 신전 뒤편의 숲을 터전으로 삼는 약초꾼, 사냥꾼, 화전민들뿐이었다. 그리고 그가 어릴 적 고아원에 가기 전에 잠시 머물렀던 곳이기도 했다.

그 날.

갑자기 영문도 모른 채 벽장 속에서 공포에 떨던 소년은 까무룩 기절했고, 눈을 떴을 땐 이미 한밤중이었다. 덜덜 떠는 몸으로 숨어 있던 세니르가 벽장 문을 열고 나왔을 때 그를 반기는 건 싸늘한 시신들뿐이었다.

근방에 사는 유일한 또래라 친해진 친구 또한 나란히 죽어 있었다.

그다음 날 돌아오지 않은 자식을 찾으러 온 사냥꾼이 홀로 살아남은 세니르와 죽은 이들을 발견했다.

겁에 질린 와중에도 세니르는 겪은 일들을 상세히 설명했다. 하지만 사냥꾼은 살인자들에 대해 아무 흔적도 찾지 못했다. 평생을 짐승의 흔적을 찾으며 살아온 사냥꾼이었다. 심상치 않은 일인 걸 느낀 사냥꾼은 아들을 잃은 슬픔을 뒤로하고 세니르만 눈에 띄지 않게 데리고 나왔다.

그리고 마치 죽은 아들을 대신하려는 듯 세니르를 대우했다. 하지만 그것도 잠시. 지병이 있던 사냥꾼은 병세가 악화되자 세니르를 이 신전에 맡겼다.

―달칵

문을 열고 들어간 식당엔 아무도 없었다. 묽은 수프 한 그릇과 딱딱한 빵 하나가 식탁 위에 덩그러니 놓여 있었다. 그러나 입맛이 없던 세니르는 물 한 잔만 마시고 식당을 나섰다.

"……야!"

멍하니 걷던 세니르의 귓가에 희미한 소리가 들렸다.

"애야!"

돌아보자 하얗게 센 머리와 수염을 한 노인이 나무 막대를 지팡이 삼아 느릿느릿 걸어왔다.

"일어났으면 잠시 따라오거라."

이 신전의 신관이자 어린 세니르를 잠시 돌봤던 자였다. 복도를 걸어 들어간 곳은 침실보다 조금 나은 정도의 기도실이었다.

"네가 여기 온 지도 꽤 됐구나."

"그런가요."

"계속 이리 지낼 것이냐."

"글쎄요."

건성이나 다름없는 대답에 신관의 입이 꾹 다물렸다. 복수를 포기한 이상 오흐리드에 있을 이유가 없었다. 세니르는 디아나가 무사한 것을 확인한 후 도망치듯 그곳을 떠났다. 그녀가 자신을 찾는 걸 알았지만 오흐리드에 오랫동안 몸담았던 만큼 잡히지 않도록 조심하는 건 쉬웠다.

하지만, 귀를 막을 순 없었다. 듣고 싶지 않아도 몇몇 소식이 들려왔다. 대륙에 가장 유명한 가문의 소식을 피해 다니는 것이 오히려 더 힘들었다.

이 구석에 있는 신전까지 오게 된 이유였다. 침묵을 이어 가던 세니르는 신관을 향해 성의를 보이듯 길게 말했다.

"아무 생각도 없이 지내는 게 편합니다."

귀찮게 굴지 말란 뜻이었다.

"……."

신관의 처진 눈꺼풀 아래로 씁쓸한 빛이 맴돌았다. 신관이 세니르를 처음 맡았을 때 아이의 가족과 관련된 일이 오흐리드와 엮여 있다는 걸 알게 됐다.

신관은 아이의 안전을 위해 세니르의 과거를 꾸며 낸 후 제국의 고아원으로 보냈다. 하지만 그 방법은 신관의 의도와는 다른 결과를 만들어 냈다. 한참을 침묵하던 신관이 결국 자리에서 일어났다.

"식료품이 거의 떨어져 가는구나. 아이와 마을에 내려갔다 오거라."

"……알겠습니다."

거절할 방도가 없었다. 나라에서 지원받는 신전의 식량이 모자라게 된 것은 갑자기 등장한 군식구인 본인 탓이었으니. 신관이 데려가라는 '아이', 수도자는 벙어리였다. 무슨 사연으로 신전에 머물게 되었는지 묻지도 않았다. 세니르는 그저 고개를 끄덕였다.

*　　*　　*

아이는 마을에 내려온 것이 처음인 듯 주변을 정신없이 두리번거렸다. 신관이 물건을 구하는 데에 필요 없는 아이를 딸려 보냈을 때부터 이런 상황을 대충 예상한 세니르는 아이가 마을을 구경할 수 있도록 적당히 맞춰 주며 필요한 물품들을 구매했다.

밀가루와 설탕, 소금, 바구니, 잉크, 종이, 초…….

물품 리스트를 확인하던 세니르가 헛웃음을 지었다. 마을에 내려간 김에 그간 제대로 지원받지 못한 물건을 깡그리 사 모을 생각인 듯했다.

결국 짐을 날라 줄, 말과 수레가 있는 심부름꾼까지 구해야 했다.

"그 신전까지는 길이 험한 데다 멀어 적어도 14바셋 정도는 주셔야 합니다."

바셋은 세니르가 현재 있는 남쪽 왕국에서 주로 통용되는 은화였다. 가죽 주머니를 꺼낸 세니르가 리드 두 개를 건네자 심부름꾼이 눈을 부릅떴다.

"자, 자, 잠시만요. 제, 제가 잔돈이 지금 당장 없어서 말입니다."

"됐으니 남은 물품 구매해 올 동안 먼저 값을 치른 물건부터 받아 와 담아 주시죠."

"아, 알겠습니다."

"잠깐 20람 좀 주시죠."

"예?"

세니르가 어서 달라는 듯 내민 손에 심부름꾼이 얼떨떨하게 동화 20개를 건넸다. 남쪽에서 통용되는 동화인 람은 특이하게 육각이었다. 20람을 받은 세니르가 그걸 그대로 수도자에게 주며 말했다.

"먹고 싶으면 가서 먹어."

수도자가 시선을 떼지 못하던 길거리 음식을 고갯짓했다.

"나는 가서 남은 물품들을 사 올 테니까."

눈을 굴리던 수도자가 20람을 소중히 안아 들고 새구이를 파는 곳으로 뛰어갔다. 그답지 않은 친절이었다.

'이제 정말 괜찮아졌군.'

친절이란 여유가 있을 때 나오는 행동이었다. 이대로 조금만 지나면 미련조차 사라지지 않을까. 봉투에 가득 과일을 사 돌아갈 때였다. 여행객으로 보이는 자가 일행과 함께 그를 지나치며 말했다.

"오흐리드 백작이 중병에 걸렸다던데?"

순간 그대로 발이 멈췄다. 들고 있던 봉투가 떨어지는지도 몰랐다. 바닥을 나뒹구는 봉투 안에서 굴러나온 사과가 방금 말을 뱉은 여행객의 발에 걸어차였다.

"엇! 뭐야?"

세니르가 여행객을 다급히 붙잡았다.

"방금 당신 뭐라고 했습니까."

"예? 뭐, 뭡니까?"

"방금까지 하던 말! 다시…… 한번 자세히 말해 주시죠."

당장 멱살을 잡아채 흔들고 싶은 걸 간신히 참았다.

"내, 내가 무슨 말을 했었지?"

남자가 어리둥절한 얼굴로 일행을 보자 이 상황에 당황한 일행이 더듬거리며 말했다.

"그…… 백작 얘기하고 있었잖아."

"아아. 오흐리드 백작이 죽을병 걸렸다는 거?"

온몸의 피가 싸늘하게 식는 것을 느꼈다.

"……죽을병?"

"예에. 뭐어 저도 그냥 소문을 들은 것뿐이라."

"대체 어디가…… 어디가 문제랍니까?"

"그걸 제가 어떻게 압니까?"

남자는 괴이한 걸 다 묻는다는 듯 세니르를 보았다. 이를 악문 세니르가 여행객을 붙들었던 팔을 놓았다.

"하나만 더 물어보겠습니다. 노히바덴 대공에 관한 이야기는 없습니까?"

"대공? 대공은 별말 없던데?"

그 반응만으로도 충분했다.

"……알겠습니다."

거짓말이다. 정말로 병에 걸렸다면 이리 소문이 날 리도 없었고, 그 전에 노히바덴 대공이 조용히 있을 리 없었다.

거짓말이 분명했다. 하지만 거짓말임을 알아도 걱정되는 마음이 진정되지는 않았다. 한바탕 얼음물을 뒤집어쓴 느낌이었다.

얼마나 그리 서 있었는지 알 수 없었다. 그를 찾아다녔는지 달려온 수도자가 숨을 헉헉 들이쉬다 바닥을 구르고 있는 사과를 보고 서둘러 다시 담기 시작했다.

그렇게 잊으려 발버둥 쳤지만 소용없는 짓이었다. 허탈했지만 어찌 보면 마음 한구석은 개운하기도 했다. 찾아가지 않아도 될 이유가 수십 개는 되었으나 아무 소용없었다.

세니르는 눈을 지그시 감았다. 그의 도피가 끝났다는 걸 깨달았다.

외전 Chapter 2.

오흐리드 백작위의 갑작스러운 승계는 많은 혼란을 불러일으켰다.

긴 시간을 들여 후계를 안정시킨 가문이라도 승계한 직후엔 흔들리기 마련인데, 하물며 여러 소란이 많았던 오흐리드 백작가였다.

원래라면 이번 갑작스러운 승계로 큰 타격을 받아야 했다. 하지만, 상황이 오흐리드 백작가를 도왔다.

남부에서 일어난 마물 침략, 동부의 반란.

세력을 공고히 다지지 못한 신임 오흐리드 백작을 공격하기엔 다들 혼란스러운 시국 속 자신의 가문을 추스르기 급급했다.

"······재무부에서 오흐리 은행에게 지원금을······."

하지만 그만큼 일들도 끊임없이 쏟아졌다. 갓 백작이 된 디아나는 홀로 감당하기 힘들었고─

"말도 안 되는 요구인 걸 몰라서 여기까지 헛소리를 가져온 겁니까?"

"……."

"들을 가치도 없으니 앞으로 보고 올리지 말고 아랫선에서 처리하세요."

"알겠습니다."

세니르가 자연스럽게 디아나의 일을 도왔다. 처음 세니르가 돌아온 걸 보고 경악하는 자들이 한둘이 아니었다. 특히 오흐리드 백작 저택의 고용인들은 무척 당혹스러워했다. 그들 중 반 이상은 이미 한 번 세니르가 잘랐다가 디아나의 손에 복귀되었기 때문이다.

안 그래도 감정이 좋지 못한데, 심지어 은인과도 같은 백작님의 연인이라니!

그들은 세니르를 믿지 못했다. 그에게 불순한 의도가 있다 믿었다. 세니르는 이를 알면서도 적극 부인하기보단 무시로 일축했다. 그 모습은 디아나가 오흐리드 백작이 된 것에 불만을 가진 자들에겐 매력적으로 보였다.

세니르와 손을 잡는다면 오흐리드 백작가를 손에 넣을 수 있지 않을까라는 헛꿈을 꿀 수 있게 만든 것이다. 그러나 세니르는 그런 그들의 접근을 받아들이다 어느 한 순간, 모조리 그들을 오흐리드 가에서 발 딛지 못하도록 잘라 냈다.

불온 분자를 걸러 내기 위해 처음부터 계획한 것이었다. 그 뒤로는 세니르의 복귀에 불만을 품는 이들이 싹 사라졌다. 물론 한 번의 행적으로 모든 불만을 잠재울 수는 없었지만 적어도 겉으로는 표현할 수 없게 되었다.

한참 종이가 넘어가는 소리, 펜이 사각거리는 소리만 들리던 집무실이었다.

"이건 뭐죠?"

세니르가 날카로운 눈으로 탁상 앞에 서 있는 비서를 보았다. 비서는 세니르가 내민 서류를 재빠르게 읽었다. 마른침을 삼킨 비서가 긴장한 목소리로 설명했다.

"페스니아 왕국에서 차관 대금 지급을 연장……."

그렇게 한창 서류에 사인을 받거나 미흡한 부분에 설명을 덧붙이던 때였다.

— 똑똑똑

"나예요."

노크 소리를 뒤따른 익숙한 목소리에 비서가 눈을 살짝 크게 떴다. 보고를 받던 이 또한 의외라는 듯 약간 놀란 눈을 하고 말했다.

"들어오세요."

두꺼운 문이 열리고, 미약하게 소녀티가 남은 은발의 여성이 카펫 위를 걸어왔다.

하임바르덴 제국의 영웅인 노히바덴 대공의 금지옥엽 외동딸이자 세계탑의 현자 헤르만 레체프를 후견인으로 둔 여인. 백여 년 만에 바람의 정령과 계약한 정령사, 디아나 오흐리드. 오흐리드 백작이었다.

가벼운 드레스 차림새의 디아나가 옅은 푸른 빛의 치맛자락을 나풀거리며 다가왔다.

"역시 일하고 있었네요. 그쪽은……."

호기심 어린 시선을 숨기지 못하고 디아나를 보던 비서가 재빠르게 입을 열었다.

"처음 뵙겠습니다. 도련님의 비서인 레온입니다."

"아, 이번에 새로 왔다는?"

레온이 바짝 굳어 고개 숙였다.

"앞으로 잘 부탁해."

"최선을 다하겠습니다."

바닥을 바라보는 레온의 시선에 치맛자락이 스쳐지나갔다. 레온은 그간 선배님들께 들은 이야기를 떠올렸다.

'그러니까 백작님과 도련님이 계약 연애 중이라고 했지?'

이 말도 안 되는 통속 소설 같은 생각은 어울리지 않게도 비서와 사무관들 사이의 주된 의견이었다. 이는 그간 세니르가 쌓아 온 이미지가 큰 영향을 미쳤다.

약혼자였던 카밀로 오발론을 단번에 내치던 모습.

칼로 자른 듯 단호하게 급변한 태도였지만, 세니르와 오랫동안 일을 해 본 사무관일수록 그러고도 남을 사람이라 말했다.

「사실 도련님이 오발론 영애께 무척 잘하긴 하셨지만, 오발론 영애를 진심으로 대하는 것 같다고 느낀 적이 없어서…….」

「너도 그렇게 생각했어?」

「솔직히 도련님께 감정이라는 게 있는가 싶긴 해. 일하시는 거 보면 말이야. 사람이 어떻게 저러지 싶을 정도라.」

「맞아. 사람 같지가 않지. 그런 사람이 누군가를 좋아한다는 게 솔직히 나는 좀…….」

「그리고 백작님이 뭐가 아쉬워서 도련님을 만나. 물론 외모가 으음…….」

이런 비슷한 생각으로 세니르가 오흐리드 백작과 연인 관계란 사실을 믿지 못하는 자들이 상당했다.

그 불신을 시작으로 사실은 연인이 아니라 갓 오흐리드 백작이 된 디아나에게 쏟아질 청혼을 막기 위한 계약 관계가 아닐까? 라는 의견이 나오며 이는 반쯤 기정사실이 되었다.

그리고 레온.

오흐리드 백작저에 들어온 지 얼마 되지 않은 이 신임 비서는 선임들의 말을 믿었다.

'남들에게 숨겨야 하는 계약 연인 사이서 눈치 없게 일 얘기를 하고 있을 순 없지.'

비서가 재빠르게 말했다.

"그럼 저는 물러가 보겠습니다."

디아나가 손을 내저었다.

"아니야, 아니에요. 세니르, 하던 일은 마무리하고 와요."

"그러고 보니 원래 지금 대공 각하를 만나실 시간 아닌가요?"

"그랬는데…… 취소됐어요."

"이런."

"그래서 시간 많아요."

"알겠습니다. 잠시만 기다려 주세요."

레온이 당황하며 세니르를 향해 고개 숙였다.

"급하지 않은 일이니 다음에 다시 오겠습니다."

"남은 것들 주시죠."

거듭된 말에 비서가 머뭇거리며 서류를 내밀었다.

'정말 괜찮나?'

오래 기다리게 되면 지루하시지 않을까. 치솟는 걱정에 디아나를 흘긋 본 비서가 의아한 표정을 지었다. 거의 공식적으로 그녀의 자리라 알려진, 집무실 한쪽 의자에 앉은 디아나는 지루해하긴커녕 오히려…….

'흐뭇해 보이시네?'

반짝거리는 눈이 세니르를 향해 있었다.

'뭐가 저리 좋으신 거지?'

재밌을 만한 건 없을 텐데. 고민에 빠지려는 찰나.

"……온, 레온."

뒤늦게 세니르의 목소리를 들은 레온이 퍼뜩 놀랐다. 싸늘한 세니르의 시선이 그를 향해 있었다. 순식간에 등허리에 식은땀이 솟았다.

"집중 안 하시나요?"

"죄송합니다."

레온이 바짝 굳어 답했다. 레온의 시선이 향한 쪽을 따라간 세니르의 입꼬리가 살짝 올라갔으나 금세 감정을 배제한 얼굴로 돌아왔다. 하지만 목소리는 미약하게나마 풀려 있었다.

"백작님은 걱정하지 않아도 됩니다."

무슨 답을 해야 할지 몰라 레온이 침묵했다. 길고 풍성한 속눈썹을 내리깐 세니르가 피식 웃었다.

"……하는 걸 좋아하니까요."

"예?"

또다시 세니르의 말을 놓친 레온이 안절부절못하며 그의 눈치를 살폈다.

"됐으니, 이 서류는 누가 작성한 거죠?"

"자, 잠시 확인해 보겠습니다."

레온이 땀이 솟은 손바닥을 문질러 닦은 후 세니르가 내민 서류를 집어 들었다. 그로부터 꽤 시간이 지난 후 모든 확인이 끝나고 레온은 몇 장의 반려된 서류를 받아들었다.

오늘 퇴근에 실패한 자들의 목록이기도 했다. 그 명단 가장 상단엔 레온이 자리 잡고 있었다. 입술을 질끈 깨문 레온이 조심스레 말했다.

"이만 물러가 보겠습니다."

펜을 내려놓으며 세니르가 고개를 까딱했다. 이 모든 걸 지켜보고 있었는지 디아나의 목소리가 곧장 들렸다.

"다 끝난 건가요?"

디아나의 목소리에 레온이 의아하게 그녀를 보았다.

'뭔가 아쉬워하시는 것 같은데?'

표정 또한 뭔가 한껏 감상하고 있다가 빠져나온 느낌이었다.

"어제도 늦게 잤다 들었는데, 이리 오지 마시고 쉬시는 게 좋으실 텐데요."

무척 나긋한 목소리라 레온은 처음에 그 목소리의 주인을 알아채지 못했다 뒤늦게 경악했다.

"조금 졸리긴 하지만 괜찮아요."

"물론 저야 아가씨의 얼굴을 보니 좋지만요."

— 달칵.

소리 죽인 채 집무실을 나서던 레온의 귓가에 오소소 소름이 돋았다.

'저렇게 다정하게 말씀하실 수도 있는 분이었나?'

마치 꿀이 떨어질 것 같은 목소리였다.

'계약 연애라며?'

연기라기엔 너무…….

그는 선임이 그를 놀린 것이 아닌가 의심하다 고개를 저었다.

'일이나 하자.'

쓸데도 없는 일에 신경 쓰기에는 제 코가 석 자였다. 보고하러 간다는 말에 그의 어깨를 토닥이던 선임들의 안쓰러움 가득한 눈빛을 이제는 확실히 이해했다.

오늘 집에 돌아가긴 글렀단 사실에 축 처진 어깨로 계단을 내려갔다. 1층으로 내려오자 사람을 찾아보기 힘들던 위층과 달리 고용인들이 분주하게 돌아다녔다.

뒷문으로 향하는 레온의 맞은편에 빨랫감을 한가득 안은 하녀들이 재잘거리며 걸어왔다.

"……해서 기사는 별로야. 그보단 지적인 그런…… 책상 앞에 앉아 일에 집중하는 남자, 멋있지 않아?"

무심히 지나치던 레온은 그들의 대화에 저도 모르게 귀를 쫑긋 세웠다.

"아! 맞아. 나 저번에 로드리고가 대필해 줬는데 그때 좀 멋있더라. 얼굴 보는 순간 정신 번쩍 들었지만."

까르르 높은 웃음소리 뒤에 말이 이어졌다.

"진짜 살짝 인상을 찌푸리고 집중하고 있으면 나도 모르게……!"

그 순간 레온은 좀 전 집무실에서 본, 어딘가 몽롱하게 빠져 있는 것 같았던 백작님의 모습을 떠올렸다.

'에이 설마……'

하지만 다음 말이 곧장 레온의 의심을 확인 사살시켰다.

"백작님도 좋아하시잖아. 도련님 일하시는 모습."

'……!!!'

흐뭇해하던, 그리고 일을 마치자 아쉬워하던 백작님의 얼굴은 그가 잘못 본 게 아니었다.

'그리고……'

「백작님은 걱정하지 않아도 됩니다. ……하는 걸 좋아하니까요」

정확히는 듣지 못했지만 도련님도 그 사실을 알고 있는 게 분명했다.

'설마 일부러?'

일부러 일하는 모습을 백작님 앞에서 보여 준 건가? 저도 모르게 든 생각에 입이 벌어졌다.

"응. 데이지가 그렇게 말하던데?"

"어휴 도련님 보면 무섭기는 한데 솔직히 멋지긴 해……."

"다들 무섭다고만 하더라? 괜찮으시던데."

"넌 들어온 지 얼마 안 됐지? 그럼 몰라. 지금 많이 유해지……."

레온은 하녀들의 목소리가 들리지 않을 때까지 그 자리에 못 박힌 듯 서 있었다.

* * *

세니르가 고개를 기울이며 물었다.

"왜 그러시나요?"

"음, 어디서 누가 내 이야기 하나. 귀가 갑자기 간지러워서."

귓가를 긁적이는 디아나를 바라보던 세니르가 손을 뻗었다. 긴 손가락이 바람 따라 귓가에 흔들리던 머리칼을 넘겨 주었다.

귀가 살짝 달아오른 디아나가 태연한 얼굴로 주변에 시선을 돌렸다. 새파란 에메랄드 빛 푸른 수면이 일렁이는 호수 위에는 나들이 나온 듯한 자들이 탄 나룻배가 보였다.

호수를 둘러싸듯 색색으로 화사한 꽃이 피어 있었다. 그 꽃밭에서 나는 향기는 그들이 앉은 카페 테라스까지 흘러들어왔다.

"벌써 꽃이 다 피었네요."

마지막으로 왔을 땐 봉오리도 지지 않았었는데.

'데이트가 대체 얼마 만인지.'

그간 바쁘기도 했지만, 가장 큰 걸림돌은 아빠와 헤르만이었다. 디아나가 세니르를 돌아보며 말했다.

"테이슬로에서 저녁도 먹고 들어가요."

"각하께서 한마디 하시겠군요."

"으으음."

디아나가 눈살을 살짝 찡그렸다. 노히바덴 대공, 아빠는 그녀와 세니르와의 관계를 인정했다. 사라진 세니르를 찾는 걸 적극적으로 돕기도 했다. 그 일면에는 본인이 겪었던 과거 일이 있음을 알 수 있었다.

하지만 또 인정했지만, 인정한 것과 받아들이는 건 다른 문제인 듯했다. 그녀 앞에선 애써 침착함을 유지하고 아무 말도 하지 않았지만, 세니르에게 애꿎은 심술을 부려 댔다.

이를 어떻게 막아야 하나 고민하기도 했었지만, 심술의 당사자인 세니르는 전혀 개의치 않아 했다. 세니르가 방긋 웃으며 말했다.

"뭐라고 하실지 기대되네요."

하여간 세니르의 성격도 만만치 않았다. 차를 바닥까지 비우고는 카페에서 일어났다. 문을 나서는 내내 호기심 어린 시선들이 그들을 노골적으로 따라왔다.

"좀 걸을까요?"

세니르가 구석진 곳에 있는 오솔길을 바라봤다. 디아나가 고개를 끄덕였다. 안쪽으로 들어갈수록 조용해졌다. 짙은 풀 냄새와 젖은 흙냄새. 들려오는 소리라고는 나뭇잎이 바람에 스치며 내는 소리뿐이었다.

이 좁은 오솔길은 호수를 관리하는 일꾼들이 자신들의 편의를 위해 만들어 놓은 길이었다.

워낙 거친 길이라 귀부인들이 돌아다니기엔 발치가 험했지만, 바람의 정령인 실라가 있는 그녀에겐 아무런 문제가 되지 않았다. 오히려 한적하고 조용해서 이쪽이 편했다.

테라스에 있는 동안 내내 따라다니던 노골적이던 시선들. 익숙해졌다곤 하지만 그래도 신경 쓰였다. 특히 세니르를 향한 여인들의 선망 넘치는…….

"아가씨?"

"……네?"

"무슨 생각을 하고 계시나요?"

"아, 아니……."

어느새 저도 모르게 세니르의 얼굴을 뚫어져라 바라보고 있었다. 정신을 차린 디아나가 아무것도 아니라는 듯 재빨리 고개를 저었다.

이미 무슨 생각을 하는지 눈치챈 것처럼 세니르의 눈매가 살짝 가늘어졌다. 그 시선을 피하듯 고개를 돌리던 디아나는 나무 사이, 호숫가에 있는 물체를 보고 눈을 크게 떴다.

"여기에 있었군요?"

디아나가 재빠르게 오솔길을 빠져나가 호숫가로 다가갔다. 나뭇

배 몇 척이 호수 수면을 따라 흔들거렸다. 뒤이어 온 세니르가 늘어
선 나룻배를 보며 물었다.

"타고 싶으셨나요?"

"한 번쯤? 그런데 어디서 타는지를 모르겠더라고요."

"말씀하시지 그러셨어요."

"그렇다고 굳이 찾아갈 만큼 타고 싶던 건 아녀서요."

예전에 덴르프에서 세니르와 함께 탔던 추억 때문에 언젠가 다
시 타 보고 싶다─ 정도였을 뿐이었다. 대화하는 그들을 보았는지
뱃사공으로 보이는 소년이 어디선가 달려왔다.

뱃삯을 치른 세니르가 소년이 붙잡은 나룻배에 올라탔다. 기우
뚱거리는 나룻배에서 요령 좋게 균형을 잡은 세니르가 디아나에게
손을 내밀었다.

신발을 벗은 소년이 바지를 허벅지까지 걷고 첨벙거리며 물속에
들어와 배를 밀었다. 사공은 필요 없다 했기에 배를 어느 정도 민
소년은 다시 뭍으로 올라갔다.

미끄러지듯 호수 안쪽으로 나룻배가 향했다. 나룻배의 움직임이
멈출 때쯤 디아나가 속삭였다.

"실라."

미약한 바람이 나룻배를 밀기 시작했다. 움직이는 데에 딱히 도
움이 되진 않는다는 걸 알면서도, 가지고 놀 듯 몇 번 노를 저어 본
디아나가 곧 흥미를 잃고 바람을 만끽했다.

"덴르프에 있을 때가 생각나네요."

디아나가 고개를 끄덕였다. 그때와 달라진 것도 많았다. 이곳엔

바스티안도 없으며 세니르와의 관계도 달랐다. 아직도 가끔은 그들이 연인이 되었다는 것이 현실감 없게 느껴졌다.

오랜 기간 세니르의 모든 걸 바쳐 진행하던 복수.

그것을 고작 그녀 때문에 포기했다는 사실 자체가 믿기지 않을 때가 있었다. 말없이 너무 오래 응시했는지, 세니르가 무슨 일이냐는 듯 고개를 살짝 기울였다.

디아나가 대답 없이 손을 뻗어 세니르의 손등을 덮었다. 손을 뒤집은 세니르가 그녀의 손을 단단히 마주 잡았다. 이따금 대화도 하고 물장구를 치기도 하고 다시 노를 저어 보기도 하며 여유를 즐기던 중이었다.

"아가씨."

세니르가 그답지 않게 뜸을 들이다 진지한 얼굴로 말을 이었다.

"배에 구멍이 뚫려 있나 봅니다."

"……네?!"

반 박자 늦게 그의 말뜻을 파악한 디아나가 눈을 동그랗게 떴다. 곧장 배 바닥을 내려다본 디아나가 입을 벌렸다. 발치에 조금씩 차오르는 물에 치맛자락이 축축하게 젖어 들어가고 있었다.

"앗!"

디아나가 치맛자락을 들며 반사적으로 일어난 순간 배가 기우뚱 기울었다.

"아가씨! 잠깐 움직이지……!"

디아나가 일어난 순간 무엇이 잘못됐는지 갑자기 물이 왈칵 쏟아져 들어왔다. 물이 한곳으로 쏠리며 확 가라앉은 나룻배는 균형을 잃었고, 순식간에 뒤집혔다.

"으악!"

"아가씨!"

＊　　＊　　＊

디아나와 세니르는 호숫가에서 터벅터벅 걸어 나왔다. 머리끝부터 발끝까지 젖은 서로의 모습을 본 두 사람은 웃음을 터트렸다.

물은 아직 차가웠지만, 다행히 날은 따스했다. 그들 뒤에 사공 역할을 하는 소년이 어찌할 바를 모르고 겁에 질린 채 눈을 굴렸다. 소년도 그들과 다름없이 쫄딱 젖어 있었다.

배가 뒤집히는 걸 보자마자 구하러 뛰어들었기 때문이다. 정령이 있는 디아나에게 그다지 도움 되진 않았지만.

"배에 구멍이 난 걸 알고…… 아니다, 책임을 묻지 않을 테니 그냥 가렴."

창백하게 질린 얼굴의 소년이 다행이라는 듯 냅다 줄행랑쳤다. 겉옷을 벗은 세니르가 이를 짜 내자 물이 줄줄 흘러나왔다. 힘을 주어 최대한 물기를 짜낸 세니르가 그 재킷을 디아나의 어깨에 걸쳐 주었다.

"덮을 것과 마차를 구해 오겠습니다."

"그럼 저도 같이 가요."

"아뇨. 아가씨가 젖은 채로 제도를 활보하게 했다는 사실이 각하의 귀에 들어가면 저를 가만두지 않으실 것 같군요."

"……."

부인할 수가 없었다. 세니르가 서둘러 다녀오겠다며 자리를 뜬 뒤 적당히 앉을 곳을 찾아 주변을 두리번거리던 디아나에게 누군가 접근했다.

*　　　*　　　*

적당한 마차를 수배하고 담요를 구해 발길을 돌렸다. 기다리고 있을 디아나를 향해 걸음을 재촉하던 세니르는 눈에 들어온 광경에 낯빛이 싸늘해졌다.

옅은 갈색 머리카락과 선량한 눈매를 지닌 단정한 외모의 청년 이 디아나와 웃으며 대화하고 있었다.

슈워츠 파트리시오.

파트리시오 소백작이었다.

무슨 대화를 하는지 부드러운 분위기를 풍기는 그들은 누가 보 아도 잘 어울리는 한 쌍이었다. 파트리시오 소백작이 옷을 벗어 디 아나에게 권했다. 순간적으로 신경이 바짝 곤두섰다. 조바심과 함 께 난폭한 감정이 치솟았다.

하지만 웃는 얼굴로 정중히 거절하는 디아나까지 지켜본 세니르 가 다시 발을 뗐다. 뒤틀린 속내를 숨기는 건 그가 가장 자신 있는 일 중 하나였다.

"아, 저기 왔네요."

다가오는 그를 본 디아나가 파트리시오 소백작에게서 시선을 돌렸다.

"세니르, 이쪽과는 이미 아는 사이죠? 우연히 만났어요. 실비아 와 함께 나들이를 왔대요."

"오랜만이군요. 소백작이 되었다는 소식은 들었습니다. 축하드 립니다."

세니르가 디아나의 어깨에 담요를 두르며 인사했다. 그 모습이 거절당한 파트리시오 소백작에게 어찌 보일지 자명했다.

"예. 오랜만…… 입니다."

마주 인사하는 파트리시오 소백작이 입술을 살짝 깨물었다.

"담요 하나뿐이에요?"

"기다리실 테니까요."

"그렇게 급할 것 없었는데."

울상을 지은 디아나가 어깨에 두른 담요로 세니르의 얼굴에 묻 은 물기를 닦았다. 세니르가 괜찮다는 듯 디아나의 손을 잡고 내리 며 겸연쩍게 웃었다.

"저는 신경 쓰지 마세요. 아가씨가 먼저지요."

이를 지켜보는 파트리시오 소백작의 낯이 더 어두워졌다.

"그럼, 저는 이만 가볼게요."

디아나가 소백작을 돌아보며 말했다.

"아……."

"실비아도 만나면 좋겠지만 아쉽게도 제가 이런 모습이라서요."

디아나가 축 늘어져 물을 뚝뚝 떨어트리는 드레스를 살짝 들어 보였다.

"그렇다면 이 근처에 파트리시오 백작가 소유 건물이 있습니다. 거기서 몸을 말리고 가시는 게 어떠실지요."

소백작의 제안에 세니르의 미소가 미묘하게 뒤틀렸지만 이를 알아채는 자는 없었다. 세니르가 계면쩍은 얼굴을 했다.

"괜찮습니다. 누이와의 나들이를 방해할 수 없지요."

"아뇨. 괜찮습니다. 실비아도 이해할 거예요."

"아니에요. 제안만으로도 감사해요. 실비아에게는 안부 전해 주세요. 다음에 또 봐요."

"……예. 조심히 들어가십시오."

디아나의 거절에 소백작은 더 권유하지 못했다. 씁쓸한 눈빛의 소백작을 뒤로한 채 두 사람은 발을 옮겼다. 디아나와 세니르의 걸음걸음마다 짙은 자국이 생겨났다.

"이러고 마차를 타도 될지 모르겠네요."

"새 마차를 살 수 있을 만한 금액을 지급했으니 걱정하지 마세요."

그리고 무언가 할 말 있는 얼굴로 뜸을 들이던 세니르가 입을 열었다.

"……아니면 파트리시오 백작 영식의 제안을 받아들일 걸 그랬나요?"

"으응? 집에 가면 되는데 뭐 하려요. 불편하잖아요."

디아나가 고개를 갸웃 기울였다. 이를 바라보던 세니르가 눈을 접으며 화사하게 웃었다.

"그렇죠."

디아나가 한 번 더 고개를 갸웃 기울였다.

'갑자기 기분 좋아진 것 같은데.'

멀리 보이던 마차에 다가가자 미리 준비해 달라고라도 하였는지 마부가 재빠르게 다가왔다.

"수건은 마차 안에 넣어 두었습니다."

세니르가 고개를 까딱였다. 마부는 그들이 물을 뚝뚝 떨어트리는 것에도 개의치 않고 싱글벙글 웃으며 마차 문을 열어 주었다. 마차 삯을 아주 넉넉히 치러 준 모양이었다.

마차에 자리 잡고 앉자 세니르가 마차 안에 가지런히 놓여 있던 수건을 들었다. 그녀도 수건을 집으려는 순간 세니르가 든 수건이 먼저 그녀의 얼굴에 닿았다.

"제가 해도 되는……."

"앉아 계세요."

마부의 신호 소리가 들리더니 마차가 채찍 소리와 함께 덜컹 움직이기 시작했다. 그녀의 얼굴을 세심하게 닦아 준 세니르가 아직도 물이 뚝뚝 흐르는 머리칼로 손을 뻗었다.

"제가 해 드리고 싶은 거니까요."

디아나는 그가 남은 물기를 닦기 쉽도록 고분고분하게 협조했다. 대충 닦아 냈음에도 옷자락에서 떨어진 물이 금세 마차 바닥에 고였다.

'홍염이 있었다면 바로 말릴 수 있었을 텐데.'

그런 그녀의 속마음을 읽은 실라가 불만을 표하자 펜던트가 반짝였다.

'아니, 실라 탓하는 게 아니라, 그냥…… 아, 정말이라니까……!'

잠시 실라와 실랑이하고 있을 때였다. 세니르가 머리를 닦아 내던 수건을 의자에 내려놓으며 말했다.

"잠시 고개 좀 돌려주시겠어요?"

디아나가 왜 그러냐는 듯 눈을 동그랗게 떴지만 이내 반문 없이 고개를 돌렸다.

─똑, 똑,

물이 떨어지는 소리, 젖은 옷자락이 스치는 소리가 나더니 갑자기 후드득 나무 바닥을 두들기는 물소리가 들렸다. 디아나는 저도 모르게 소리가 들린 방향으로 고개를 돌렸다.

"……!"

맨 상체를 그대로 드러낸 세니르가 셔츠를 짜내고 있었다. 소리도 내지 못하고 그대로 굳어 있었건만 시선을 느끼기라도 한 듯 세니르가 그녀를 돌아보았다.

금색 눈동자가 살짝 커지고 기다란 속눈썹이 위아래로 팔랑 움직이더니 가늘게 눈웃음을 지었다. 순간적으로 얼굴로 피가 몰린 듯 귀와 뺨이 간질거린다고 느낄 때, 무언가 휙 날아와 그녀의 시야를 가렸다.

수건이었다. 누군가 찬물을 뒤집어씌우기라도 한 듯 정신이 번쩍 들었다. 디아나는 그대로 덮어쓴 수건 끄트머리만 만지작거렸다.

그리고 잠깐 기다렸을까 수건이 치워졌다. 디아나의 눈이 곧장 세니르를 향했다.

세니르는 물기를 짜낸 옷을 다시 입은 채였다. 아직 젖어 있는 천이 팔목에 들러붙는 것이 거슬리는 듯 손목 부분을 걸어 올리고 있었다.

마치 고대하던 선물 상자를 열었는데 아무것도 나오지 않은 것 같은 디아나의 표정에 세니르가 작게 웃었다.

"뭘 아쉬워하시는 건가요?"

"그야…… 에췪!"

대번에 웃음이 거둬졌다. 그 심각한 표정에 디아나가 별거 아니라는 듯 손을 내저었다. 콧등을 문지르며 태연한 얼굴을 하려 했으나 야속하게도 기침이 연달아 터졌다.

"에췪! 에췪!"

"이리 오십시오."

"괜찮…… 에췪!"

가볍게 한숨을 내쉰 세니르가 그녀의 팔을 감아쥐더니 그대로 잡아당겼다.

"앗!"

엉거주춤 일어난 디아나를 빙글 돌린 세니르가 그녀의 허리를 감싸 안고는 바짝 당겼다.

"세니르?"

정신을 차려 보니 디아나가 앉아 있는 곳은 세니르의 무릎 위였다. 그녀의 등허리로 다시 팔을 뻗는 세니르의 움직임이 느껴졌다.

"불편하신가요?"

"그건 아니지만……."

건너편 의자에 떨어트린 담요를 집어 올린 세니르가 이를 펼쳐 디아나의 몸 위에 덮었다.

"도착할 때까지만 이러고 있죠."

세니르의 목소리는 평소와 다를 것 없이 담담했다. 그 담백한 분위기에 디아나 또한 어깨의 긴장을 조금 풀었다. 천천히 숨을 내쉬며 세니르에게 몸을 기댔다. 그녀의 허리를 감싸던 세니르의 팔도 조금 느슨해졌다.

몸은 금세 따스해졌다. 느른한 분위기에 살짝 잠이 올 정도였다. 디아나가 기대던 고개를 약간 틀어 세니르를 올려보았다. 반듯한 턱 선과 날카로운 콧날이 먼저 눈에 띄었다. 그다음엔 마치 잠들어 있는 것처럼 차분하게 감겨 있는 눈꺼풀이 들어왔다.

신이 온 정성을 기울여 조각하면 이런 모양일까. 연극배우 뺨치는, 아니 이 정도로 아름다운 연극배우가 있다면 단숨에 스타가 될 게 분명하다고 장담할 수 있었다.

예술품을 감상하듯 한참 바라보던 디아나가 안겨 있던 팔을 조심스레 빼냈다. 그러곤 손을 뻗어 그의 턱 아래 미처 닦지 못한 듯 맺혀 있는 물방울을 슬쩍 건드렸다.

세니르가 그대로 눈을 감고 있는 걸 힐끔 확인한 디아나가 물방울을 마저 닦아 냈다. 동작을 마친 후에도 여전히 그가 눈을 감고 있자 이번엔 턱을 스친 손가락이 목덜미 그리고 쇄골까지 느리게 더듬어 내려갔다. 그제야 목울대가 움직이고 세니르가 가라앉은 목소리로 말했다.

"간지러워요."

"물기가 남아 있길래요."

이미 모두 마른 피부를 만지며 뻔뻔하게 답했다. 세니르가 얕은 한숨을 쉬며 그녀의 손을 막듯이 잡았다.

"건들지 마세요."

"왜요?"

디아나가 가만히 세니르를 바라보다 그가 잡은 손을 뺐다.

"……참기 힘드니까요."

"참아요."

"……."

누구의 두근거림일지 모르겠는 박동 소리가 환청처럼 들렸다. 디아나가 손이 도자기 같이 창백하고 매끈한 뺨을 덮었다.

"뭐…… 안 참아도 되구요."

말을 이어 가던 디아나가 시선을 피하듯 눈을 내리깔았다. 그리고 그녀가 감싼 뺨, 특히 엄지가 닿은 입꼬리가 움직이는 것이 느껴졌다.

"아가씨도 참……."

얕고 뜨거운 숨이 이마를 스치고 부드러운 입술이 예고처럼 가볍게 콧등에서 코끝으로 내려왔다. 이내 조금 더 아래로 향해 지그시 눌린 입술은 그녀가 세니르의 어깨를 짚었을 때 잠시 떼어졌다.

눈꺼풀을 파르르 떨며 눈을 뜨자 세니르와 눈이 마주쳤다. 가늘게 뜬 눈 사이 일렁이는 금빛 눈동자가 그녀를 홀리고 있었다.

"아……."

더 마주하기 힘들어 눈을 감은 순간 턱이 잡혔다. 서로의 숨을 머금으며 고개가 비스듬히 기울어지더니 마저 집어 삼켜졌다.

*　　*　　*

거대한 철문 안으로 어울리지 않는 마차가 미끄러져 들어갔다. 이어진 길을 따라 마차를 운행하는 마부의 눈이 주변을 바쁘게 두리번거렸다.

조각상과 관목으로 장식된 정원을 지나친 마차가 저택 앞에 멈췄다. 마차의 문이 열리고 외출 시와 전혀 다른 모습의 세니르가 먼저 내렸다.

"도련님?!"

뒤이어 살짝 상기된 뺨을 한 디아나가 내렸다.

"백작님!"

집사 뒤편의 제인이 구르듯 저택 입구 계단을 내려왔다.

"이게 무슨 일이에요! 대체 왜 쫄딱 젖어 오신 거예요?"

"호수에 빠졌어."

"헉! 세상에! 괜찮으셨던 거죠?"

"응. 실라가 있잖아."

세니르가 집사를 향해 명했다.

"렘트란 호수에 두고 온 말, 가서 회수해 오세요."

"알겠습니다. 아, 그리고 테이슬로 예약은 취소할까요."

집사가 눈치 빠르게 물어보자 세니르가 나른한 기색으로 답했다.

"그래야죠."

집사가 약간 다급한 어조로 입을 열었다.

"입단속 또한 제가 마무리할 테니, 두 분께서는 어서 올라가 쉬시지요. 저녁에 대공 각하께서 오시겠다고 기별이 왔습니다."

"아빠가요?"

계단을 오르던 디아나가 놀라 바라봤다. 아빠가 호수에 빠진 사실을 안다면 상당히 귀찮아질 터였다. 집사가 멋쩍게 웃으며 말했다.

"예. 오신다고 하신 시간까지 반 시간 정도 남았습니다."

"안 돼!"

＊　　　＊　　　＊

다행히도 노히바덴 대공이 방문할 쯤에는 물에 쫄딱 빠진 생쥐 모습을 모두 지우고 산뜻하게 준비를 마칠 수 있었다.

"렘트란 호수를 갔다며."

대공이 세니르를 마음에 들지 않는 눈으로 보았다. 다행히도 그녀가 호수에 빠진 사실이 대공의 귀까지 들어가진 않은 모양이었다.

"벌써 꽃이 만개했더라구요."

"그렇군."

오흐리드 백작가 대식당에서 함께 정찬을 드는 노히바덴 대공의 모습. 절대 익숙해지지 않을 것 같았지만, 이미 매우 익숙해진 광경이었다.

디아나가 오흐리드 백작이 되어 백작저에 머물게 된 이후론 대공도 일주일에 두세 번은 꼬박꼬박 함께 식사하러 왔다. 처음에 오흐리드 백작가 사람들은 노히바덴 대공을 환영하지 않았다.

본능적으로 무서워하는 사람들이 삼분의 이. 그리고 나머진 디아나를 뺏으려 했다는 점에 악감정을 지닌 이들이었다. 하지만 이들 또한 몇 번 대공을 보자 대공이 디아나에게만큼은 지극정성임을 인정할 수밖에 없었다.

"나들이 나온 이들이 많더라구요. 슈워츠 오라버니도 마주쳤어요."

"슈워츠?"

"파트리시오 소백작이요."

나이프를 내려놓은 대공의 눈썹이 꿈틀거렸다.

"그놈. 은근 자주 마주치는군."

"그래요?"

"왜 예전에 덴르프에서도 마주치지 않았나."

"아, 그렇네요. 그래도 그게 언제 적인데요."

벌써 몇 년이나 지난 일이었다. 선황을 믿고 모아 둔 돈과 큰 대출을 받아 새로운 사업에 투자한 덴르프 백작가는 현재 파산 직전인 걸로 알려졌다.

선황이 남부의 마물 토벌과 동부의 반란을 기점으로 반강제 선위를 하는 바람에 덴르프와 선황 사이의 약속이 휴지 조각이 되었기 때문이다.

"그때도 네게 꽤……."

테이블을 바라보며 갑자기 말을 멈춘 대공의 모습에 고개를 갸웃한 디아나가 재촉했다.

"꽤 뭐요?"

"아니다."

대공이 더는 말할 생각이 없다는 듯 나이프를 들었다. 디아나는 힐끔 세니르를 바라보았다. 그는 대공이 무슨 말을 하려 했는지 알아채기라도 한 듯 희미하게 웃음 짓고 있었다.

디아나가 대공에게 걸리지 않도록 소리를 내지 않고 입 모양으로 세니르에게 물었다.

'무슨 말이었는지 알겠어요?'

싱긋 웃은 세니르가 디아나와 같은 방식으로 말했다.

'비밀입니다.'

"아빠 다 안다."

"큼, 큼. 오늘따라 보르슈가 맛있네요."

디아나가 자신의 접시로 음식을 덜어 내며 말을 돌렸다.

＊　　　＊　　　＊

식사를 마친 후 자리를 옮겼다. 이미 어두워진 창밖으로 정원을 밝히는 마법 등의 빛이 아른거렸다. 보통 식사 후에도 간단하게 차와 다과를 곁들이며 대화를 했다.

일상적인 이야기도 많이 나누었지만, 아무래도 노히바덴 대공과 오흐리드 백작, 그리고 세니르가 모이는 자리다 보니 일 얘기로 흘러가는 경우가 많았다.

"그렇지 않아도 오늘 보고 받았습니다."

"엘제론 후작가가 반대하고 나서더군. 요새 엘제론 후작이 꽤……."

대공과 세니르가 최근 진행되는 정책에 관한 이야기를 나누는 걸 가만히 듣고 있던 디아나가 고개를 틀었다.

'아, 이런.'

식사 전부터 목 안이 칼칼하더니 열이 올라오는지 머리가 살짝 지끈거리기 시작했다. 날도 좋아 물에 빠졌을 때 빼곤 춥지도 않았는데 열이라니.

디아나가 대화에 빠진 대공과 세니르를 흘끔 보았다.

'괜히 걱정 끼칠 필요는 없지.'

약 좀 먹고 따뜻하게 푹 자고 일어나면 나으리라. 디아나가 피곤한 척 입을 가리고 길게 하품했다.

"디아나, 피곤하니?"

곧장 그녀를 돌아본 대공의 질문에 고개를 끄덕였다.

"오늘따라 조금 피곤하네요. 저 너무 졸려서 먼저 올라가 볼게요."

"그러거라."

다정하게 답한 대공이 자연스레 디아나의 뒤를 따르려는 세니르를 돌아보았다.

"너는 남고."

몸을 일으키던 디아나가 멈칫했다. 세니르와 대공을 번갈아본 디아나가 눈을 가늘게 떴다.

"둘이서 무슨 이야기를 하려고요?"

걱정과 의심이 동시에 담긴 말투였다. 대공이 혀를 차며 말했다.

"뭘 걱정하느냐? 내가 그리 미덥지 않나."

디아나는 반쯤 일으킨 엉덩이를 다시 의자에 느리게 붙이며 답했다.

"……네."

"……"

디아나가 굳은 대공의 팔을 붙들고 애교 있게 웃었다.

"응, 아빠. 나도 들을래요."

"그러거……."

습관처럼 허락하던 대공이 순간 눈을 꽉 감았다 뜨더니 벌떡 일어났다. 디아나의 앞에 선 대공이 그녀의 양어깨를 쥐고 벌떡 일으켰다.

"앗!"

"졸리다며. 어서 가서 자거라."

억지로 돌려진 몸 뒤로 세니르의 얕은 웃음소리가 들렸다.

*   *   *

덥고 목이 말랐다. 스스로 내뱉는 밭은 숨이 뜨거운 걸 알 수 있었다.

'망했네.'

제대로 열이 오르는 게 느껴졌다. 그때였다. 차가운 수건이 머리 위에 조심스레 올려졌다. 제인인 모양이었다. 결국, 저택 사람들이 모두 알겠구나 싶어 열에 들뜬 한숨을 내쉬다가 기침이 터졌다. 겨우 멈춘 디아나가 마른 목소리를 냈다.

"……나 물 좀……."

침대가 살짝 출렁이는 느낌과 함께 옷자락이 스치는 소리가 들렸다. 주전자에서 물을 쪼르르 따르고 탁 내려놓는 소리 뒤로 발소리가 이어졌다.

디아나가 미간을 살짝 좁혔다.

'제인이 아닌데? 미셸도 아닌 것 같고.'

데이지는 내일까지 휴일이었다. 디아나가 이마를 덮은 물수건을 치우며 눈을 떴다. 어두컴컴한 방을 보아 아직 한밤중이었다. 방 안에는 마법 등 하나만 잠을 방해하지 않을 정도로 미약한 빛을 내고 있었다.

뻐근한 몸을 일으키며 시선을 돌린 디아나가 눈을 가늘게 떴다.

"……세니르?"

다가온 세니르가 물 잔을 내밀었다. 받아 들고 멍하니 바라보자 어서 마시라는 듯 고갯짓했다. 목이 꽤 부었는지 물을 마시기 꽤 고역이었다. 어찌어찌 모두 마시자 세니르가 잔을 받아 가고 검푸른 빛의 액체가 담긴 유리병을 내밀었다.

"일어나셨으니 이것도 드세요."

"아까 감기약 먹었는데……."

세니르가 달래듯 차분한 눈길로 약병을 열어 그녀를 향해 재차 내밀었다. 쓴 약 냄새가 확 올라왔다.

"윽."

"따로 의사에게 해열제를 받아 왔어요."

디아나는 얌전히 약병을 받아 쥐긴 했으나 여전히 약을 바라보는 시선에는 떨떠름함이 가득했다.

"어서 드세요."

세니르가 채근했다. 입술을 깨문 디아나가 마른침을 삼키고 단번에 약을 들이켰다. 나눠 마셔 봤자 고약할 뿐이었다.

"잘하셨습니다."

머리를 부르르 떠는 그녀의 입 안으로 달콤하고 동그란 것이 들어왔다. 사탕은 또 언제 준비했는지. 쓰고 비린 약초 특유의 향이 빠르게 사라지자 한층 좋아진 얼굴의 디아나가 입을 열었다.

"제가 아픈 거…… 어떻게 알았어요?"

우선 누우라는 듯 대답 대신 세니르가 그녀의 어깨를 슬며시 밀어 눕혔다. 그러곤 대야에 넣어 놓은 수건을 건져 물을 짰다.

"이상했으니까요."

시원한 기운이 이마에 닿았다.

"흐으. 뭐가요?"

"아가씨는 졸릴 때 먼저 잠을 참으려고 노력하죠. 그러다 버티기 힘들다 싶을 때만 피곤하다 하시는데. 오늘은 앞을 모두 건너뛰셨죠."

자신도 모르던 버릇을 연인에게 듣는 기분이란 묘했다. 평소에 그만큼 그녀를 지켜봤다는 뜻이었다. 무언가 가슴 안쪽이 가득 차오르듯 간질거렸다. 어쩔 수 없이 실실 웃음이 새어 나오자 세니르가 짐짓 엄한 얼굴을 지었다.

"좋아하지 마시죠."

"세니르는 속일 수가 없네요."

"속이지 마세요."

목소리에 얕게 배인 우울감에 디아나가 놀라 세니르를 보았다. 물을 만지느라 차가워진 손으로 그녀의 손을 그러쥔 세니르가 기도하듯 들어 올렸다.

방 안의 빛을 모두 머금은 듯한 백금발이 그의 움직임을 따라 흔들거렸고 머리칼과 정반대로 얼굴에는 역광이 만든 그림자가 짙어졌다.

그리고 그림자 속 그의 얼굴은 음울한 기색으로 덮여 있었다. 걱정, 슬픔, 씁쓸한 온 부정적인 감정을 그러모은 듯한 괴로운 표정에 저도 모르게 심장이 철렁 내려앉았다.

"저한텐 아가씨뿐이니까요."

손가락에 닿은 세니르의 입술이 움직이는 것이 느껴졌다.

"그러니까 아가씨는 절 책임지셔야 해요."

모든 걸 버리고 떠났다가 오로지 그녀 때문에 돌아온 세니르였다.

간질거리던 폐부는, 이번엔 알 수 없는 죄책감에 송곳으로 콕콕 찌르는 듯한 느낌이 들었다.

"앞으로 안…… 그럴게요."

하고 싶은 말이 많은 얼굴로 그녀를 바라보던 세니르가 이를 감추듯 시선을 내리깔았다.

"미안해요."

짧은 침묵 후 다시 마주한 세니르의 눈빛은 차분하게 변해 있었다. 쥐고 있던 손을 풀어 그녀의 얼굴로 손을 뻗은 세니르가 뺨에 들러붙은 머리칼을 뗐다.

"이렇게 자주 아파서 큰일이에요."

"……나 정도면 건강한 편 아닌가요?"

"큰 착각입니다."

"아닌데."

"매우 큰 착각이에요."

단호한 부인에 디아나가 얼굴을 붉혔다. 세니르가 손등으로 그녀의 뺨을 문지르며 말했다.

"아가씨가 쓰러진 것만 벌써 두 번을 보았는걸요."

"그건……!"

예전에 그 일들은 독약을 마셨던 것과 정령의 힘을 많이 소모해서였지 않은가.

'평소에는 감기도 잘 안 걸렸는데.'

하지만 똑같이 물에 빠져 놓고 홀로 드러누워 있었다. 심지어 자켓부터 담요까지 세니르가 더 신경 써 줬음에도 불구하고.

더 주장할 수 없던 디아나는 못마땅한 얼굴로 멀어지던 세니르 손을 잡아당겨 그 손바닥에 뺨을 기댔다. 세니르가 반대 손으로 디

외전 Chapter 2. 253

아나의 이마에 얹어진 수건이 떨어지지 않도록 위치를 고쳐 주었다. 세니르가 말하라는 듯 그녀를 보았다.

"언제까지 아가씨라고 할 거예요?"

"백작님이라고 불러 드려요?"

"……네?"

세니르의 표정을 확인하고 디아나가 불퉁하게 말했다.

"그런 뜻 아닌 거 알잖아요."

"그럼 뭐라고 부를까요."

이런 것까지 군이 입으로 말해 주어야 하나? 어쩐지 창피해진 디아나가 작은 목소리로 속삭였다.

"이름이라든가……."

세니르의 표정은 긍정인지 부정인지 읽기 어렵게 묘한 낯이었다.

"글쎄요."

"……?"

"그건 너무 흔하지 않나……."

"네?"

세니르가 이불을 다시 추어 올려주며 그녀가 기대고 있던 손을 뺐다.

"너무 오래 일어나 계셨어요. 주무세요."

슬슬 열이 올라 버티기 힘들다는 걸 느끼고 있었기에 디아나도 세니르를 더 붙잡지 않았다. 침대에서 일어난 세니르가 방 한쪽에 놓인 카우치로 향했다. 지금껏 그곳에 있었는지 커다란 담요가 카우치에 흐트러진 채로 올라가 있었다.

'아 맞다. 아빠랑 무슨 말 했는지 물어보려고 했는데.'

내일 물어보지 뭐.

*   *   *

열에 들뜬 채 한 생각은 이튿날이 되자 무언가 물어보려 했던 것 같은데 ─ 정도의 희미한 기억만 남기고 모두 휘발됐다. 세니르의 간호 덕분인지 몸은 언제 열이 올랐냐는 듯 가뿐했다. 호수에 빠진 이야기도 집사가 잘 처리했는지 가십지에 올라오지 않고 조용했다.

혹시 몰라 하루 더 푹 쉰 후에 다시 원래의 일정으로 돌아왔다.

"디아나 양!"

높은음의 목소리가 그녀를 불렀다.

"어서 와요."

뒤이어 나긋나긋한 목소리가 그녀를 환영했다.

"왜 이렇게 얼굴 보기가 힘들어요!"

"하하."

요란하게 일어난 여인이 그녀의 손을 잡고 이끌었다. 리스벳 칼트헤르츠와 실비아 파트리시오였다. 실비아와 리스벳은 처음 롬벨 후작 부인의 소개를 받을 때와 달리 자주 만나기 힘들어졌다.

당시 예상과는 다르게 그녀가 오흐리드 백작이 되며 활동하는 범위가 달라졌기 때문이다. 물론 실비아와 리스벳이 바빠진 탓도 있었다. 그간 실비아는 롬벨 후작 부인의 살롱을 물려받게 되어 바빠졌고 리스벳은…….

"단트 경과 곧 약혼한다면서요?"

활달하게 그녀를 끌고 가던 리스벳의 뺨이 붉어졌다.

"아, 아직 한참 남았어요."

"두 달밖에 안 남았으면 금방이죠."

리스벳은 에스온 단트라는 황실 기사와 연애를 하더니 어느새 약혼을 눈앞에 두고 있었다. 황실 기사라지만 에스온 단트는 남작이었고, 남작가와 후작 영애의 혼인이라 소란이 꽤 컸다 들었다.

"실비아 양은 단트 경 만난 적 있다고 들었는데, 어땠나요?"

"뭐, 뭐가 궁금해서 그래요?"

"둘 다 먼저 앉고 얘기해요."

실비아가 곱게 웃으며 빈 찻잔을 채워 줬다. 소용돌이치는 옅은 갈색 찻물이 멈추길 기다렸다가 천천히 찻잔을 들었다. 역시 실비아가 내린 차는 그녀의 솜씨론 따라가기도 힘들 정도로 기가 막혔다.

"몸은 괜찮아요?"

"몸이요?"

걱정 어린 눈빛에 디아나가 고개를 갸웃 기울였다.

"호수에 빠졌다고 들었어요."

"음?"

거의 잊고 있던 호수 일이 다시 거론된 건 실비아에게서였다.

"정령이 있으니 걱정은 없지만, 그날 물이 꽤 찼으니까요."

"걱정해 줘서 고마워요. 큰 문제 없었어요."

"그렇다면 다행이고요."

"호수에 빠졌다니요?"

붉어진 얼굴을 가라앉힌 리스벳이 의아하다는 듯 물었다. 실비아가 찬찬히 있었던 일을 설명해 주고 디아나가 모자라는 부분만 추임새 넣듯 덧붙였다.

"오흐리드 백작이 호수에 빠졌다면 모를 수가 없을 텐데."

"그날 오라버니께서 그 주변에 있던 이들을 입단속 하셨거든요."

"슈워츠 오라버니가요?"

디아나가 놀라 되물었다.

"네. 따라온 기자가 없어서 다행이었지요."

"아, 그랬군요."

그제야 다음날 조용했던 이유가 이해됐다. 집사가 한 것이 아니라 슈워츠 오라버니가 한 일이었다니. 전혀 몰랐다.

"슈워츠 오라버니, 혹시 저택에 계시나요?"

"아뇨. 오늘 아침 일찍 외출하셨어요. 오면 알려드릴까요?"

"네. 감사하다고 인사드리고 싶네요."

그 뒤로도 잡다한 여러 이야기를 풀었다. 주로 리스벳과 단트 경에 대한 이야기였다. 부끄러움은 처음 잠시였을 뿐, 리스벳은 단트 경과의 이야기를 행복에 빠진 낯으로 열렬히 풀어 냈다.

"……해서 다른 남자랑 단둘이 얘기했다고 어찌나 질투하던지."

"어쩔 수 없는 상황이었잖아요?"

"마음이란 게 그렇게 생각대로 되지 않으니까요."

"세니르 경은 그런 적 없나요?"

다시 정재계에 복귀한 세니르에게 리투아니아 황제는 작위를 하나 내렸다. 처음 세니르는 거절했으나 마땅히 부를 호칭이 없어 불편하다는 말에 결국 받아들였다.

계속 오흐리드 영식이라고 불리기엔 상황이 모호해진 까닭이었다. 디아나의 입김도 약간은 작용했다.

"세니르는 음……."

질투라.

"별로 없는 것 같아요."

그는 늘 어른스럽고 여유로웠다. 본 성격이 좋지 못한 편인 건 알 수 있었지만, 이상할 정도로 그녀에게만큼은 상냥해서……. 그 점이 그녀에게 특별한 감정을 일으켰지만 가끔은 정말 이런 생활이 세니르가 원하여 지내는 게 맞는지 의문이 들 때가 있었다.

리스벳이 신기하다는 듯 눈을 크게 떴다.

"정말요? 디아나 양의 인기를 태연하게 버텨 내다니. 그러기 쉽지 않을 텐데."

"하하, 인기요?"

"어머, 거짓말 같으세요? 세니르 경만 없었으면……."

ㅡ똑똑

리스벳이 이어 나가던 말을 노크 소리에 멈추었다.

"접니다."

"집사네요. 무슨 일이 있는가 본데, 잠시만 들어오라고 할게요."

실비아가 그들을 돌아보며 말했다. 고개를 끄덕이자 실비아가 문을 향해 들어오라 말했다. 몇 번 마주쳐 눈에 익은 집사가 정중하게 인사를 올리고 곧장 입을 열었다.

"손님이 오셨습니다."

"손님이요?"

"칼트헤르츠 영애께 오신 손님입니다."

리스벳의 휘둥그레 뜬 눈을 보아 미리 약속된 것이 아님을 알 수 있었다. 어찌할지 물어보듯 실비아가 리스벳을 보았다.

"어…… 데리러 왔나 봐요."

"하긴 시간이 벌써 이렇게 지났네요."

실비아가 하녀를 향해 말했다.

"곧 나갈 테니 잠시만 기다려 주시라고 전하렴."

"알겠습니다, 아가씨."

*　　　*　　　*

리스벳은 들뜬 마음을 애써 누르는 낯이었다.

"일주일 정도 훈련을 떠났거든요. 빨라도 내일에나 돌아올 거라고 여겼는데."

갈색 융단이 깔린 복도를 지나 중앙 계단 앞으로 가자 한 사내가 보였다. 붉은 머리를 가진 남자의 보기 좋게 탄 얼굴엔, 경쾌한 미소가 드리워져 있었다.

"리스벳!"

"에스온!"

사내가 재빠르게 다가와 리스벳을 끌어안고는 뺨에 키스했다.

"내일은 돼야 돌아온다더니!"

"오자마자 씻고 칼트헤르츠 저택에 가니 네가 외출했다더군."

보기만 해도 절로 미소가 피어나는 사랑스러운 연인의 모습이었다. 짧게 대화를 나눈 리스벳이 뒤를 돌아보았다. 리스벳의 시선을 따라온 에스온과 디아나의 시선이 마주쳤다.

"이쪽은 잘 알겠지만, 디아나 오흐리드. 오흐리드 백작."

"처음 뵙겠습니다. 에스온 단트입니다. 단트 경이라고 불러 주시면 됩니다."

내민 단트 경의 손을 잡고 악수했다. 단트 경은 처음 본 미소가 경쾌하다 느낀 것이 틀리지 않게 활달하고 말이 많은 사람이었다. 기사라면 다 단답형에 무뚝뚝하다는 편견을 단번에 날려 줄 정도였다.

"그런 건 기사의 특징이라기보단 북부인의 특징이지요. 가끔 노히바덴 기사단의 기사들과 친선 훈련을 할 때……."

간단한 인사가 꽤 긴 잡담으로 이어지고 있을 때였다. 열린 저택 문 앞에 새로운 마차 두 대가 연달아 들어와 부드럽게 멈춰 섰다. 앞선 마차에는 파트리시오 백작가의 문양이 선명했다.

"아, 오라버니가 오셨나 봐요."

실비아의 말과 함께 마차에서 실비아와 같은 머리 색의 청년이 내렸다. 이어 문양 없는 두 번째 마차에서는 백금발의 청년이 내렸다. 디아나가 약간 놀란 얼굴을 했다가 곧 반갑게 웃었다. 청년 또한 그녀를 보고 녹아내릴 듯 부드러운 미소를 지었다.

"세니르 경? 두 분이 같이 오셨네요?"

실비아가 한 톤 높아진 목소리로 말했다.

"요 앞에서 마주쳤습니다. 오랜만에 뵙네요."

파트리시오 소백작이 한 명씩 눈을 마주치며 인사하다 단트 경을 보고 약간 놀란 눈빛을 했다. 세니르도 차례로 인사하곤 디아나의 앞으로 걸어왔다.

"아가씨."

장갑을 벗고 그녀의 손을 잡은 세니르가 고개를 숙여 손등에 입을 맞추었다.

"어떻게 벌써 왔어요? 벌써 얘기는 다 끝난 거예요?"

"아니요."

"음?"

"그냥 왔습니다. 내일 아침에 다시 이야기하기로 하고요."

"게이트를 또 타야 하는데, 귀찮지 않아요?"

세니르가 느릿하게 답했다.

"내일 아침에 또 넘어가면 되죠. 뭐…… 아가씨를 뒤로하면서까지 할 만한 일이 아니라서요."

세니르가 숨 쉬는 것과 다름없이 일한다고는 하지만 그렇다고 일하는 걸 좋아한다는 뜻은 아니었다. 그저 그가 돕지 않으면 디아나가 더 바쁘고 힘들어질 테니 적당한 선에서 거들고 있는 것뿐이었다.

"하하, 세니르 경께서 엄청난 일 중독자라시더니. 그보다 더한 사랑꾼이셨나 봅니다."

그들의 대화에 단트 경이 넉살 좋게 끼어들었다. 초면인 세니르와 통성명도 끝낸 단트 경이 제안했다.

"다들 바쁘신 몸이시니 이렇게 모인 것도 기회인데 이러지 말고 자리를 옮길까요?"

조금 더 대화하지 않겠냐는 뜻이었다.

"아, 저는……."

거절의 뜻을 내비치려 할 때 그녀의 손을 꽉 쥐는 힘이 느껴졌다. 의아한 얼굴의 디아나가 세니르를 올려다보았다. 그녀와 눈이 마주친 세니르가 싱긋 웃어 보였다. 그 뜻을 모를 수 없었다.

"……좋아요."

의외였다. 별로 이런 자리를 좋아할 것 같지 않았는데.

'내가 잘못 알고 있었나?'

*　　　*　　　*

넓찍한 방 안에, 사람들이 기다란 막대를 들고 사람이 두엇 누울 수 있을 것 같은 탁자 앞에 모여 있었다.

─딱

막대에 부딪는 소리와 함께 윤기 나는 공이 굴러가 탁자의 튀어나온 부분에 부딪혔다.

"당구를 해 본 적 없다구요?"

리스벳의 눈이 더 커질 수 없을 정도로 뜨였다.

"아주 어릴 적에 할아버지 따라서 한번 잡아 본 적 있긴 했어요."

작은 몸으로 배우겠다며 의자를 받치고 올라갔다가 의자가 넘어지며 크게 다칠 뻔한 뒤로 키 클 때까지 접근 금지였지만.

"아이용을 쓰면 되잖아요?"

"당시 백작가에 아이용 당구대가 없어 새로 제작을 넣는다고 듣긴 했는데……."

그 뒤로 어찌 됐는지 관심이 없어서 잊어버렸다. 원래 있던 걸 누가 가져갔다고 할아버지가 왁왁 화를 내던 모습만 떠올랐다. 대체 오흐리드 저택의 물건을 누가 가져가나 하고, 그땐 의문을 가졌다.

'알고 보니 오발론 영애였지.'

오발론 남작이 딸아이에게 주겠다며 멋대로 가져간 걸 남작가 재산 목록에서 찾아내고서야 알았다.

"어차피 두 명씩 편을 나눠 할 거니 세니르 경께 배워 가며 해요!"

"맞습니다. 세니르 경 실력은 알아주니까요. 두 분이서 편이 되면 적당하겠군요."

단트 경이 말을 받아 이었다. 눈을 도르르 굴린 디아나가 세니르 곁에 바짝 붙어 물었다.

"당구 잘 쳐요?"

"글쎄요. 안 친 지 오래되어서요."

세니르가 싱긋 웃으며 답했다. 겸양인 것이 분명했다. 하지만 잘한다는 칭찬에도 전혀 긴장하지 않고 평온한 모습이 그의 실력을 대변하고 있었다.

─ 딱

앞에선 실비아가 감을 잡아 본다고 치고 있었고, 단트 경과 리스벳은 서로 귀엣말을 하며 속닥거리고 있었다. 다가온 세니르가 그녀의 손을 들어 올리더니 장갑을 끼워 주었다.

"빨리 치는 법 알려 줘요."

그녀의 재촉에도 세니르는 느긋하게 큐대를 집어 들었다.

"이걸 쥐시고 가로로 눕혀 몸을 당구대를 향해 숙여 보세요."

"이렇게요?"

대충 실비아의 자세를 따라 몸을 숙였다. 대답이 없어 뒤를 돌아 보려 할 때 세니르가 뒤에서 그녀를 품에 감싸 안을 듯 다가와서는 손등을 덮었다.

"조금 더 아래를 잡으세요."

"……아, 알겠어요."

디아나는 왠지 모를 기분에 마른침을 삼키고 세니르가 시키는 대로 자세를 바꾸었다. 그리고 그런 그들을 옅은 갈색 머리의 사내 가 씁쓸하게 바라보았다.

짧게 연습 시간을 가지고 곧장 본 게임으로 들어갔다. 규칙조 차 거의 잊어버렸기에 세니르의 설명에 기억을 더듬던 디아나였으 나…….

─ 딱, 따닥, 딱

공이 매끄럽게 푸른빛 당구대를 굴러가는 걸 보던 누군가가 침 음성을 냈다.

"말도 안 돼! 오늘 처음 해 본 것 맞아요?!"

"하하."

리스벳의 외침에 디아나가 웃었다.

"디아나 양의 실력이 이렇게 빨리 늘 줄이야."

헤매던 것도 초반 몇 번뿐이었다. 디아나의 실력은 매우 **빠르게**

늘었다. 게다가 세니르와 편인 지금, 다른 이들과 거의 두 배에 가까운 점수 차가 벌어지고 말았다.

"이렇게는 게임이 안 되겠네요."

점수판을 본 슈워츠의 눈썹이 축 내려갔다.

"그치만 이대로 가기엔 조금 아쉽고…… 두 분 편을 가르죠?"

"그래요! 나누죠!"

단트 경의 말에 리스벳이 재빠르게 동의했다. 결국, 편을 다시 나누기로 했다. 디아나와 세니르를 일단 가른 채 남은 이들끼리 제비뽑기를 하였다. 먼저 리스벳이 단트 경과 같은 편이 되었고, 다음으로 실비아가 뽑기의 색을 확인했다.

"저는 세니르 경과 같은 편이네요. 이렇게 되면……."

자연히 편이 결정되었으니 굳이 남은 뽑기를 확인할 필요가 없었다.

"리스벳, 지금 실망스럽단 표정인데요?"

"아, 아닌데요?"

리스벳과 단트 경의 대화를 뒤로하고 실비아의 시선이 디아나와 슈워츠를 향했다.

"오라버니랑 디아나가 같은 편이네요……."

디아나가 슈워츠에게 다가가 손을 내밀었다.

"잘 부탁해요."

"제가 할 말이지요."

실비아는 노심초사한 심정을 감추며 슈워츠를 보았다. 괜찮을 것이다. 오래전 일이었고, 디아나는 전혀 모르고 있으며, 혹시 지금까지 감정이 남아 있다 하더라도 오라버니도 경우를 모르는 사람이 아니었다. 실비아가 애써 불안한 마음을 다독였다.

"……해서 순서는…… 실비아?"

디아나의 걱정스러운 목소리에 실비아가 오라버니에게 고정했던 시선을 돌렸다.

"계속 말씀하셔요."

그렇게 시선을 옮기던 차 우연찮게 세니르와 마주쳤다. 마치 뱀 앞의 쥐처럼 실비아가 굳었다. 그녀와 눈을 마주한 세니르가 묘한 미소를 지었다.

"아……."

누구도 듣지 못한 낮은 신음성을 터트리며 실비아의 속이 덜컹 내려앉았다. 세니르도 알고 있었다. 그녀의 오라버니가 디아나에게 가지고 있는 감정을.

"그래요. 순서는 그렇게 하지요."

세니르의 입술이 열리며 시선이 거둬지고 나서야 실비아는 숨을 크게 내쉴 수 있었다. 실비아의 걱정이 무색하게 게임은 문제없이 진행됐다. 리스벳이 꽤 선방하며 팀별로 비등비등해진 점수에 모두 당구에 열의를 불태우고 있었다.

"잘해야 해요! 알았죠?"

리스벳이 단트 경을 향해 응원했다. 부릅뜬 눈이 반쯤은 협박에 가까운 듯 보이기도 했다. 단트 경이 부담을 잔뜩 안고 자세를 잡고 있을 때였다. 갑자기 방 밖이 소란스러운 것이 느껴지더니 벌컥 문 이 열렸다.

노크도 없이 문을 열며 들어온 자는 집사였다. 흐트러진 집사의 모습에 실비아가 눈썹을 잔뜩 찡그렸으나 다그치지 않고 기다렸다. 숨을 가다듬은 집사가 서둘러 말했다.

"죄송합니다. 사안이 다급하여……."

그러나 집사의 말이 마저 끝나기도 전이었다.

"영애! 이러시면 안 됩니다!"

새로운 소란이 반쯤 열린 문 사이로 내보였다.

"영애! 영애! 잠, 잠시만 기다리시면……!"

부질없는 외침과 함께 문이 세차게 열리고 누군가 뛰어 들어왔다. 실비아를 보호하듯 막아서던 슈워츠가 들어온 이의 얼굴을 확인하고 멈칫하였다.

당황한 실비아의 품에 달려와 안긴 여인의 뒤로 긴 머리채와 드레스 자락이 펄럭였다. 뒤늦게 리스벳이 입을 열었다.

"……샬럿?"

1년 만에 보는 얼굴이었다. 샬럿 코티아르는 언젠가부터 번번이 모임에 빠졌다. 간간이 사교계에 모습을 드러내는 실비아나 리스벳과는 디아나보다는 잦게 교류하는 듯했다.

"왜, 왜 그러는 거야? 무슨 일 있어?"

실비아가 더듬을 정도로 샬럿은 엉망인 얼굴이었다. 이미 한참을 울었는지 양 뺨이 눈물바다였다. 최근 사교계에서 미모로 이름 높은 여인답게 그 모습조차 눈에 띄게 아름다웠다.

"흑, 흐흑, 흡."

감정을 추스르지 못하는 샬럿의 모습에 입술을 감쳐 문 실비아가 숙인 고개를 틀어 디아나와 리스벳을 돌아보았다.

"오라버니, 잠시만…… 부탁할게요."

모두 데리고 나가 달라는 눈짓이었다.

"알았다."

슈워츠가 샬럿을 향해 숙였던 몸을 바로 세우려 할 때였다. 실비아의 품에서 빠져나온 손이 슈워츠의 옷자락을 붙들었다.

"샬럿?"

실비아가 놀라 제 품에 안긴 샬럿을 바라보았다. 그녀는 슈워츠의 옷자락을 쥔 손을 꽉 쥐며 고개를 저었다.

"가, 가지 말아요. 오, 오라버니께 할 말이…… 흑."

슈워츠는 당황한 얼굴로 샬럿의 손목을 잡았지만 뿌리치진 못했다. 슈워츠가 다그치는 것처럼 들리지 않도록 조심스럽게 입을 열었다.

"대체 무슨 일이야. 샬럿."

"아버지가…… 흐읍, 흑, 흡."

"코티아르 남작님이 왜?"

"아, 아버지가 나보고……."

다시 터진 울음소리가 이어지던 말을 먹었다. 다가가려던 리스벳을 단트 경이 붙잡곤 고개를 저었다. 리스벳이 의아하게 단트 경을 보았다. 때마침 약간 진정한 샬럿이 다시 말을 이었다.

"나, 나보고 토플럼 후작이랑 결혼하래."

"뭐?"

"허억."

차례로 실비아와 리스벳이 낸 소리였다. 슈워츠 또한 얼굴을 일그러트리고 디아나도 큐대를 쥐고 있던 손에 힘이 잔뜩 들어가 있었다.

"코티아르 남작님이 그럴 리가 없잖아. 너를 얼마나 아끼시는데! 잘 못 안……."

"리스벳."

소리치는 리스벳을 단트 경이 어깨를 쥐며 막았다. 리스벳을 한 번 본 샬럿이 다시 실비아 품에 고개를 묻었다.

"에스온, 뭐 아는 거라도 있어요?"

이쯤 되자 리스벳도 단트 경이 들은 것이 확실히 있다 여겼다. 디아나 또한 세니르를 돌아보았으나 세니르는 느리게 고개를 저었다.

"글쎄요. 저는 잘……. 사교계 쪽은 신경 안 쓴 지 오래라."

복귀 후 클럽 한 번 가지 않으니 세니르가 모르는 것도 당연했다. 디아나 또한 백작이 되면서 정재계 쪽 사교 모임 말고는 신경 쓸 겨를이 없었기에, 이런 가문 내사에 가까운 혼인 문제에는 소식이 느렸다.

"제가 말씀해 드리지요."

단트 경이 다시 울음을 터트린 샬럿을 보고 목소리를 낮췄다. 토플럼 후작의 나이가 쉰이 넘었다. 장성한 아들은 샬럿 또래인데 망나니로 아주 유명했다.

그리고 사람들은 그 피 어디 가겠느냐고, 아비를 닮았다고 사람들이 혀를 끌끌 차곤 했다.

"요새 코티아르 남작이 토플럼 후작과 클럽에서 잦은 만남을 가지긴 했습니다."

단트 경이 한숨을 내쉬고 여전히 서럽게 우는 샬럿을 힐끗 보았다.

"토플럼 소후작은 혼인했지만, 아들이 둘이나 더 있으니 그쪽일 거라고……."

일반적으로 당연히 그쪽이라 생각할 터였다.

"후작 부인과 사별한 지 1년도 채 안 되었으니까요."

디아나는 저도 모르게 인상을 찡그렸다. 흐느끼는 소리를 따라 시선을 옮겼다.

"흐흑, 흐으윽…… 어, 어떡해? 나, 나, 흡 어떡해?"

"샬럿……. 일단 진정하고 어찌 된 일인지……."

실비아가 어쩔 줄 모르며 샬럿을 진정시켰다. 그 모습을 안타깝게 바라보던 디아나는 누군가 그녀의 손목을 쥐는 느낌에 다시 시선을 돌렸다. 리스벳이었다. 몇 번 입술을 달싹이던 리스벳이 물었다.

"제가 잘 몰라 그러는데, 코티아르 남작가 상황이 그렇게…… 그렇게 안 좋아요?"

"그리…… 좋진 않아요."

시선을 내리깔았다. 코티아르 남작가는 남부에서 가장 큰 에메랄드 광산의 소유자였다. 그리고 남부는 마물 침략으로 치명적인 피해를 입었다. 에메랄드 광산도 마찬가지였다.

복구를 위해 크게 사업 자금을 빌렸다고 들었는데, 무언가 틀어졌는지 꽤 지지부진한 상태였다. 오흐리 은행에서의 대출금도 한계에 이르렀고, 상환일도 이미 한차례 미루었다 들었다.

"물이 새는 걸 손바닥으로 막을 수는 없지요."

세니르가 모자란 설명을 덧붙이듯 나직하게 말했다. 그 뒤로 샬럿의 울먹이는 목소리가 이어졌다.

"흐읍, 흑, 슈워츠 오라버니……. 저 좀, 저 좀 도와주시면 안 돼요?"

슈워츠가 얕은 한숨을 내쉬며 다독였다.

"그래. 일단 어찌 된 일인지……."

"저 오라버니 좋아해요."

디아나는 자신이 들은 말을 의심하며 마른침을 삼켰다.

"……."

바로 시선에 닿는 슈워츠와 실비아의 표정을 보아 그녀가 들은 말이 환청이 아닌 걸 알 수 있었다.

"오래전부터 좋아했어요."

"……샬럿."

"저, 저 토플럼 후작과 혼인하고 싶지 않아요."

툭 하고 샬럿의 눈에서 눈물이 떨어졌다. 샬럿이 슈워츠에게 하는 청혼이나 다름없었다. 단둘뿐인 곳도 아닌 집사와 하녀마저 남아 있는 곳이었다. 만약 슈워츠가 거절한다면 아마도 샬럿은 파트리시오 저택에 다시는 발걸음할 수 없을 터였다. 슈워츠의 흔들리는 눈이 어느 순간 자리를 잡았다.

"미안……."

그를 붙든 샬럿의 손을 밀어냈다. 창백하게 질린 샬럿의 입술이 파르르 떨렸다.

"그건 내가 도와줄 수 없는 일이구나."

샬럿이 다급하게 다시 손을 뻗었다. 그러나 슈워츠가 단호하게 그 손을 막았다. 설움이 복받친 얼굴의 샬럿이 바들바들 떨며 물었다.

"왜, 왜요? 제발, 오라버니 이유라도……."

길게 한숨을 내쉰 슈워츠가 담담하게 답했다.

"나도 좋아하는 사람이 있단다."

전혀 예상치 못했는지 눈을 흡뜬 샬럿의 얼굴이 점차 일그러지다 어느 순간 다시 울음을 터트렸다. 그런 샬럿을 바라보던 슈워츠의 고개가 느리게 방향을 틀었다.

쓸쓸하고 안타까운 눈.

그 눈과 마주한 디아나가 저도 모르게 입을 벌렸다.

'설마…….'

부인하고 싶은 깨달음이었다. 쥐고 있던 손에서 힘이 빠지며 들고 있던 큐대가 스르륵 빠져나갔다.

'아차.'

디아나가 다급히 손을 뻗었으나 이미 늦었다. 예상되는 소음에 입술을 깨무는 순간, 누군가의 구두 신은 발등에 큐대가 걸리듯 멈췄다. 툭 요령 좋게 올려 찬 큐대를 세니르가 태연한 얼굴로 잡았다. 이 모든 상황과 아무 관련 없다는 듯 평온한 낯이었다.

세니르가 빈손으로 뻗다 만 디아나의 손을 감싸 쥐고 미소 지었다.

"손이 차네요."

디아나는 그 웃는 얼굴에서 시선을 떼지 못했다.

＊　　＊　　＊

그대로 모임이 파한 건 당연한 결과였다. 실비아는 거의 실신하려 드는 샬럿을 추스르며 그들에게 일단 돌아가 줄 것을 부탁했다.

"얼굴이 창백해요."

얼마나 넋을 놓고 있었는지 복잡한 머리를 식힌다며 열어 놓은 창문을 세니르가 닫은 것도 모르고 있었다. 디아나가 흔들리는 커튼에서 시선을 돌려 세니르를 보았다.

'분명 봤어.'

슈워츠의 눈빛. 그 시선에 담긴 함의. 그걸 세니르도 봤다. 아니, 본 것뿐만이 아니었다. 세니르의 기민한 눈치로 슈워츠가 그녀를 좋아하는 걸 지금껏 몰랐을까?

"신경 쓰이세요?"

세니르를 꽤 오래 응시하던 디아나가 고개를 끄덕였다.

"확실하게 알아보진 않았어요."

세니르가 머리칼을 쓸어 넘겼다.

"펠릭시타 공작가에서 코티아르 남작가의 에메랄드 광산을 노리는 것 같더군요."

"네?"

"지금 유통이 모두 틀어막힌 코티아르 남작이 토플럼 후작의 힘을 빌리려는 것 같습니다."

"아니……."

"자금 흐름을 살펴보면, 마물로 인해 무너진 에메랄드 광산의 재건 사업비를 빌려준 상단이 망하면서 그 차용증이……."

디아나가 당최 상황을 이해하지 못하다 뒤늦게 그의 말을 잘라냈다.

"세니르. 세니르!"

"……?"

"내가 궁금한 건 그게 아니라. 아니, 코티아르의 상황이 궁금하지 않다는 건 아니고, 그보다 먼저……."

디아나가 우르르 쏟아지는 말의 고삐를 뒤늦게 잡았다. 짧은 침묵 후 간단명료하게 말했다.

"알고 있었죠?"

주어를 생략하긴 했지만 그가 모를 리 없었다. 그녀를 바라보던 시선을 살짝 비껴 낸 세니르가 작게 입을 열었다.

"네."

"그런데 왜 지금껏 아무 말도 안 했어요?"

"아가씨는 모르고 있으셨고……."

세니르는 고개를 기울였다. 굳이 필요한 질문인지 약간 당혹스러운 느낌이었다.

"아무 일도 없으셨잖아요?"

"그건, 그렇지만."

"긁어 부스럼 만들 필요 없잖아요?"

그것도 맞는 말. 모두 맞는 말이었다. 세니르가 살짝 이해가 안 간다는 듯 물었다.

"만들었으면 좋겠어요?"

"……아니요."

당연히 아니었다. 세니르와 싸우고 싶었던 게 아니니까. 이쯤 되자 뭘 물어보고 싶었던 건지 그녀도 알 수 없게 되었다. 그저 그녀가 괜히 트집을 잡아 이상한 투정을 부리고 있는 것만 같았다.

'난 뭐가 거슬렸던 거지?'

가만히 다시 생각에 잠긴 디아나를 바라보던 세니르가 손을 뻗었다. 뺨에 와닿는 감촉에 디아나가 시선을 들어 올렸다.

"제도에서 친우라 불릴 만한 유일한 이들이잖아요."

약간 침울한 얼굴의 세니르가 말했다.

"특히 실비아 파트리시오는 장기적으로 봤을 때 분명 도움 될 자이기도 하고요."

뺨에 올린 손길이 다정해 그저 기대고 싶은 마음이 들었다.

"그래서 제가 거슬리더라도 참아야 한다고 생각했어요."

그 이야기를 듣는 순간.

'모범 답안 같네……'

그 완벽한 답에 무엇이 불만인지. 디아나는 그런 제 마음이 제대로 이해 가지 않아 한참을 알쏭달쏭한 표정을 지었으나 이내 고개를 끄덕였다.

"……알겠어요."

　　　　　*　　　*　　　*

　가라앉은 기분의 이유를 붙잡고 진득하게 들여다보기엔 디아나는 바빴다. 슬슬 노히바덴 대공가와 함께하는 마석 사업도 초안이 잡혀 가서 더 정신없었다. 디아나가 한숨을 내쉬며 말했다.

　"이상하게 남부는 갈 일이 없네요."

　"그러게요. 남부면 계절 걱정할 필요 없을 텐데."

　남부라면 간 김에 바스티안도 보고 오면 좋을 텐데, 이상하게 남부만 쏙 빼놓고 일이 생겼다.

　'헤르만도 본 지 오래됐고.'

　하녀에게 망토를 건네받은 세니르가 디아나의 어깨에 이를 둘러주었다. 이런 것까지 할 필요 없다고 몇 번 말했으나 지금껏 세니르가 들은 적은 없었다. 세니르가 떠나지 않았으면 하는 듯한 미련 넘치는 얼굴로 디아나를 보았다.

　디아나가 활짝 열린 저택 대문을 흘끔 보고 까치발을 들어 세니르 귓가에 속삭였다.

　"금방 올게요."

　세니르가 기분 좋아진 듯 눈웃음을 지었다.

　"늦으면 파업할 거예요."

　"아이 무서워라."

　디아나가 장난을 받아주듯 가볍게 말했으나 세니르는 진지한 얼굴이었다. 세니르의 표정이 풀어지지 않자, 디아나의 얼굴에 서려 있던 웃음기 또한 같이 사라졌다.

"알겠어요. 최대한 빨리 돌아올게요……."

시무룩해진 디아나가 우물우물 말하자 세니르의 입꼬리가 씰룩거렸다. 장난임을 깨달은 디아나의 눈초리가 매서워지려는 찰나 세니르가 몸을 숙여 눈가에 짧은 입맞춤을 했다.

언제 처졌냐는 듯 동그래진 눈에 세니르가 결국 웃음을 터트렸다.

"아, 아니, 주변에 보, 보는 사람도 많은데……."

"누가요?"

디아나가 시선을 돌리기 무섭게 고용인들이 빠르게 고개를 숙였다. 붉어진 뺨을 한 디아나가 씩씩거리다 어느 순간 눈을 도르륵 굴렸다. 뭔가 살피는 모습에 고개를 기울이는 세니르의 목덜미를 디아나의 손이 잡아당겼다.

"아가……."

새어 나오던 말이 입술 언저리에 닿는 온기에 부스러졌다. 짧은 키스는 뺨에 하려다 삐끗하였는지 입술에 하려다 삐끗하였는지 아리송한 위치였다. 이번엔 세니르의 눈이 크게 뜨였다. 그 모습에 디아나가 곧장 물러나더니 이겼다는 듯 의기양양해졌다.

"그럼 이만!"

짧은 인사와 함께 디아나가 뛰어갔다.

"아빠!"

굵은 목소리가 디아나에게 왜 이리 오래 걸렸느냐 타박했다. 대공과는 디아나와 인사를 나누기 전에 먼저 만났기에 세니르는 나가지 않았다. 재잘거리는 목소리가 어느 순간 끊기고 말발굽 소리와 함께 소란이 멀어졌다.

그와 함께 세니르의 얼굴에서 표정이 싹 사라졌다.

"도련님."

집사의 부름에 세니르가 고개를 까딱이고 몸을 돌렸다. 활짝 열려 있던 저택의 문이 둔탁한 소리를 내며 닫혔다. 한숨을 내쉰 세니르가 느리게 아치형 계단을 올라갔다. 그와 마주친 사람들 모두 황급히 고개를 숙이며 조심스레 행동했다.

*   *   *

"……해서 두 시간 뒤에 서관 회의 하나, 그 후에 재무부 회의 하나 있으십니다. 예정돼 있던 장로 회의는 백작님께서 미뤄 놓으셨습니다. 이에 에스토가에서 불만을 크게 표하고 있습니다만……."

"징징거리기는. 불만이면 오지 말라 해요."

"그것이……."

"아가씨가 미루기로 했다면서요."

세니르가 쥐고 있던 펜을 내려놓고는 미간을 문질렀다.

"미뤄요."

"예."

재고의 여지도 없는 단호한 말에 비서가 들고 있던 서류철에 실선을 죽죽 그었다.

"그리고 이건 예정된 것이 아닙니다만, 코티아르 남작이 방문해 만남을 요청하고 있습니다."

"용건은?"

"대출 기한 연장을 재고해 달랍니다."

"나 참, 그렇게 딸을 팔아치우고 싶나······."

파트리시오 저택에서 돌아온 이후 코티아르 남작가의 편의를 봐주던 것을 모두 잘라 냈다.

당장 갚아야 할 빚이 잔뜩 늘어나 버렸기에 토플럼 후작은 코티아르 남작에게 이야기가 다르다며 화를 냈고 샬럿의 혼인은 일단 막을 수 있었다.

"그러게 도와주지 말자니까. 거절해요."

"알겠습니다."

등받이에 몸을 기댄 세니르가 얼굴을 쓸어내렸다.

"하아."

깊은 한숨을 내쉰 세니르가 다시 펜을 집었다. 그러나 펜을 규칙적으로 까딱이며 서류를 쏘아보기만 했다. 일하기 싫은 기색이 역력했다.

"조금 쉬시겠습니까?"

"아가씨는 언제 돌아오신다죠?"

"아직 새로이 들어온 연락은 없습니다."

원래의 일정보다 조금 늦어질 거란 연락이 온 게 오늘 아침이었다.

"알았으니 이제 더 보고 사항 없으면 가 봐요. 잠깐 쉬죠."

피곤이 역력한 축객령에 고개 숙인 비서가 조용히 집무실을 나섰다. 세니르가 일어나 티 세트가 모인 콘솔 앞으로 향했다. 물을 올리고 마실 찻잎을 적당히 고른 후 우러나길 기다리기 시작하자마자 누군가 집무실을 다시 노크했다.

"무슨 일이죠."

나간 이와 다른 비서였다. 찻잔에서 몸을 돌린 세니르의 눈썹이 찌푸려졌다. 비서가 약간 굳은 낯으로 거친 질감의, 아무 무늬 없는 봉투를 내밀었다. 일반적으로 오흐리드 저택에 올 법한 봉투가 아니었다. 세니르는 비서가 내민 봉투를 받지도 않고 말했다.

"내가 읽어 볼 필요가 있나?"

심사가 뒤틀린 말투였다. 반응을 예상했음에도 날카로운 시선에 마른침을 삼킨 비서가 공손히 보고했다.

"카밀로 오발론이 쓰러졌다고 합니다."

저런 투박한 재질은 일반적으로 수도원에서 쓰이는 것이었다. 카밀로는 계속해서 세니르에게 연락을 취해 왔고 그가 반응을 보이지 않자 단식에 들어갔다.

"그래서?"

"한 번 더 쓰러지면 정말 위험하다는……."

"굶어 죽든가."

온정 한 톨 남아 있지 않은 말에 비서가 다시 한번 마른침을 삼켰다.

"내가 그 건에 관해선 알아서 처리하라고 하지 않았나요?"

"……."

고개 숙인 비서가 세니르의 눈치를 보았다. 어물거리는 모습에 인상을 찡그린 세니르가 무어라 말하려는 순간, 노크도 없이 집무실 문이 열렸다.

"내가 말하라 했다."

"……스펜서 경."

세니르의 눈에 서렸던 짜증은 사라졌으나 표정은 미묘했다.

"언제 올라오셨습니까?"

오흐리드 전 백작과 백작 부군은 오흐리드 영지와 별장을 오가는 생활을 지속 중이었다.

"하나뿐인 손녀딸이 바빠 내려오질 못하니 얼굴 보고 싶으면 내가 올라와야지."

"아가씨를 보시려면 노히바덴 영지로 가십시오."

당장 이 방에서 나가 주었으면 하는 어조였다. 하지만 스펜서는 그 날선 말투를 깨끗이 무시하며 소파에 자리 잡았다.

"아가씨? 무슨 아직도 내외하나?"

세니르가 고개를 비스듬히 틀고 불만스러운 숨을 토했다.

"그건 저희가 알아서 합니다."

"나도 한 잔."

스펜서는 세니르의 말에 들은 체도 하지 않고 콘솔을 가리켰다. 양손으로 콘솔을 짚은 채 잠시 침묵하던 세니르가 결국 티팟과 찻잔이 담긴 쟁반을 들고 소파 테이블로 향했다. 스펜서가 찻잔을 그러쥐며 입을 열었다.

"한번 찾아가 보거라."

스펜서 경이 한숨처럼 말을 이었다.

"그래도 조카라고 마음이 쓰이는구나."

"그 조카가 손녀딸을 독살하려 들은 건 벌써 잊으신 겁니까?"

"실행한 건 오발론 남작이지 않으냐."

"부추긴 자나 행한 자나."

"불쌍한 아이잖느냐."

"별로요."

무심한 낯을 하고 있었지만, 그 뒤편에 정말 싫어하는 감정이 담겨 있음을 느낄 수 있었다. 저 아이에게는 정말 디아나뿐이구나 하는 안도와 함께, 그래도 몇 년을 함께한 전 약혼자에게 일말의 동정조차 보이지 않는 세니르의 모습에 카밀로가 안타까워지기도 했다.

물론 카밀로의 패악질은 그냥 넘어갈 만한 것들이 아니었다. 백번 잘못한 일이었지만 그래도 조카라고……, 아니 정확히 스펜서는 카밀로에게 죄책감을 지니고 있었다.

"카밀로의 죄는 그냥 넘어갈 게 아니지. 나 또한 네가 이리 두는 것 자체가 자비라는 걸 안다만……."

스펜서가 씁쓸하게 말을 이었다.

"내 입장에선 아픈 손가락이군. 그러니 네게 허락을 구하고 싶구나."

팔짱을 낀 손가락을 툭툭 움직이던 세니르가 물었다.

"전 백작의 뜻인가요?"

"'내' 아픈 손가락이라네."

영지에서 오흐리드 백작가의 일과 한발 떨어져 지내는 그의 아내는 카밀로에게 모든 관심을 줬다. 하지만 스펜서는 그럴 수 없었다.

아주 어릴 때부터 봐 온 아이라 그런지 신경 쓰려 하지 않더라도 계속 눈에 밟혔다. 오흐리드 백작가에서 쫓겨나 강제로 혼인하여 오발론 남작이 된 드미트리가 오발론 남작가에 대한 감정이 좋을 리 없었다.

시작부터 틀어진 부부 관계였다. 하지만 이혼할 수도 없었다. 오흐리드가에서 추진한 혼사를 고작 남작가에 불과한 오발론가에서 무슨 힘이 있어 깨트린단 말인가.

그렇게 오발론 남작 부인은 카밀로를 낳은 후 오랫동안 우울증을 앓다가 사고로 사망했다. 세상엔 그리 알려져 있었다. 하지만 알 만한 자들은 사고가 아닌 걸 알았다. 스펜서도 진실을 아는 자 중 하나였다. 스펜서가 품에서 담배를 꺼내 들어 불을 붙였다.

"네가 나도 카밀로에게 손대지 못하게 만들지 않았느냐?"

"그랬던가요?"

꽤 오랫동안 고민했다. 디아나를 찾아갈지 세니르를 찾아갈지. 디아나 그 착한 아이라면 할아버지의 부탁을 들어줄 걸 알았다. 그래서 더 찾아가기 어려웠다.

"그랬던 것 같기도 하고……."

"용서하라곤 하지 않으마."

"……."

"살려는 주었으면 좋겠구나."

굳게 다문 입술은 열릴 생각이 없어 보였다. 거절에 가까운 태도. 어느새 반쯤 줄어든 찻잔을 내려놓은 스펜서가 말했다.

"정 싫다면 어쩔 수 없지."

그 말에 함축된 의미를 파악한 세니르가 눈살을 찌푸렸다.

"아가씨껜…… 여튼 알았습니다."

디아나 이야기만 나오면 마치 고슴도치처럼 가시를 세우는 세니르였다. 세니르가 짜증을 참아 내듯 얼굴을 쓸어내리며 졌다는 듯 말했다.

"한번 가 보긴 하죠."

"지금 가, 지금."

"아 정말……."

정말 짜증 난다는 표정에 스펜서가 웃었다. 무슨 일을 시켜도 흐트러짐 하나 없던 예전을 생각하면 저렇게 짜증 내는 세니르는 오히려 귀여울 정도였다.

"너도 얼굴이 많이 좋아졌구나."

"……."

"훨씬 보기 좋아."

스펜서 경을 쏘아보던 세니르가 축객령을 내리듯 자리에서 일어났다.

*   *   *

예상보다 일정이 길어졌다. 진행하는 상단 쪽은 문제가 없었으나, 이번에 새로이 세워질 게이트 지역에 문제가 있어 그 일에 묶여 있다 왔다. 세계탑에서 파견된 마법사만으로 해결할 수 없어 새 파견자를 기다리다 헤르만을 만나고, 학술원에 관한 여러 소식을 들은 점은 그나마 좋았다.

"……어딜 갔다고요?"

"파메시스 고원에 가셨습니다."

파메시스는 척박한 고원 지역으로 제국령이지만 성벽 밖으로 마물 서식지에 가까운 서부 끝자락이었다. 세니르가 그 위험한 곳을 갔다는 말에 디아나가 인상을 잔뜩 찡그렸다.

"거기는 왜?"

보고하던 비서가 왠지 모르게 머뭇거렸다.

"그 정확히는 파메시스의 롸즈 수도원에 가셨습니다."

"……."

디아나의 낯은 롸즈 수도원에 누가 있는지 바로 떠올린 듯했다. 언제 머뭇거렸냐는 듯 비서는 재빠르게 세니르가 그곳에 가야만 했던 이유를 설명했다.

"아아. 할아버지가."

그렇게 말한 디아나는 눈을 내리깔고 제인이 갈아입히기 편하게 팔을 들었다 내리며 잠시 침묵했다.

"그럼 할아버지는 지금 어디 계서?"

할아버지가 저택에 계셨다면 디아나가 오자마자 만나러 오셨을 터였다.

"잠시 친우분을 만나기 위해 외출하셨습니다. 저녁 전에는 오신다고 하셨습니다만, 백작님께서 오셨다고 전달하면 바로 귀가하실 겁니다."

"음…… 아니, 괜찮아. 어차피 해야 할 일도 있고."

"그럼 보고 계속할까요?"

"응. 아, 잠깐. 그럼 세니르는 언제 돌아오는 거야?"

"오늘 저녁 식사 전에는 돌아오실 예정입니다."

"그래."

오자마자 쉬지 않고 곧장 집무실로 향했다. 저녁 식사 이후에 자유로우려면 미리 일을 처리해야 했다. 산더미처럼 쌓인 서류 앞에 앉은 디아나가 위에서부터 하나씩 확인해 갔다.

그 서류의 산이 반 정도 사라졌을 때, 서류를 넘기던 디아나가 웃음을 터트렸다. 홀로 한참을 웃던 디아나가 서류에 적혀 있는 낙서를 매만졌다.

[일하기 싫어요.]

아름다운 필기체와 전혀 어울리지 않았다.

[이 서류 올린 애는 자르세요.]

갑자기 왜 낙서를 해 놨나 했더니…… 서류가 엉망인 모양이었다. 그 서류만 따로 빼놓은 후 다시 다음 서류를 꺼내 들었다. 이를 몇 번 반복하던 디아나가 한숨과 함께 의자에 몸을 기댔다.

'세니르가 거의 다 해 놨네.'

쭉 읽어 내리며 확인만 하고 사인만 하면 되었다.

'편하긴 한데. 이러다 너무 의지하겠어.'

그리 생각하며 저도 모르게 중얼거렸다.

"보고 싶다."

입 밖으로 내뱉으니 더 간절해졌다. 치워 놓은 서류를 다시 가져온 디아나가 세니르가 낙서한 부근을 손가락으로 덧그렸다. 그렇게 손장난을 하던 디아나가 어느 순간 이상함을 느끼고 고개를 들었다.

'왜 벌써 어둡지?'

아직 해 질 녘까진 시간이 꽤 남았다. 일어난 디아나가 테라스로 향했다. 커튼을 걷고 창문을 열자 거센 바람이 확 들이닥쳤다. 커튼이 찢어질 듯 펄럭였다.

하늘 가득 먹구름이 몰려오고 있었다. 심상치 않은 바람에 나뭇잎 부딪치는 소리가 요란했다. 1층의 고용인들이 소리치며 부산스레 뛰어다니고 있었다. 비를 맞으면 안 되는 것들을 치우는 듯했다.

아니나 다를까 곧이어 하늘에서 물방울이 한 방울씩 툭툭 떨어지기 시작하더니 매섭게 쏟아지기 시작했다. 이에 끝나지 않고 어두한 하늘이 번쩍이더니 잠시 뒤에 커다란 소리가 들렸다.

─우르릉

천둥까지 내려치는 폭풍우였다. 테라스 난간에 튀는 물방울들을 가만히 바라보고 있으려니, 집무실 문이 열리는 소리가 빗소리를 뚫고 미약하게 들렸다.

"어머, 백작님! 말씀이 없으셔서 주무시나 했는데! 어서 들어오셔요. 비가 세차서 다 젖겠……."

호들갑 떨며 테라스로 달려온 제인이 갑자기 말을 멈췄다. 테라스 바닥이 흠뻑 젖을 정도로 들이닥친 빗줄기였으나, 디아나 주변으로 일정 반경은 물에 젖은 기색이 없었다.

"아……."

디아나를 향해 튄 물방울이 그녀에게 닿기 전 무언가에 막혀 바닥으로 떨어졌다. 새삼 깨달은 제인이 주춤 물러나더니 집무실 안으로 들어가 무늬가 화려한 숄을 들고 왔다.

"그, 그래도 이거라도 두르고 계세요."

어깨에 숄을 걸쳐 준 제인이 다시 집무실로 돌아가 어두컴컴한 방 안을 밝히며 돌아다녔다. 혹시 열린 창이 있는지까지 모두 확인한 제인이 다시 디아나에게 다가왔다.

"뭘 보고 계신 거예요? 의자를 내올까요?"

"아니."

그녀의 답과 함께 집무실을 두드리는 노크 소리가 들렸다. 디아나가 돌아볼 기미가 없어 보이자 제인이 다시 집무실로 들어갔다. 테라스 문이 열렸다 닫히고 제인이 다시 돌아왔다.

"집사님이셨어요. 스펜서 경께서 폭우로 오늘은 친우분 댁에 머문다고 연락 보내셨대요."

"응."

금방 그칠 것 같은 비는 아니었다. 벌써 몇 번째 번쩍이는 하늘이었다. 곧이어 벼락 치는 소리가 뒤따랐다.

"구멍 뚫린 것처럼 쏟아지네요."

"응."

"도련님도 오늘 돌아오시긴 힘들 것 같아요."

"……그러게."

"아, 그러고 보니 백작님께서 없으셔서인지 그동안 도련님 기분이 정말 안 좋아 보였어요. 저택 분위기가 덩달아 말도 아니었다니까요."

"그래?"

"백작님께서 늦으신다 연락 오고 나서 서관 회의할 때 정말 분위기가 말도 아니었다고……."

빗소리를 배경으로 제인이 재잘재잘 떠들었다.

"……해서 도련님도 백작님이 보고 싶으실 거예요."

대화에 도통 관심 없어 보이는 디아나의 모습에 제인이 적당히 말을 마무리했다. 제인이 입을 다물자 다시 빗소리만 이어졌다. 그러다 대뜸 디아나가 입을 열었다.

"좀 쉴래."

"아, 그럼 차를……."

반색하던 제인은 이어진 말에 눈을 휘둥그레 떴다.

"아니. 산책할래."

그리고 테라스 끝으로 걸어간 디아나가 난간을 밟고 뛰어내렸다.

"꺄아아……."

반사적으로 비명을 터트리며 달려 나갔던 제인은 디아나가 바닥에 사뿐히 착지하는 모습을 보고 가슴을 쓸어내렸다. 벌써 몇 번째 보는 모습이었지만 봐도 봐도 적응이 되질 않았다.

*　　　*　　　*

　거센 빗줄기 때문인지 정원 안으로 향할 때까지 사람 그림자도 찾아볼 수 없었다.

　'등은 가져올 걸 그랬네.'

　실라 덕에 빗줄기는 괜찮았으나 빛이 없어 주변이 너무 어두웠다. 조금 돌아다니던 디아나는 산책을 포기하고 가제보에 드러누웠다. 디아나가 내쉰 한숨은 빗소리에 가로막혔다.

　"……피곤해."

　올 때까지만 해도 별로 그런 생각 들진 않았는데. 갑자기 지쳐 버렸다.

　'카밀로 오발론이라.'

　동부 반란 사건 이후로 얼굴도 본 적 없지만 이름 자체는 그녀 주변에서 자주 언급됐다.

　'세니르의 전 약혼녀'로.

　그간 그 이름을 들어도 별생각 없었다. 하지만 오늘은 달랐다. 세니르가 카밀로를 만나러 갔다는 이야기를 들은 순간부터 그녀의 기분은 걷잡을 수 없이 가라앉았다.

　이런 적은 처음이었다. 그리고 할아버지 때문이라는 이유를 들었을 때도, 이성적으로는 이해하고 받아들였지만 그렇다고 기분이 다시 돌아오거나 그러진 않았다.

　'내가 왜 이러지.'

　곧이어 머리를 마구 헤집었다. 데이지가 심혈을 기울여 빗어 낸 머리가 엉망으로 헝클어졌다.

'디아나, 멍청한 생각 하지 말자.'

이건 질투였다. 억지로 모르는 척하더라도 이 불쾌하게 들끓는 감정은 분명하게 시기의 색을 띠고 있었다.

'아니 기분 나쁜 것도 당연한 거 아냐? 전 약혼자였잖아.'

세니르가 카밀로에게 가지고 있는 감정이 결코 좋은 것이 아닌 걸 알고 있는데도—

"짜증 나."

흘러나온 진심은 빗줄기에 쓸려 내려갔다. 눈을 감은 채 잠시 그대로 있던 디아나가 돌연히 제 뺨을 짝짝 내리쳤다. 다른 이들 앞에선 이런 감정을 내보여선 안 됐다. 그렇지 않아도 적이 많은 세니르였다.

세니르에게 괜한 공격의 빌미가 될 것을 안겨 줄 수 없었다. 당장 그녀 곁에서 세니르를 치워 버리고 다른 사람을 들이밀려 하는 이들이 여럿이었다.

세니르가 카밀로를 만나러 간 사실, 그리고 그에 대한 제 감정을 굳이 티 내고 다닐 필요는 전혀 없었다. 옆으로 돌아 엎드린 디아나가 팔에 턱을 괴고 지붕 끝에서 빗물이 폭포처럼 떨어지는 모습을 보았다.

'약혼이라도……'

생각을 이어 나가던 디아나가 문득 느껴지는 인기척에 고개를 틀어 발치를 보았다.

"우산 안 가지고 가셨다면서요."

디아나의 눈이 느리게 커졌다.

"테라스에서 뛰어내리지 마세요. 놀라잖아요."

"세니르!"

몸을 벌떡 일으켜 앉은 디아나가 양팔을 뻗었다. 우산을 접어 세워 놓은 세니르가 그녀를 꽉 마주 안았다. 젖은 비 내음 사이 섞인 향수 냄새, 세니르의 향을 흠뻑 들이켰다.

한참 그리 있던 디아나가 세니르를 안은 채 그대로 다시 가제보 바닥에 누웠다.

"어떻게 왔어요?"

"안 그래도 마차 천장에 구멍 나는 줄 알았습니다."

작게 웃던 디아나의 웃음이 점차 잦아들었다. 그런 디아나의 모습을 세니르가 빠짐없이 살폈다. 비를 조금 맞았는지 젖어 살짝 구불거리는 세니르의 머리칼을 만지작거리던 디아나가 말했다.

"카밀로는 어찌 됐어요?"

"아쉽게도 죽진 않았습니다."

치켜 올라갔던 디아나의 눈썹이 금세 제자리를 찾았다.

"몰래 갔다 올 생각이었죠?"

"네."

순간적으로 말문이 막혔다.

"와…… 당당하네요."

"아가씨 신경 안 쓰이게 할 생각이었는데. 괜한 짓이었네요."

미안함보다는 오히려 제대로 숨기지 못해 아쉬워하는 느낌이었다. 뭐라 말하기 위해 입을 열었던 디아나가 머뭇거리다 다시 다물었다.

세니르가 오흐리드를 장악한 동안, 그의 부모에게 죄를 뒤집어 씌우고 죽이는 데 동조한 자들은 그 대가를 톡톡히 치렀다. 그리고 카밀로 또한 세니르의 삶을 나락으로 떨어뜨린 무리에 한 발 걸쳐 있었다.

그녀가 카밀로의 처분에 대해 왈가왈부할 자격이 있는지. 디아나는 아무런 의도가 느껴지지 않도록 잠시 말을 골랐다.

"카밀로 오발론을 어떻게 할 생각이에요?"

그녀의 질문에 세니르가 한숨을 내쉬었다. 디아나는 아닌 척 세니르의 눈치를 보았다. 허공을 바라본 세니르의 미간이 미약하게 찌푸려져 있었다.

"솔직히……."

"솔직히?"

"음……."

갑자기 그녀에게 시선을 돌린 세니르가 뭔가 살피듯 바라봤다. 왠지 세니르도 그녀의 눈치를 보는 기분이었다.

"역시…… 아니에요."

디아나가 눈을 빠르게 깜빡였다.

"아니 궁금하게 왜 말을 하다 말아요."

디아나가 억울해하며 말하자 세니르가 설핏 웃었다. 이게 웃을 일인가 싶었지만 이어 나온 세니르의 말에 말문이 막혔다.

"그래도 오늘은 조금 괜찮아 보이시네요."

"네?"

그게 무슨 헛소린지. 말을 하다 말아 궁금해 죽겠는데 약 올리는 것도 아니고. 세니르가 본인이 더 기분 좋다는 듯 눈웃음을 지었다.

"아가씨 비 올 때마다 우울해하시잖아요."

"아……."

이제 초상화 속 필리파의 나이를 넘어선 디아나지만 여전히 비 오는 날에는 어머니가 돌아가신 날을 떠올리곤 했다.

"아니, 오늘은……."

분명 처음 이곳에 올 때까지만 해도 기분이 가라앉아 있었는데 지금은 또 괜찮았다.

"……."

입을 다문 디아나가 가만히 세니르를 바라보다 그를 꽉 끌어안고 가슴팍에 얼굴을 묻었다.

"조금만 더 이러고 있어요."

"너무 오래 안 돌아가면 소문이 돌걸요."

"……돌든가."

"갑자기 삐뚤어지셨네요."

"내가 응? 며칠 만에 돌아왔는데. 이 정도도 마음대로 못해요?"

"각하의 귀에도 들어갈 거고요."

"……."

조금 긴 침묵 이후 디아나가 헛기침하고 말했다.

"괜…… 찮아요. 아빠는 며칠 뒤에 내려오실 거예요."

세니르가 낮게 웃자 맞닿은 몸이 울렸다. 세니르 또한 그냥 말하는 것에 불과했는지 일어날 기색 없이 그대로 누워 있었다.

"보고 싶었습니다."

"저두요."

"어찌나 시간이 가질 않던지."

그 말을 듣자 갑자기 집무실에서 본 서류가 떠올랐다.

"아, 맞아. 세니르가 자르라고 한 사람, 레온이에요."

"아, 그자였군요."

저번에 새로 뽑힌 세니르의 비서였다.

"아직 온 지 얼마 안 됐으니 기회를 좀 더 줘 봐요."

"뭐 하려요?"

"……."

디아나는 말문을 잃었고, 오늘따라 말문을 잃는 일이 많다고 느꼈다.

"가만 보면 정말 냉정한 거 알아요?"

"절 다정하게 보는 사람이 아가씨 외에 또 필요해요?"

"그건…… 맞네."

반은 기가 막히고 반은 기분이 좋아 저도 모르게 웃음을 흘렸다. 그녀가 웃으니 세니르도 기분이 좋다는 듯 같이 웃었다.

"뭐, 아가씨가 정 기회를 주고 싶다면야."

"그래요."

"대신 잠깐 제 집무실로 오라고 해요."

"……사직서를 받아 낼 생각인 건 아니죠?"

"나쁘지 않은 생각이네요."

　　　　　*　　　*　　　*

　폭풍이 몰아친 후 날이 부쩍 서늘해졌다. 나무들이 색색의 옷을 입듯 의상실에서도 색색의 드레스와 연미복을 준비해 귀족 저택으로 들어갔다.

　황실에서 주최하는 무도회 시기가 돌아왔다. 그리고 디아나에게는 두 해 만의 황실 무도회였다. 어쩌다 보니 이 시기마다 노히바덴 대공령에 가느라 빠질 수밖에 없었다.

　이번에도 같은 핑계를 대며 빠지려 했지만, 올해는 첫날만이라도 꼭 얼굴을 비춰 달라는 황제의 강력한 권고에 어쩔 수 없이 참석하기로 했다.

　디아나도 별로 황실 무도회를 좋아하지 않았지만, 그녀보다 더 싫어하는 이가 있었으니 ―

　"현 황제가 전 황제보다 더 귀찮구나."

　"그래도 게이트 건설을 지원해 줬으니까요. 오늘만 얼굴을 비춰요."

　디아나가 대공을 능숙하게 달랬다. 인상을 잔뜩 찌푸린 대공에 비하면 디아나는 가기 싫어했던 것과 달리 꽤 기분 좋아 보이는 모습이었다. 그도 그럴 것이 이번엔 생각지도 못한 선물을 받았기 때문이다. 초대장을 확인한 시종이 목청 좋게 소리쳤다.

　"노히바덴 대공, 오흐리드 백작, 세니르 경 입장하십니다!"

　소란스럽던 홀 안이 순간적으로 조용해졌다가 금세 다시 어수선해졌다.

"노히바덴 대공이 참석한다더니 정말이네요?"

"그러게요. 옆에 세니르 경도 있군요."

"세니르 경도 무도회에서 보는 건 오랜만이네요."

"그렇죠. 대공보다 오래되지 않았어요?"

되도록 외부에 나서지 않던 세니르였다. 황실 무도회도 처음엔 당연하다는 듯 참석하지 않는다고 했다. 아쉬웠지만 디아나도 말을 더하진 않았다. 그런데 돌연 참석하겠다고 말을 바꿨다.

'나야 좋지만.'

디아나가 화려한 차림새의 세니르를 보았다. 일반적이라면 옷에 사람이 묻힐 정도의 장식이었으나 세니르는 완벽하게 소화해 냈다.

'정말 이걸 어떻게 박제해 놔야 하는데. 역시 화가를 한 명……'

그 모습을 진지하게 감상하던 디아나는 마침 돌아본 세니르와 눈이 마주쳤다. 왜 그리 바라보냐는 말도 없이 세니르가 곧장 녹아내리는 듯한 눈웃음을 지었다.

매번 보는 웃음인데도 화려하게 꾸민 탓인지 파급력이 더 강했다. 헛기침하며 시선을 튼 디아나가 다가온 이에게 인사했다. 대공 때문인지 그들을 열망하는 눈빛과 다르게 다가오는 수는 적었다.

몇몇과 인사를 나누고 담소를 나눈 지 얼마 지나지 않아 홀에 시종의 목소리가 크게 울려 퍼졌다.

"리투아니아 하임바르덴 황제 폐하, 길버트 공 입장하십니다!"

입장한 황제가 중앙이 잘 보이는 곳에 마련된 단 위로 향했다.

황금빛 의자 앞, 황제의 자리에 선 리투아니아가 축사를 했다. 지루한 축사가 끝나고 음악이 흘러나오며 황제가 길버트 공과 함께 첫 춤을 시작했다.

"나는 폐하의 춤이 끝나면 인사 후 바로 퇴궐할 테니, 알아 두거라."

"네? 바로요?"

"그래. 얼굴 비췄으면 되었지."

"……."

별로 리투아니아가 좋아할 것 같지 않지만, 대공이 알 바 아니었다.

"알겠어요."

대공이 곁에 있으면 날파리들 꼬이는 게 없어 좋았는데, 그 부분은 약간 아쉬웠다. 곧이어 첫 곡이 끝나고 황제가 플로어에서 벗어나자마자 대공이 황제에게로 향했다. 그리고 그 틈을 타 세니르가 그녀를 향해 손을 내밀었다.

"첫 춤을 추는 영광을 주실 수 있을까요."

"기꺼이요."

다정하게 플로어에 오른 두 사람은 연속해 세 곡을 추었다. 막 연주가 끝나고 잠시 숨을 고를 때였다.

"커흠."

부러 돌아보지 않고 무시하자 결국 상대가 플로어에 올라왔다.

"세니르 경, 죄송합니다. 오흐리드 백작님, 폐하께서 뵙자고 하십니다."

세니르가 그렇게 피하더니 결국 끌려가는구나 정도로 해석되는
시선을 보냈다.

"잠깐 갔다 올게요."

세니르가 표정을 관리하라는 듯 그녀의 입매를 엄지로 살짝 문
질렀다. 그러며 짐짓 울상 어린 표정을 지어 보였다.

"빨리 오셔야 해요. 하이에나들에게 뜯어먹히기 전에."

과연 뜯어먹히는 쪽이 어느 쪽일까······. 디아나가 애매하게
웃곤 시종을 돌아보았다.

"안내하시죠."

＊　　＊　　＊

리투아니아는 황금빛 옥좌에 앉아 두 남성과 담소를 나누고 있
었다. 어린 청년과 그 아비 정도로 보이는 중년의 남성이었다. 리투
아니아와 몇 마디를 더 나눈 그들이 물러가려는 듯 예를 갖추어 인
사했다.

뒷걸음치는 그들을 무심히 바라보던 디아나가 갑자기 멈칫했다.
그런 디아나의 반응을 알아채지 못한 남성들은 그녀에게 짧게 묵례
하고 스치듯 곁을 지나쳤다.

"파브레 백작과 그 아들이라네. 이번에 아들이 소백작으로 정식
으로 인정받기 위해 짐을 찾아왔고."

디아나의 반응을 알아챈 리투아니아가 먼저 설명해 주었다.

"왜, 관심 있나?"

일단 먼저 디아나가 공손히 인사를 올렸다.

"하임바르덴의 태양에게 무궁한 영광이 있기를."

그 인사를 귓등으로 넘기며 리투아니아가 말을 이었다.

"그리 나쁜 외모는 아닌 것 같다만 세니르에 비하면 한참 딸리지 않나?"

"무슨…… 아닙니다."

어처구니없다는 얼굴로 부인하던 디아나가 정신을 차리고 곧장 용건으로 들어갔다.

"어쩐 일로 부르셨습니까."

"모처럼인데 대체 언제 인사 오나, 기다리다 못해 불렀네."

모처럼은 무슨 엊그제도 회의 때문에 얼굴을 맞대었다.

"폐하께선 살피셔야 할 다른 이들이 많으시니까요. 인사드려 영광이었습니다."

곧장 떠날 것처럼 말하자 리투아니아가 잠시 기다리라며 주변인들을 물렸다. 다른 자들이 대화를 듣지 못할 정도로 물러가자 리투아니아가 입을 열었다.

"대공이 돌아갔네."

"예. 폐하께 인사하고 가신다 들었습니다."

"예정됐던 거라니. 그나마 다행이군."

디아나가 고개를 슬쩍 기울였다.

"딸이니 그대가 잘 알겠지."

"무얼 말씀하시는 겁니까?"

"대공은 정녕 혼인 생각이 없는가?"

"……예?"

뜬금없는 주제에 디아나가 귀를 의심하며 되물었다.

"내가 대공의 친인도 아니고, 나도 이런 말 하고 싶진 않네."

리투아니아가 한숨을 쉬며 사정을 설명했다.

"사방에서 대공의 후사를 어찌할 거냐 물어대기 바쁘니 나도 힘들어. 막는 데에도 한계가 있네. 황제로서도 노히바덴 대공의 후사를 걱정하지 않을 수가 없고."

"……."

"유일한 딸인 그대가 오흐리드 백작이 되어 버렸으니."

무슨 대답을 해야 할지 알 수 없어 입을 다물었다.

그녀는 당연히 노히바덴 대공령은 바스티안이 이을 거라 생각하고 있었다. 하지만 리투아니아는 바스티안에 관해 전혀 모르는 듯했다.

'그래도 황제와는 이야기를 해 둬야 하는 거 아닌가?'

리투아니아가 당혹을 감추지 못하는 디아나를 향해 말을 이었다.

"하여 이번에 혼사 이야기가 나온 곳이 있어 이를 꺼냈더니 말 한마디 없이 노려보다 그대로 떠났네."

리투아니아가 피곤하다는 듯 제 목덜미와 어깨 부근을 문질렀다.

"딸로서 그대도 노히바덴 대공가의 후계가 끊어지길 바라지 않겠지. 설득 좀 해 보게."

폭풍에 휩쓸린 기분이었다.

「그대도 슬슬 준비해야 하지 않겠나? 미혼의 오흐리드 백작에게
군침을 흘리는 소리가 내 귀에도 들려오더군.」

혼란스러운 정신을 가다듬으며 세니르가 어디 있는지 살폈다.
사람이 많아서인지 도통 알 수가 없었다. 두리번거리다 보니 한쪽
에 있는 실비아를 발견했다.

인사라도 할까 싶었지만.

'저기는 좀 부담스러운데.'

실비아는 이번 황실 무도회를 주최한 황족, 리투아니아의 종고
모뻘 되는 이를 비롯한 여러 귀부인과 함께였는데 실비아 외에는
안면만 아는 이들이 대부분이었다.

실비아를 보니 절로 떠오르는 사람도 있었다. 억지로 기억 뒤편
으로 밀어 놓았던 슈워츠 파트리시오.

"디아나 양!"

반사적으로 놀랐던 디아나가 목소리의 주인이 여성인 것에 안도
하며 돌아봤다.

"리스벳."

부채 아래 약간 능글거리는 웃음을 반쯤 내보이며 다가왔다.

"세니르 경 찾으시는 거죠?"

"알면서 놀리지…… 어딨는지 아시는 거죠?"

"네. 세니르 경이 디아나 양의 대화가 끝나거든 데려와 달라 부탁했어요."

"이런……. 미안해요."

"뭘요. 친구잖아요?"

리스벳이 주변 사람들 들으란 듯 으스댔다. 작게 웃은 디아나가 리스벳과 서둘러 무도회장을 나섰다. 무도회장 중앙은 플로어였기에 가장자리를 따라 빙 돌아가야 했다.

가장 가까운 동선은 리투아니아 황제의 단 근처였기에 겨우 황제에게서 빠져나온 디아나는 리스벳과 함께 조금 먼 방향으로 돌아갔다. 거의 홀 입구에 다다랐을 때였다. 갑자기 기둥 뒤에서 튀어나온 누군가와 부딪칠 뻔했다.

재빠르게 피해 부딪치는 건 막았지만 상대가 들고 있던 포도주가 드레스 자락에 튀는 건 막을 수 없었다.

"헉. 어떡해."

어려 보이는 여성이었다. 열일곱? 많아 봐야 스물을 안 넘겼을 것 같아 보이는 외모였다.

"죄, 죄송…… 허억."

사죄하던 여성이 그녀를 보곤 놀라 숨을 들이켰다.

"디아나 양, 괜찮아요?"

리스벳의 물음에 디아나가 고개를 끄덕였다. 튄 부분은 소맷자락 정도라 그리 크게 튀지도 않았다.

"정말 죄송해요. 제가…… 제가 앞을 제대로 못, 못 봐서……."

"괜찮아요. 저도 급하게 걸어가고 있었으니까요."

"이걸로 일단 닦아요."

리스벳이 서둘러 손수건을 내밀었다.

"이, 이것도 쓰세요."

여성도 서둘러 손수건을 내밀었다.

"괜찮아요."

리스벳의 손수건을 받아 들고 여성의 손수건은 거절했다. 어차피 이미 스며들어 닦이지 않을 듯했다. 그래도 일단 얼룩 부근을 손수건으로 토닥이고 있을 때, 여성 곁으로 머리 아플 정도로 향수 냄새를 진하게 풍기는 사내가 다가왔다.

"무슨 문제라도?"

사내를 알아본 리스벳이 얼굴을 잔뜩 일그러트렸다. 그리고 상대도 그들을 알아본 듯했다.

"오흐리드 백작?"

"……토플럼 후작."

토플럼 후작이 여성의 어깨에 손을 올려 품으로 잡아당겼다. 여성은 뿌리치지 않고 어색하게 웃었다.

"내 약혼녀가 황실 무도회는 처음이라 실수를 했나 보군."

"……약혼녀?"

디아나가 의아하게 여인을 보았다.

'나보다 어려 보이는데…….'

아니, 그보다 샬럿과의 혼사가 파투 난 지 얼마나 지났다고 벌써 다른 약혼녀란 말인가? 으스대던 후작이 뭔가 말하고 싶은 듯 입을 달싹이다 결국 그냥 혀를 차고 여인과 함께 자리를 떠났다. 그래도 후작이라고 공적인 자리에서는 빌미를 잡히지 않게 물러났다.

"그린다 자작 영애네요. 하필 해도 저런 자와."

리스벳이 토플럼 후작과 함께 멀어지는 여인을 보며 떨떠름하게 말했다.

"좋아서 하는 건 아니겠죠."

"뭐…… 아, 그리고 보니 디아나가 샬럿이 파혼할 수 있게 도와줬다면서요? 정말 고마워요. 샬럿도 무도회에 왔던데 인사 못 했죠?"

"네."

"그럼 한번 보고 갈래요?"

잠시 고민하던 디아나가 고개를 끄덕였다. 세니르를 만나면 곧장 저택으로 돌아갈 생각이니 얼굴 한번 보고 가는 것도 나쁘지 않을 듯싶었다.

"디아나와 만나기 전에 듣기로는 샬럿이 휴게실에 간다고 했으니 아직 거기 있을 거예요."

"샬럿이 잘 지내는지 걱정되네요."

"뭐……."

리스벳이 쑵쓸한 얼굴을 했다.

"안 그래도 안 좋은 소리를 꽤 들었는지 샬럿의 기분이 좋진 않은 것 같더라고요."

"파혼 때문에요?"

"그렇죠. 아무래도…… 입방아 찧는 자들은 어디든 있으니까요. 정작 토플럼 후작은 아무렇지도 않은 것 같지만요."

리스벳이 토플럼 후작이 사라진 방향을 보며 혀를 찼다. 다시 몸을 돌려 홀을 나서기 직전이었다. 리스벳이 갑자기 한곳을 바라보며 멈춰 섰다. 리스벳의 시선을 따라간 디아나도 저도 같이 멈춰 섰다.

"어, 슈워츠 오라버니네요. 언제 오셨지? 인사하고 올까요?"

슈워츠는 비슷비슷한 나이 또래로 보이는 이들과 모여 있었다. 대부분 소후작, 소백작, 소남작 등 가문의 후계자들이었다. 그리고 그 자리엔 황제 앞에서 스쳐 지나갔던 파브레 소백작도 함께였다.

"……일단 샬럿부터 보러 가죠."

"그래요."

디아나의 말에 리스벳은 별다른 의심 없이 넘어갔다. 고개를 돌리기 전 슈워츠와 눈을 마주친 것 같았지만 다시 돌아보지 않았다.

*　　*　　*

무도회 동안 황궁 일부를 개방한 황실에서는 연회 홀 근방의 방 몇 개를 휴게실로 열어 주곤 했다. 복도를 익숙하게 걸어간 리스벳은 첫눈에 보이는 방문을 열었으나 허탕이었다.

"샬럿은 보통 이 부근에 있는데 ……. 아니면 여기이려나."

짙은 마호가니 문 앞에 선 리스벳이 문손잡이를 잡기도 전에 안쪽에서 먼저 문을 벌컥 당겨 열었다.

"그러니까. 괜히 같이 있다가 오해 받…… 헉."

뒤따르던 이와 이야기하며 나오던 영애가 앞을 보곤 신음성을 냈다.

"……?"

리스벳이 고개를 갸웃 기울였다. 때마침 안쪽에서 찾던 이의 목소리가 들렸다.

"그러게요."

"샬……."

입을 열던 리스벳이 이어진 샬럿의 목소리에 입을 합 다물었다.

"가문에 재산 좀 많은 게 무슨 대수라고, 전 너무 서러워서……."

"맞아요. 그래 봤자 오흐리드면서 착한 척은 무슨."

샬럿 주변에 모여 앉은 영애들이 고개를 끄덕이고 있었다. 문을 붙잡은 영애가 비키지도 나가지도 못한 채 당혹스러운 얼굴을 했다.

리스벳이 딱딱하게 굳은 얼굴로 영애 너머를 쏘아보았다. 그들은 영애에게 가려져 디아나가 있는지 모른 채 계속 말을 이어 갔다.

"빚을 갚아 준 것도 아니면서 괜히 코티아르 영애 혼삿길만 막은 거나 다름없잖아요."

"사생아 주제에 운 좋아 백작이 됐다고 뭐라도 된 줄 아나 봐요."

"아니면 사실 오흐리드 백작도 에메랄드 광산을 노리는 거 아네요? 그게 아니라면……."

처음에는 당황했지만, 끝까지 들어 봐야 한다 생각했다. 다른 이야기를 하다 잘못 말이 나온 것이 아닐까 싶어서. 그러나 미약한 믿음마저 사라지는 데에는 채 얼마 걸리지 않았다.

"실례할게요."

리스벳이 가로막고 있던 영애를 제치고 안으로 들어갔다.

"샬럿, 지금 뭐 하는 거예요?"

"……리스벳?"

순식간에 사위가 조용해졌다. 침묵 속에 샬럿의 당황한 목소리가 이어졌다.

"어, 언제 돌아왔어요?"

"그게 중요해요?"

리스벳의 목소리는 누가 들어도 기분 나쁜 기색이 역력할 만큼 낮게 가라앉아 있었다.

"카, 칼트헤르츠 영애, 그게요."

한 영애의 말을 자르며 리스벳이 물었다.

"샬럿, 왜 그러는 거예요?"

"……무얼요."

"디아나 양이 파혼을 도와준 게 그렇게 서러울 일이에요?"

"진정해요; 칼트헤르츠 영애. 샬럿이 무도회장에서 파혼에 관해 안 좋은 소리를 들어 그래요. 부디 노여움을 거둬요."

처음 보는 영애의 말 뒤로 억울함 가득한 샬럿의 목소리가 이어졌다.

"솔직히 리스벳. 무도회에서 얼굴을 들고 다닐 수가 없었어요. 이제 누가 저와 혼인하려 들겠어요?"

"그럼 토플럼 후작과 혼인하는 게 나았다는 거예요?"

"칼트헤르츠 영애, 진정하시고……."

친우라 생각한 이가 뒤통수를 친 상황임에도 뭔가 생각보다 별

다른 감정이 들진 않았다. 디아나가 한숨을 내쉬자 여전히 그녀 앞을 가로막고 있던 영애가 움찔 떨었다.

디아나가 문을 잡고 마주 선 영애에게 나가실 거면 어서 나가라는 듯 고갯짓했다. 처음의 놀라움과 당혹은 어느덧 지운 채 흥미진진하게 뒷이야기를 엿듣던 영애가 민망한 얼굴로 방을 나섰다.

― 달칵

문이 닫히는 소리에 샬럿 뒤편의 영애가 시선을 돌렸다가 탄식했다. 디아나가 앞으로 걸어 나가며 말했다.

"내 호의를 그렇게 생각하고 있을 줄은 몰랐네요."

목소리를 듣고 뒤늦게 알아챈 이들이 화들짝 놀라며 돌아보았다.

"여기 있는 모두가 그렇게 동의하는 것도요."

한 명 한 명 얼굴을 눈에 담았다. 대부분은 사색이 되어 눈을 피했으나 그렇다면 네가 어쩔 거냐는 듯 마주 보는 이도 있었다.

'어디서 본 적이 있는 것…… 아.'

예전 카밀로 오발론과 리투아니아 황녀 궁에서의 티타임 자리에 있던 영애였다.

"그렇게 떠들더니, 왜 갑자기 다들 조용해지셨을까?"

리스벳의 말에 서둘러 한 영애가 입을 열었다.

"그게, 오흐리드 백작님. 제, 제 말은……."

낯빛이 질린 이가 변명하려는 듯 말을 꺼냈으나 디아나가 무표정한 얼굴로 바라보자 우물거리다 입을 다물었다. 입술을 질끈 깨문 샬럿이 입을 열었다.

"여긴 어쩐 일이에요?"

"샬럿!"

뾰족한 말투에 놀란 리스벳이 목소리를 높였다. 디아나가 괜찮다는 듯 웃어 보이고 샬럿을 돌아보았다. 눈을 마주친 샬럿이 입술을 지그시 마주 물었다.

"인사나 할까 해서 왔었는데…… 그럴 필욘 없었겠네요."

"인사요? 하, 아버님을 문전박대할 땐 언제고 인사라뇨."

디아나가 잠시 노히바텐 영지에 가 있는 사이 코티아르 남작이 저택에 방문했었고, 그를 세니르가 만나지 않고 돌려보냈단 보고를 듣긴 했었다.

"그렇게 모질게 굴었어야만 했어요? 다른 방법도 있었잖아요!"

살짝 인상을 찡그린 디아나가 고개를 기울였다.

"무슨 방법이요?"

"몰라서 물어요? 오흐리드 백작가 재산이 얼만데 고작 그 정도를……!"

그때였다.

"너를 위해서라도 거기까지만 하거라."

갑자기 들린 목소리에 디아나가 놀라 뒤를 돌아보았다.

'어떻게?'

소리도 없이 여성 휴게실에 들어올 수…….

슈워츠 뒤로 닫히는 문 사이로 들어올 때 마주했던 두 영애의 모습이 힐끗 보였다.

"슈, 슈워츠 오라버니."

안색이 순식간에 창백해진 샬럿의 입술이 파르르 떨렸다. 늘 온화한 낯의 슈워츠였다. 저렇게 차가운 표정을 지을 수 있는 사람이란 걸 오늘 처음 알았다. 흔들리는 샬럿의 눈동자를 보아 그녀도 처음 보는 모습인 걸 알았다.

"네게 참 실망스럽구나."

"오, 오라버니. 아니에요. 제, 제 말 좀 들어 주세요."

"무엇을."

"그, 그게……. 그……."

입술만 달싹이는 샬럿을 바라보던 슈워츠가 낮게 가라앉은 목소리를 내었다.

"저번 일은 너도 매우 힘들어 그런 거라 여겨 그냥 넘어갔다."

샬럿이 슈워츠에게 청혼한 일은 조용히 없던 일이 되었다. 샬럿은 이전처럼 언제든 파트리시오 백작가에 방문할 수 있었다.

오랜 친우였고, 롬벨 후작 부인의 몸이 안 좋으니 신경 쓸 거리를 안기지 않기 위해서 조용히 묻기로 하였다고 실비아에게 편지로 전해 들었다.

"그런데 이렇게 투정 부릴 수도 있는 걸 보니 별로 힘든 일도 아니었던 모양이야."

마지막은 조금 씁쓸한 어조였다.

"다행이야."

"네?"

말문이 막힌 샬럿의 눈에 눈물이 그렁그렁했다.

"네가 도움이 그다지 간절하지 않았다는 사실이."

"……."

"나도 죄책감을 덜 수 있겠구나."

"오, 오라버니."

"앞으로는 파트리시오 소백작이라고 부르거라. 아니, 부르십시오. 코티아르 영애."

딱딱하게 굳은 샬럿은 충격에 당장이라도 쓰러질 것 같은 낯이었다.

"리스벳 양, 디아나 양. 잠시 시간 내줄 수 있을까요."

슈워츠가 리스벳과 디아나에게 이제 그만 나가자는 듯 말했다.

"자, 잠깐……!"

샬럿이 서둘러 붙잡았으나 리스벳만 나가기 직전 샬럿을 한번 돌아볼 뿐, 아무도 답하지 않았다.

*　　　*　　　*

"도와주셔서 감사해요."

리스벳의 말에 슈워츠가 우울한 빛을 지우지 못하고 입꼬리만 살짝 올렸다 내렸다.

"어떻게 알고 오셨어요?"

"디아나 양에게 할 말이 있어 찾다 보니…… 휴게실 문 앞의 영애들이 들어가 보라고 알려 주더구나."

"아……."

아직도 화난 기색을 지우지 못한 리스벳이 머리를 짚었다가 깊은 한숨을 내쉬었다.

"샬럿이 대체 왜……. 저는 이해가…… 하아. 디아나, 괜찮아요?"

"괜찮아요."

이상할 정도로 침착한 목소리에 리스벳이 의심스럽다는 듯 디아
나를 살폈다.

"정말이에요."

그녀도 이상할 정도로 정말 아무 기분이 들지 않았다. 그런 디아
나를 살펴보던 슈워츠가 리스벳을 향해 말했다.

"리스벳, 디아나 양과 할 이야기가 있어서 그런데 자리를 비켜 줄
수 있겠니?"

그 말에 퍼뜩 잊고 있던 사실을 떠올린 디아나가 저도 모르게 슈
워츠의 눈치를 보았다.

'단둘은 조금…….'

슈워츠가 무슨 말을 하려는지 전혀 알지 못했기에 더 불안했다.
그 기색을 전혀 모르는 리스벳이 지친 어조로 말했다.

"아, 할 말이 있어 찾으셨다 했죠? 그래요, 저도 머리 좀 식히고
오죠, 뭐. 멀리 가지만 마세요."

리스벳이 손을 살래살래 내젓고 회랑을 빠져나갔다. 타박타박
계단을 내려가는 소리가 멀어지고 곧이어 조용한 복도에 둘만 남게
되었다. 디아나는 티 나지 않게 마른침을 삼켰다. 그동안 애써 피해
다닌 것이 다 소용없어졌다.

"미안해요."

디아나가 무슨 소리냐는 듯 슈워츠를 보았다. 침울한 미소를 지

은 슈워츠가 말했다.

"제가 샬럿의 청혼을 받아들였다면 이런 일을 겪지 않아도 됐을 테니까요."

"……말도 안 되는 소리예요."

그게 왜 슈워츠 탓인가.

"소백작님이 사과할 일이 아니에요."

그리고 심지어 파트리시오 백작가에서도 코티아르 남작가를 꽤 도와준 걸로 알고 있었다.

"그리 생각해 준다면 고맙고요."

말을 마친 슈워츠의 시선이 잠시 허공을 헤맸다. 그 침묵이 그녀를 저도 모르게 초조하게 만들었다.

"디아나 양."

"네."

'망했다'라는 생각이 드는 건 정말 오랜만이었다.

"그대에게……."

그 순간이었다.

"아가씨."

뒤에서 들린 익숙한 목소리. 슈워츠의 목소리가 갑자기 뒤에서 들렸을 때와 다르게 목덜미에 소름이 오소소 돋아났다.

"……세니르 경."

슈워츠가 탄식처럼 이름을 불렀다.

"파트리시오 소백작도 함께 계셨네요."

디아나는 속으로 기함했다. 슈워츠에게 왠지 예상되는 말 듣기.

혹은 심상찮은 분위기로 슈워츠와 단둘이 있는 걸 세니르에게 들키기.

어느 쪽이 더 망한 걸까? 그나마 다행인 것은 심상찮게 꺼냈던 슈워츠의 서두가 멈춘 것이다. 잘하면 이 듣고 싶지 않은 이야기를 피할 수 있을 것 같았다.

"세니르. 찾으러 가려고 했는데 먼저 왔네요."

"무슨 일을 하시느라 이리 늦으시나 했더니만……."

가늘게 눈을 뜬 채 상황을 살피듯 바라보던 세니르가 미약하게 웃음 지었다. 마치 지금 상황을 모두 읽은 듯한 웃음이었다.

왠지 모르게 찔린 디아나가 웃었으나 어색한 티를 숨기지 못했다. 세니르가 그녀의 곁으로 다가와 부드럽게 웃으며 물었다.

"제가 두 분의 대화를 방해한 건 아니겠지요?"

"……아닙니다. 오랜만입니다. 세니르 경."

"그러게요. 그날 이후 처음이네요. 잘 지내셨나요."

"……."

언뜻 듣기엔 그저 안부였으나, 슈워츠는 말문이 막힌 얼굴이었다.

'일부러…… 겠지?'

세니르는 아무렇지도 않게 슈워츠에게서 눈을 떼고 그녀를 돌아보았다.

"무슨 대화를 나누시던 중이셨어요?"

"어……."

디아나가 침묵하는 슈워츠를 일별했다.

'느낌이 묘하긴 했지만…….'

딱히 무슨 말을 듣거나 하진 않았다. 심상찮다는 것도 그냥 그녀의 추측일 뿐.

"별 얘기는 안 했어요."

"흐음. 그래요."

설핏 웃으며 세니르가 긴 속눈썹을 내리깔았다.

'아니, 근데 왜 이렇게 움츠러들게 되지?'

약간 억울했다. 일부러 무도회장에서 아는 척도 안 했는데 이렇게 단둘이 남게 될 줄 그녀가 어떻게 예상한단 말인가.

"이건 뭐예요?"

그때 세니르가 대번에 심각해진 목소리를 내며 그녀의 손을 들어 올렸다. 소매 끝에 검붉은 얼룩이 보였다.

"아, 포도주 자국이에요. 무도회장에서 나오다가 부딪쳤어요."

"아…… 정말."

세니르가 고개를 살짝 튼 채 미간을 찌푸렸다.

"놀랐어요?"

"다친 줄 알았어요."

그 짧은 사이에 하얗게 질린 안색이 창백할 정도였다.

"자네의 놀란 얼굴이라니 별구경을 다하는군."

그때였다. 회랑 옆 정원 방향으로난 계단에서 누군가 세니르 곁으로 다가왔다. 머리를 깔끔하게 넘긴 20대 중반 정도 되는 금발의 사내였다. 디아나의 눈썹이 올라갔다.

"펠릭시타 공?"

얼마 전 공작위를 계승해 한바탕 제도를 떠들썩하게 만든 주인공이었다. 그리고 코티아르 남작가를 빚더미로 몰아간 장본인이기도 했다.

"공작님을 뵙습니다."

슈워츠가 건넨 인사를 대강 받은 펠릭시타 공작이 다가와 손을 내밀었다.

"귀족 회의 이후 처음이군요. 오흐리드 백작."

"……오랜만입니다."

디아나가 약간 당황스러운 기색으로 공작의 손을 맞잡고 연달아 같은 방향에서 나타난 세니르와 펠릭시타 공작을 일별했다.

"세니르와 함께 계셨던 겁니까?"

"그리 오래는 아니고 잠깐 이야기할 것이 좀 있어서. 세니르와 대화하고 있었는데, 저쪽 정원 입구 분수에서 칼트헤르츠 영애가 그대가 여기 있다고 알려 주더군."

공작이 악수하지 않는 다른 손으로 한 방향을 가리켰다.

"더 있고 싶지만 파트너를 너무 오래 홀로 두어서. 혼나지 않으려면 이만 돌아가 봐야겠군."

품속에서 시계를 꺼낸 공작이 확인하곤 살짝 인상을 찡그렸다가 고개를 들어 마지막으로 세니르를 보았다.

"하여튼, 한번 잘 생각해 보게."

"그러지요."

무슨 뜻인지 의문을 가지는 디아나와 달리 세니르는 곧장 알아들었다는 듯이 답했다. 세니르와 나누던 이야기의 연장인 걸 알 수 있었다.

"모두 무도회 잘 즐기시게."

마치 인사가 용건이었다는 듯 곧장 몸을 돌린 공작이 휘적거리며 빠르게 멀어졌다. 약간은 당혹스럽게 공작이 사라진 방향을 바라보고 있을 때 슈워츠가 입을 열었다.

"……그럼 저도 이만 홀로 돌아가 보겠습니다."

흐릿하게 웃은 슈워츠가 공작이 향한 방향을 따라갔다. 세니르는 슈워츠의 뒷모습이 사라질 때까지 꽤 오래 그 방향을 바라보았다.

그리고 언제 오래 바라봤냐는 듯 아무렇지도 않게 그녀를 돌아보며 미소 지었다.

"이제 돌아갈까요?"

*   *   *

선선해진 제도와 달리 여긴 여태 더웠다. 알이 조금 유난스럽게 큰 안경을 쓴 디아나는 야외 테이블에 홀로 앉아 있었다.

가벼운 옷에 마석까지 들고 있는데도 습도가 높아서인지 끕끕한 느낌이 들었다. 의미 없이 팔을 매만지고 있던 그녀 앞에 서버가 토스트와 작은 유리병에 담긴 잼, 커피를 차례로 내려놓았다.

곧장 커피잔을 든 디아나가 한 모금 마시곤 고개를 갸웃 기울이고 커피잔 안을 들여다보았다.

'맛이 제도랑은 좀 다르네.'

향도 약간은 다른 느낌이었다. 다시 한 모금 마시고 고개를 주억거린 디아나가 버터나이프로 잼을 덜어 토스트에 발랐다. 한입 베어 문 디아나의 표정이 한층 밝아졌다.

'토스트도 맛있어.'

추천받은 유명한 식당답게 별다를 것 없는 잼과 토스트였는데도 맛있었다. 그나마 약간 선선했던 바람이 열기를 머금기 시작하고 이른 아침이라 불릴 시각이 지나자 야외 테이블에도 속속들이 사람들이 들어앉기 시작했다.

짧은 사이에 모두 자리가 꽉 차고, 디아나가 토스트를 모두 해치우고 빈 접시만 남겼을 때였다. 그늘을 따라 돌길을 재빠르게 걸어오는 청년이 보였다. 가게 앞 꽃나무 화단 근처에 멈춰 잠시 주변을 두리번거리던 청년이 그녀를 향해 갑자기 빠르게 다가왔다.

'응? 어떻게 알았지?'

옷자락을 들치듯 펄럭이며 다가온 청년이 입을 열었다.

"잠깐만 여기 앉아도 될까요?"

"……그러세요."

의자를 당겨 앉은 청년의 얼굴이 벌건 것이 무척 더워 보였다. 디아나가 터지려는 웃음을 억누르며 물었다.

"더워 보이시는데, 음료는 주문 안 하세요?"

목을 길게 빼 길가를 살피던 청년의 고개가 그녀를 확 돌아보았다. 커다랗게 뜨였던 청년의 눈이 점차 작아지고 고개를 갸웃 기울였다.

"아, 뭐라 하셨죠?"

"주문 안 하시냐고요."

"친구를 여기서 만나기로 한 거라서요."

"그렇군요."

고개를 마주 끄덕인 청년이 혀를 차더니 다시 테이블 방향을 훑었다.

"얘는 자리 잡고 있겠다더니 어디 있는 거야."

턱을 괴고 계속 두리번거리는 청년을 구경하던 디아나가 툭 내뱉었다.

"졸업 축하해."

"……?"

인상을 살짝 찡그렸던 청년이 점차 의심스러운 얼굴로 변했다.

"설마……."

"신기하지?"

"디아나?"

테시오르의 입이 쩍 벌어졌다.

"진짜 너야?"

"응."

디아나가 주변을 살짝 둘러보고 아무도 그들에게 집중하지 않는 걸 확인하곤 안경을 벗었다. 테시오르의 입이 더 벌어졌다.

"헤르만이 만들어 줬어."

그간 발전한 이 마법 아이템은 이제 눈 색과 인상만 바꾸는 것이 아니라 착용하고 있을 땐 다른 사람의 얼굴로 보이도록 해 주었다. 디아나가 다시 안경을 착용했다.

"와, 진짜 이런 연구가 있는 건 알았는데 이렇게까지 진행되었을 줄 몰랐어. 못 알아보겠는데?"

"상용화는 힘들어."

"나! 나, 나 구경해 볼래."

손을 내미는 테시오르에게 디아나가 주변을 둘러보라는 듯 고갯짓했다.

"여기선 안되고."

"알았어. 아니, 그런데 모르는 척 놀려먹으니까 재밌든?!"

디아나가 커다란 눈을 깜빡이며 고개를 끄덕였다.

"응. 재밌더라."

잔뜩 인상을 찡그린 테시오르의 맞은편에 맑은 웃음소리가 퍼졌다.

"아 진짜, 약속 장소 착각한 줄 알고 얼마나 놀란 줄 알아?"

"그랬어?"

"다시 편지 확인하러 가야 하나 했다."

테시오르가 아직도 땀이 식지 않은 목덜미에 손부채질했다. 그렇게 말하자 약간 미안해졌다.

"이거 쓸래?"

디아나가 작은 가방에서 엄지손톱만 한 푸른 마석을 내밀었다.

"뭐야 마석? 냉 속성이네? 이걸 그냥 이대로 쓴단 말이야?"

"마법 식 새기는 인건비가 더 들어."

"아, 돈 아까워!"

조금이라도 더 연습하려는 초보 마법사들이 가득한 학술원에 다니는 테시오르였다. 그의 머릿속에 인건비란 개념은 없는 것 같았다.

슬그머니 다시 가져가려는 디아나의 손에서 마석을 빼앗은 테시오르가 문득 떠올랐다는 듯 말했다.

"너 대뜸 온다고 해서 놀랐는데. 아직 한창 황실 무도회 할 때 아냐?"

"나 원래 잘 참석 안 했잖아."

"이번엔 한다며."

"뭐…… 그건 차차 얘기하고 아침 먹었어?"

"아니."

"이 시간까지 안 먹고 뭐 했어?"

디아나의 손짓에 어슬렁거리던 서버가 다가왔다.

"먹고 가자. 나 여기 관광시켜 줘."

*　　　*　　　*

압도될 정도로 어마어마한 톱니들이 이리저리 분주하게 돌아갔다. 세계탑 현자들과 고위 마법사들의 도시 보호 기구 합작품이라는데 무슨 원린지는 전혀 알 수가 없었다.

실라가 질색할 정도로 엄청난 마력이 느껴지는 것만은 확실했다. 그 외에도 온갖 구경할 만한 진기한 것투성이인 마법 학회 본부. 하지만 주변 구경보다 대화에 집중하는 특이한 사람이 있었다.

"뭐, 뭐, 네 아버지한테 결혼하라 했다고? 그래서?!"

"아빠가 화나서 대공령으로 돌아가 버렸어. 앞으로 무도회 참석하라고 하면 칼이라도 뽑을 기세였어."

뭐 어떻게 진정시키고 그럴 수준이 아니었다.

"와……."

대공이 말을 다 하지 않아서 그렇지, 무도회 전에도 황제는 아빠에게 혼담을 내밀던 이웃 나라 공주와 중매까지 섰던 모양이었다.

큰일은 없었다지만, 문제는 대공님이 특히 이런 일에 질색한다는 점이었다. 평소라면 대공령에 갈 때마다 그녀에게 같이 가자고 추근거렸을 텐데 이번엔 그런 것도 없이 인사만 하고 훌쩍 떠나 버렸다.

황제가 포기할 때까진 제도에 발도 붙이지 않겠다고 했다. 정확히 '개소리에 대해 사죄를 할 때까지.'라고 말했다.

"나도 그래서 한동안은 제도에 안 돌아가려고."

양팔을 껴안은 디아나가 옅은 한숨을 내쉬었다.

'심란한 일도 있고.'

세니르가 펠릭시타 공작과 함께였던 이유는 코티아르 남작가의 에메랄드 광산 때문이었다. 토플럼 후작이 샬럿과의 결혼을 통해 코티아르의 손을 잡으면, 광산을 향한 펠릭시타 공작의 계획도 망가지게 될 셈이었다.

오흐리드가 의도한 바는 아니었으나 자신의 계획을 도와준 것에 대해 공작은 감사를 표했다. 그리고 만약 그녀가 에메랄드 광산에 관심이 있다면 괜찮은 값에 거래할 생각이 있음을 알려 왔다고 했다.

이미 자신의 손에 들어온 것처럼 구는 펠릭시타 공이었지만, 실상 시간문제였으니 딱히 이상한 행동도 아니었다.

이에 세니르는 그녀가 코티아르 남작가를 도와주고 싶어 하니 일단 긍정적으로 답했다고.

이제는 괜한 일이 되어 버렸지만.

"그래도 돼? 아니, 뭐…… 어련히 네가 알아서 잘하겠지."

디아나를 걱정스러운 눈으로 보던 테시오르가 어깨를 으쓱이곤 시선을 다시 앞에 있는 마법 기구에게로 돌렸다.

"여기 다 봤으면 저기로 가자. 저건 현자 루안 틸이 만든 건데……."

테시오르가 그녀를 이끌고 빛이 나는 이상한 구가 떠다니는 곳으로 향했다. 관광 온 그녀보다 더 열심히 관찰하며 눈을 빛내는 걸 보니, 노히바덴 대공 이야기에 잠깐 가졌던 흥미를 금세 잃은 모양이었다.

제도 정세엔 전혀 관심 없는 태도였다. 마법 기구를 한번 바라본 후 다시 테시오르를 바라보던 디아나가 고민 끝에 입을 뗐다.

"너 졸업하면……."

조심스럽게 꺼내는 말에 테시오르가 눈썹을 치켜세웠다.

"파브레 백작가로는 안 돌아갈 거지?"

치켜 올라갔던 눈썹이 잔뜩 찌푸려졌다가 약간 어이없다는 듯 웃었다.

"뭐야, 갑자기."

"나 황실 무도회에서 파브레 소백작 봤어."

"아……."

"황제 폐하께 인사 왔다더라고."

"……."

떨떠름한 표정의 테시오르가 얼굴을 긁적이다가 고개를 들었다. 조금 전처럼 마법 기구 쪽에 시선을 두었으나 초점이 맞지 않았다. 짧은 침묵이 이어지고 테시오르가 한숨을 내뱉으며 말했다.

"돌아가면 새어머니가 좋아하진 않으실걸."

"도와줄까?"

"뭘?"

"가문으로 돌아갈 수 있게."

테시오르의 낯이 삽시간에 굳었다.

"아직 소백작이니까 늦진 않았어."

"……."

테시오르는 파브레 백작이 재혼하면서 학술원으로 보내졌다. 파브레 소백작은 새 백작 부인의 아들로 테시오르보다 나이도 어렸다. 이번 침묵은 전보다 훨씬 길었다. 시간이 멈춘 것처럼 굳어 있던 테시오르가 크게 숨을 내쉬었다.

"진짜 넘어갈 뻔했네."

"……?"

"됐어. 괜찮아."

테시오르가 가볍게 웃으며 손을 내저었다.

"생각해 준 것만으로도 고맙다."

디아나가 조용히 응시하자 테시오르가 발을 까딱이며 반쯤 생각에 잠긴 채 말했다.

"이제 와 무슨. 예전이었으면 모를까. 이젠 가문에 아무 기대도 없어."

"내가 더 빨리 도와줬다면……."

"뭐어?"

주변의 다른 손님들도 돌아볼 정도로 높은 목소리를 낸 테시오르가 "이크." 하며 어깨를 움츠렸다.

디아나는 여전히 진지하게 물었다.

"내가 안 도와줘서 원망스럽진 않아?"

"너 뭐 잘못 먹었냐? 분명 멀쩡한 것들만 먹었는데……."

정신이 의심스럽다는 듯 그녀를 위아래로 훑었다.

"너 아프다고 나한테 나중에 연락 오면 안 되는데……."

"멀쩡하거든."

디아나가 콧등을 찡그렸다. 투닥거리긴 했지만 테시오르의 그런 태연한 모습에 저도 모르게 안도하는 자신을 발견했다.

'그래…… 그렇지.'

샬럿과의 일이 좀 더 선명하게 정리되는 기분이었다. 코티아르 남작가의 일을 어떻게 마무리 지을지 고민하던 찰나였다.

"어? 테시오르 선배?"

갑자기 끼어든 어린 목소리가 디아나와 테시오르 사이를 파고들었다. 말을 멈춘 디아나와 테시오르의 고개가 돌아갔다. 여섯, 일곱 명쯤 무리 지은 소녀 소년들이 모여 있었다. 목덜미에는 학술원 학생임을 나타내는 스카프를 브로치로 고정하고 있었다.

브로치 색을 보아 중등부로 보였다.

"……옆 분은?"

"데이트? 데이트?!"

"오오오~"

머리를 짧게 밤송이처럼 깎아 놓은 학생이 운을 떼자 그 학생을 기점으로 주변의 아이들이 떼 지어 합창했다. 당황한 디아나가 저도 모르게 주춤 물러나며 눈을 빠르게 깜빡였다. 테시오르가 서둘러 손을 내저었다.

"야, 아서라 큰일 나."

"에이~"

"학술원에서 본 적 없는 분인데~"

"진짜 아니라니까. 얘 남자 친구 있어."

"아……. 죄송합니다."

동시에 눈이 왕방울만 해진 애들 사이로 썰렁한 기운이 맴돌고 아이들이 곧장 고개를 꾸벅 숙이며 사과했다. 당황도 잠시, 왠지 모르게 그 생기 넘치는 모습에 웃음이 터졌다.

"괜찮아요."

그녀가 정말 괜찮은지 힐끗 본 테시오르가 학생들을 향해 물었다.

"너흰 여기 웬일이야?"

"저희 과제 때문에요!"

"아, 마석 공학?"

"맞아요. 그 교수 진짜 또라이ー 아, 선배! 선배 졸업 작품으로 마법 물품 제작했잖아요. 그거…….”

뭔가 그녀는 알아들을 수 없는 말들을 묻는 아이들을 타박하면
서도 대답은 또 성심성의껏 해 줬다. 한참 대화하던 테시오르가 문
득 떠올랐다는 듯 그녀를 돌아보았다. 학생들도 아차 하는 표정을
지으며 눈치를 보았다.

“아, 미안. 얘기가 좀 길어졌지?”

“아냐. 아직 얘기할 거 남은 것 같은데. 여긴 나 혼자 구경하고 있
을게. 마저 얘기해.”

그리고 거절 못 하게 빠르게 멀어졌다. 당황한 듯 손을 뻗던 테시
오르가 다시 말을 거는 학생을 돌아보았다.

‘……좋아 보이네.’

가문에 아무 기대도 없다는, 돌아갈 생각 없다는 말이 진심으로
보일만치.

＊　　　＊　　　＊

이른 저녁을 하기 위해 예약한 식당으로 향했다. 종일 돌아다녀
서인지 간식거리도 꽤 먹었건만 벌써 배가 고팠다. 칸칸이 방으로
나누어진 식당 내부는 한쪽 벽이 모두 트여 장미 문양의 난간 너머
로 푸른 바다가 보였다.

하얀 포말을 남기며 사라지길 반복하는 파도와 흰 모래사장, 기
다랗게 자란 독특한 모양의 나무들이 어울려 아름다운 풍광을 자
아냈다.

"언제 이런 데를 와 본 거예요?"

"출장이죠, 뭐."

"여긴 뭐가 맛있어요?"

이 식사 자리는 세니르가 마련한 것이었다. 처음에 세니르도 함께하자는 말에 부담스러워하던 테시오르도 음식점 이야기를 하자 은근히 기대하는 눈치로 바뀌었다. 남부의 유명 맛집이 맞긴 한 것 같았다.

"전 해산물이 괜찮더군요. 이 메뉴 어떠세요?"

주문한 음식이 나오는 동안 테시오르가 의외라며 놀랄만큼 이야기는 꽤 매끄럽게 흘러갔다.

새우와 게살이 들어간 수프를 시작으로 가재 요리며, 여러 종류의 조개들과 물고기를 향신료로 굽고 찌고 끓인 갖가지 요리들이 끊임없이 나왔다.

그리고 —

음식을 음미하던 것도 잊고 테시오르는 맞은편에 앉은 커플을 멍하니 쳐다봤다. 세니르는 디아나 앞으로 끊임없이 음식을 가져다주며 먹기 까다로운 음식들은 모두 본인이 발라내 주었다.

'무슨 시종도 아니고…….'

살살 녹아내리는 음식을 배가 터질 것 같이 밀어 넣었는데도 왜 옆구리가 시린 걸까.

"그러고 보니 예전에 네가 마법등 보내 줬던 거 기억나?"

"응? 마법등? 어…… 아! 그게 언제 적이야. 너 오흐리드 들어가기도 전 아냐?"

테시오르가 고개를 갸웃하며 그건 갑자기 왜 말하냐는 듯 디아나를 보았다.

"와 진짜? 그렇게 오래됐네. 그거 지금도 잘 쓰고 있어."

"아, 그래?"

"헤르만한테도 보여 줬는데 잘 만들었다고 하더라고."

"미쳤어?"

순간 쨍그랑하는 소리에 디아나와 테시오르의 시선이 소리 난 방향으로 향했다. 식기 위에 떨어진 나이프를 집으며 세니르가 미안하다는 듯 웃었다.

그러나 그와 눈이 마주친 테시오르는 그 눈빛에 서린 뜻을 읽었다. 옆자리의 디아나는 전혀 보지 못한 듯했지만.

"큼, 큼. 아니, 그, 왜 그랬는데?"

"내가 보여 주려고 한 게 아니고……."

디아나가 미안하다는 듯 테시오르의 눈치를 보았다.

"내가 자주 들고 다니니까 헤르만이 나도 모르는 새 살펴봤더라고."

테시오르가 소리 없는 비명을 지르며 양손에 얼굴을 파묻었다. 디아나가 그런 테시오르의 모습에 어색하게 웃었다.

"괜찮아. 잘 만들었다고 했다니까."

물론 헤르만 성질에 칭찬만 하지는 않았다만, 그 정도면 헤르만에게서 들을 수 있는 최고의 찬사였다. 그리고 그 뒤로 테시오르의 졸업 작품과 평판 및 성적을 알아보고 고민 끝에 한 가지 결정을 내린 참이었다.

"내가 저번에 편지에 말했다시피 노히바덴 대공가와 연계해서 마석에 관련된 사업을 할 거라 했잖아."

"아, 들었어. 그거 뭐?"

"같이하는 게 어떨까 싶어서."

테시오르가 생각지도 못한 소리를 들었다는 듯 눈을 휘둥그레 떴다.

"사업에서 중요한 건 능력도 있지만…… 믿을 만한 사람인가가 중요하더라고."

디아나의 눈에 굳건히 서린 믿음에 테시오르가 당황해 눈을 깜빡였다.

"지금 당장 답해야 하는 건 아니야."

"어……."

"이 일을 맡으면 제도에 올라올 일이 많으니까……. 만나기 싫은 사람들을 마주할 확률도 높아."

파브레 백작가 사람들과 마주칠 수도 있단 뜻이었다. 제도에 나타난 그를 보며 파브레 백작가 사람들이 과연 무슨 생각을 할지.

적어도 웃는 얼굴은 아닐 게 확실했다.

"……생각해 볼게."

저도 모르게 가라앉은 목소리의 테시오르가 나직이 답했다. 그때 타이밍 좋게 노크와 함께 내실 문이 열렸다. 깔끔한 차림새의 종업원이 정중하게 말했다.

"후식은 무엇으로 하시겠습니까?"

몇 가지 메뉴를 말해 주고 선택을 마치자 종업원이 다시 밖으로 나갔다. 그리고 얼마 지나지 않아 다시 열리는 문에 후식인가 싶던 테시오르는 고개를 갸웃 기울였다.

"실례하겠습니다."

정장을 차려입은 여인이 당연하다는 듯 디아나 곁에 다가와 귓가에 속삭였다. 철저하게 비밀로 할 일이 아닌 듯 드문드문 말소리가 흘러나왔다.

"……폐하 ……전령이 기다……."

테시오르는 못 들은 척 물잔을 들었고, 인상을 찡그린 디아나가 세니르의 귓가에 무어라 작게 말했다. 피식 웃은 세니르가 나른하게 느껴지는 어조로 말했다.

"뭐…… 나흘은 지났나요? 재미없어라."

긴 한숨을 내쉰 디아나가 테시오르를 보며 말했다.

"나 잠깐 나갔다 올게."

"켁, 콜록, 콜록, 뭐?"

물을 마시던 테시오르가 기침과 함께 잔을 내렸다.

"잠깐 일이 생겨서."

그건 굳이 설명하지 않아도 알 것 같았다.

'음…….'

테시오르가 저도 모르게 세니르를 일별했다.

"금…… 방 오지?"

"응. 얼굴만 비추고 오는 거라."

"그래 알았어."

고개를 끄덕인 디아나가 여인과 함께 나가고, 졸지에 세니르와 단둘이 내실에 남게 되었다. 테시오르는 괜히 냉수를 벌컥벌컥 들이켰다.

테시오르와 세니르를 뒤로하고 방을 나선 디아나는 딱딱하게 굳은 표정을 만들어 내 비서에게 보였다.

"어때요?"

"그 정도면 되실 것 같습니다."

고개를 끄덕인 디아나가 홀로 중얼거렸다. 여긴 어떻게 알고 온 거래.

"다음에는 무슨 일이 있어도 거절해요. 그래, 아프다고 해요."

"알겠습니다."

디아나는 세상에서 가장 불쌍한 사람인 척, 서한을 바로 읽어 달라 그렇지 않으면 제게 큰일이 날 거라며 애걸복걸하는 자들을 싸늘하게 상대한 후 돌아섰다.

내려왔던 계단을 다시 걸어 올라가며 디아나가 돌돌 말린 서한을 그대로 비서에게 넘겼다.

"며칠 뒤에 주세요."

"알겠습니다."

다시 도착한 방문을 비서가 열어 주었다.

"⋯⋯해서요. 부탁드립니다."

테시오르가 방으로 들어오는 디아나를 힐끗 보고 다시 세니르를 돌아보며 답했다.

"예, 뭐⋯⋯ 잘 알겠습니다."

디아나가 착석하자 마침 타이밍 맞춰서 후식이 나왔다. 세 사람은 노을 지는 것까지 보면서 좀 더 이야기를 나누었다. 그러다 시각을 확인한 테시오르가 이만 돌아가야겠다고 일어나며 자리가 파했다.

건물 밖으로 나오자 그 짧은 사이에 벌써 어둑해져 거리의 가로등에 하나씩 불이 들어오고 있었다.

"뭐야? 여긴 가로등이 저절로 켜지네?"

"몇 군데만 그래. 조도 감지해서 자동으로 켜지는 거야."

"와, 역시 마법사들의 도시인가."

잡다한 말을 하다 어느 순간 조용해졌다. 디아나가 아직 세니르가 나오지 않은 건물을 돌아보는 순간 테시오르가 다시 입을 열었다.

"쟤가 너 정말 좋아하나 봐."

"갑자기 왜 그런 말을…… 나 없을 때 둘이 무슨 말을 한 거야?"

"그냥 뭐 네 어릴 적 얘기도 하고……."

디아나가 자리를 비운 뒤 잠시 어색해지나 했지만, 세니르는 전혀 아무렇지도 않게 대화를 이어 나갔다. 주로 디아나가 어릴 적에 어찌 지냈는지 물어보는 거였고, 이를 답하다 보니 어느새 긴장도 풀렸다.

"하고?"

디아나가 왜 말을 하다 마냐는 투로 재촉하듯 되물었다. 식당에 들어설 때부터 안경을 벗은 디아나는 신문에서 보던 모습으로 돌아가 있었다.

이 녀석이 자신이 어릴 적 알던 그 잿빛 머리의 꼬마였다는 사실은 새삼스럽게도 늘 신기했다.

"너 어디가 좋냐고 물어봤어."

차분하던 주홍색 눈이 순간 동그랗게 뜨였다.

"그래서? 세니르가 뭐라고 답했어?"

기대감 가득한 흥미진진한 눈빛. 테시오르가 짓궂은 미소로 받아쳤다.

"글쎄~ 직접 물어봐라?"

"아 뭐야!"

디아나의 얼굴이 와락 일그러졌다. 얄밉다는 듯 바라보는 모습에 테시오르가 웃음을 터트렸고, 서로 한참을 투덕거렸다.

"아, 나 노려본다. 어휴 무서워라. 빨리 떠나 줘야지."

"뭐? 누가?"

언제 나왔는지 문 앞에 조용히 서 있는 세니르가 그들을 바라보고 있었다. 정확히는 노려봤다기보다 표정 없이 바라봤을 뿐이었지만.

디아나가 돌아보자마자 세니르는 곧장 눈웃음을 지었다. 이를 보며 들리지 않게 혀를 찬 테시오르가 말발굽 소리에 고개를 돌렸다.

"아, 마차 왔다. 나 간다."

"아, 벌써?"

문을 열고 마차에 올라타던 테시오르가 돌아봤다.

"내일 학술원 온댔지?"

"응."

"그래. 알았다."

마저 마차에 오른 테시오르가 마부에게 목적지를 말했다. 덜컹 흔들리며 바퀴가 굴러가기 시작했다. 점점 멀어지는 마차 창문을 향해 손을 흔들어 주던 디아나 곁으로 세니르가 다가오더니 그녀의 어깨에 얼굴을 푹 묻었다. 테시오르는 저도 모르게 탄식했다.

"허, 참······."

세니르가 무언가 말을 했는지 디아나가 그의 목덜미부터 등까지 쓸어내리듯 토닥였다. 테시오르는 창가에서 몸을 떼 등받이에 편히 몸을 기대 누웠다.

"뭐, 행복하면 됐지."

*　　*　　*

응접실이 딸린 그리 크지 않은 투룸에는 책이 산처럼 쌓여 있다고 해도 과언이 아니었다. 책장, 책상을 넘어 바닥에도 사람이 지나다닐 수 있는 자리만 빼고 책이 가득했다.

'괜히 걱정했네.'

세계탑에 있는 헤르만의 연구실처럼 이상한 냄새가 나진 않았다. 그저 약간 정리되지 못한 서재 같은 느낌이었다.

'헤르만 연구실이 훨씬 신기하긴 했는데······.'

그래도 다시 구경하라고 하면 거절이었다. 얼마 지나지 않았을 때 문 근처에서 소란스러운 소리가 들려왔다.

"교수님! 잠시만요, 잠시······!"

"선약도 안 한 손님을 나보고 받으란 말인……."

누군가를 달래는 듯한 목소리와 성난 목소리가 섞여 들려오더니 문이 벌컥 열렸다. 들어오던 이가 그녀를 마주하곤 문고리를 잡은 그대로 굳었다.

"안녕하세요."

디아나가 인사하자 눈썹을 꿈틀하고는 그제야 다시 움직이기 시작했다.

"오흐리드 백작이 왜 여기에?"

반백의 머리를 귀밑으로 짧게 잘라 단정하게 정돈한 여인이었다.

"법리학 교수님이신 넥시아 님이시죠?"

"그렇소만."

"미리 연락을 못 드린 점은 죄송합니다만, 아무래도 소란스러워질 것 같아서요."

"그러게. 벌써 학장이 콧김 뿜으며 달려오는 소리가 들리는군."

교수의 입술이 한쪽만 삐뚜름하게 올라갔다.

"그래서 다른 이들의 눈을 피해 날 찾아온 이유가 뭐요."

"제 어머니, 필리파 오흐리드가 학술원에 다니던 시절에 셋을 모두 가르치신 분은 교수님밖에 남지 않으셨더라고요."

그녀의 말에 담긴 뜻을 짐작했는지 교수가 인상을 찡그렸다.

"난 수업이 있는……."

말하던 교수가 갑자기 입을 다물고 디아나를 쏘아보았다.

"오늘은 남은 수업이 없군. 이것도 알고 오셨군."

입술을 씰룩거리던 교수가 한숨과 함께 책이 반쯤 자리를 침범한 소파를 고갯짓했다.

"앉으시오. 그때의 난 부임한 지 얼마 안 된 혈기만 넘치는 젊은 교수였고, 그대의 어머니나 아버지, 후견인에 대해선 크게 아는 건 없소."

                    *   *   *

　―달칵

문이 조용히 열렸다가 닫히는 소리가 텅 빈 공간을 가로질러 왔다. 스윽스윽 슬리퍼를 끌며 다가오던 소리가 멈췄다. 들고 있던 책을 탁자에 내려놓으며 세니르가 디아나를 돌아보았다.

"재밌으셨어요?"

디아나가 답하지 않고 세니르를 조용히 응시하다 입을 열었다.

"잘 거예요?"

"아직은 이르죠."

대답 대신 뜬금없는 물음에 세니르가 의아한 시선을 보냈다. 디아나가 대뜸 세니르의 팔을 잡아끌며 말했다.

"그럼 나가죠."

세니르는 일단 디아나가 잡아끄는 대로 따라갔다. 저녁 식사 시간을 갓 넘긴 밤. 건물마다 켜진 마법등으로 인해, 어둠에 잠겨야 할 거리는 오히려 밝았다.

제도를 제외하고 가장 유동 인구가 많은 도시답게 이 시각에도 사람들이 바글바글했다. 반짝이며 빛나는 등들이 강물을 따라 흔들거리며 그들 곁을 흘러갔다. 두 사람은 조용히 마법등을 응시하다가 다시 걷기 시작했다.

"오늘 무슨 일 있었어요?"

"아뇨. 아무 일도 없었어요."

세니르가 거짓말하는 걸 찾아내겠다는 듯 그녀를 빤히 바라봤다.

"아니, 진짜예요. 정말 재밌었어요. 엄마랑 아빠 어렸을 때 얘기도 듣고, 머물던 곳도 구경하고 바스티안도 보고……."

"그런데 왜 이러실까."

세니르가 고개를 기울이며 깍지 끼워 잡은 손에 힘을 주었다.

"재밌었어요. 재밌고 좋았는데. 그냥 좀 여러 생각이 들어서……."

점차 목소리가 작아지더니 디아나가 말을 멈추더니 한곳을 가리키며 다시 말을 이었다.

"저 다리 되게 유명한 다리래요."

다리 위에는 저녁 시간에도 관광객으로 보이는 이들이 바글바글했다. 테시오르가 뭐라고 설명해 줬는데 기억이 정확히 나지 않았다. 근처를 유심히 보니 낮과는 달리 다리 아래 강둑에서 많은 가족 혹은 연인들이 배 모양의 등을 강에 띄우고 있었다. 저기서 띄운 등이 그들 곁을 지나갔던 모양이었다.

"저거 원래는 배를 타는 가족이나 연인의 무사 귀환을 비는 것에 서부터 시작한 건데 지금은 아무 소원이나 다 빈대요."

"하시겠어요?"

"아뇨, 딱히 빌고 싶은 소원이 없는…… 아! 하나, 아니 두 개 있어요."

"와, 두 개나?"

놀랍다는 표정을 꾸며 낸 세니르가 이내 간지럽게 웃었다. 그럼에서 가자는 듯 이끄는 손에 디아나가 다리에 힘을 주고 버티고 섰다. 평소와 다른 반응에 세니르는 의아하게 그녀를 돌아보았다.

"세니르가 그냥 들어줄 수 있는 거예요."

세니르가 눈을 가늘게 떴다.

"안 들어주면 소원 빌러 가겠다는 뜻인가요?"

"그러려고요."

"하하. 기대되는데요. 무슨 부탁이길래 소원이라는 거창한 말까지 하실까. 말해 봐요."

세니르가 기대된다는 듯 팔짱까지 끼고 그녀를 보았다. 불빛이 반사되어 반짝이는 강 위에 시선을 두던 디아나가 입술을 훑곤 입을 열었다.

"제 어디가 좋다고 했어요?"

"음?"

"테시오르가 물어봤다던데."

세니르가 약간 곤란한 얼굴을 했다.

"음…… 분명 그런 질문을 하긴 했죠."

"그런데요?"

세니르가 면구한 얼굴을 했다.

"궁금해할 만한 대답은 아니었는데요."

"뭐라고 했는데요."

"대답 못 하겠다고 했어요."

"응? 끝이에요?"

"……네."

"에라이."

제대로 테시오르에게 속았다. 지난 이틀 동안 궁금해 미칠 지경이었는데! 작게 웃은 세니르가 씩씩거리며 혼자 성질내는 디아나를 구경하듯 바라봤다.

정확히 그때 물어본 질문에 답하지 않은 건 테시오르가 거슬렸기 때문이었다. 이미 그는 영원히 알지 못할 그녀의 어린 시절을 함께한 자였다. 그런 자에게 디아나에 대해 어떠한 것도 알려 주거나 이를 공유하고 싶지 않았다.

답지 않은 대처여서인지, 그런 그의 마음을 테시오르 또한 눈치채 버렸지만.

그 상황을 떠올리던 세니르가 문득 스치는 말에 정신을 차렸다.

"……혼해요"

"뭐라고요?"

디아나 얼굴이 주변 불빛 때문에 붉은 줄 아니었는데 이제 보니 그냥 디아나 얼굴이 붉은 것이었다. 디아나가 억울한 눈으로 세니르를 쏘아봤다.

"제가, 정말, 정말로 못 들어서요."

세니르가 진심으로 당황한 얼굴을 하며 말했다. 그 드문 모습에 디아나가 애써 다시 말을 모았다.

"우리 결혼하자고요."

"……."

딱딱하게 굳은 세니르의 표정은 약간 서늘할 정도였다. 말없이 손을 뻗은 세니르가 디아나가 쓰고 있던 안경을 벗겨 냈다. 일렁이던 낯이 금방 원래의 디아나로 돌아왔다.

"진짜였네."

디아나가 어처구니없다는 듯 세니르를 보았다.

"그럼 다른 사람인 줄 알았어요?"

"아뇨. 그냥 믿기지가…… 왜……. 설마 그게 두 번째 소원이에요?"

창피함을 감추기 위해 얼굴을 찡그린 디아나가 입을 감쳐물고 고개를 끄덕였다.

"꽤 전부터 생각했어요."

아빠가 혼인 이야기에 시달리는 것부터, 파트리시오 소백작과의 일, 그리고 오늘 교수에게 들었던 어머니와 아버지의 어릴 적 이야기까지 듣자 더 생각이 확고해졌다.

"우리 결혼해요, 세니르."

생각도 못 했던 순간의 고백이었다. 손끝이 차가워지고 심장은 그대로 멎어 버린 느낌. 살며 이렇게 당황해 본 적 있나 싶을 정도였다.

어떻게든 표정을 관리해 보려던 세니르는 결국 포기하고 입가를 가렸다.

곧고 바른, 순수한 감정을 가득 담은 눈동자.

순간 왜 그녀에게 빠지게 되었는지 떠올랐다. 저 시선이 좋았다.

저 눈동자 앞에선 다른 사람이 된 거 같아서. 복수나 자신이 가진 비열한 생각들은 모두 뒤로하고 그저 일생을 최선을 다해 살아온 사람 같이 되는 것 같아서.

시기, 질투, 혐오에 가득 차거나 무관심한 사람들 사이에서, 자신이 누군지 알게 된다면 그의 목적을 알게 된다면 변할 거라고 생각했지만 그러지 않았던, 계속 곧았던 시선.

"좋아요."

그들 곁을 누군가의 소원을 담은 등이 지나갔다.

외전 *Chapter 3.*

　학술원이 오늘날까지 존중받는 이유는 제국의 시작보다도 더 오
래전부터 존재해 왔다는 역사 때문만이 아니었다. 처음 학술원이
세워질 때부터 계급과 차별 없이 오직 지식만을 탐구하는 평등을
표방했기 때문이다.

　그러나 학술원에 들어오는 순간부터 신분의 고하를 따지지 않는
다 ― 는 것은 교칙상 그렇다일 뿐이지 그 내부가 정말로 평등하기
만 하진 않았다.

　아이들일수록 더 권력에 민감했다. 미래의 권력자들인 명문가
아이들은 명문가끼리 어울리려 했고, 눈치 빠른 대부분의 아이들은
그런 미래의 권력자들에게 편승하려 들었다.

　그것이 가진 것 하나 없는 자가 신분 상승을 할 수 있는 가장 확실한 탈출구이기도 했다. 그렇게 만들어진 일종의 관습에 의해 손꼽히는 권력가, 일반적으로 황족 혹은 제국의 공후작가, 특히 후계자에 가까울수록 각 학년별 중심이 되었다.

그리고 이번 입학생의 중심은 —

"필리파! 이번에 그거 들었어? 오흐리드 백작님께선 어떻게 생각하신대?"

"필리파, 교수님이 너 찾으신다!"

"필리파! 너 이번에 법리학 수업 정말 넥시아 교수 꺼 들어?"

"필리파! 이번 방학에 같이……."

누구도 입학할 줄 예상치 못했던 사람이었다. 오흐리드에서 학술원으로 후계자를 보낸 일은 이번이 처음이었다.

"필리파! 이번에는 꼭 와야 하는 거 알지? 달에 한 번은 얼굴 비춰야 해. 너 이번엔 꼭 나와야 한다고 선배님이 말 전해달래. 그래서 내가……."

"알아."

주저리주저리 끝나지 않을 것 같은 말을 필리파가 딱 잘라 냈다. 일부러 말을 붙이려고 길게 늘려 말하던 소년이 머쓱한 표정을 하며 물러났다.

오흐리드 백작가의 외동딸 필리파 오흐리드.

필리파는 어디서나 눈에 띄었다. 그녀의 중심으로 늘 사람들이 모여 있었기 때문이다. 그녀가 원하든 원치 않든 그녀는 무리를 이끌고 다녔다. 그리고 그런 그녀와 정반대로 행동하는 자도 있었다.

　　　　　　*　　　*　　　*

　학술원을 다니는 명문가 자녀들에게는 오래전부터 자연스럽게 가입되는 모임이 있었다. 어른들의 파티를 흉내 내듯 일부러 낮춘 조도. 주홍색 빛 마법등 아래에서 이 방에서 가장 나이 많아 보이는 청년이 소년을 향해 다그쳤다.

　"제대로 말했어?"

　"정말 했어요!"

　필리파에게 길게 주절거리던 그 소년이었다.

　"제대로 말해. 네가 직접 전한 거 맞아?"

　"아…… 그게 제가 전한 건 아니고요. 아보크한테 전하라고……."

　"야 이 새끼야. 내가 너한테 전하랬지, 누가 다른 사람 시키랬어?! 이런 일도 제대로 못 하면서……."

　그때 휴게실 문이 열렸다. 사람들의 시선이 반사적으로 문을 향해 꽂혔다. 순간 방 안은 침묵에 잠겼다. 환영의 뜻은 아닌 불편한 침묵 사이에서 방금까지 소년을 향해 소리치던 청년이 떨떠름하게 운을 뗐다.

　"어…… 왔네?"

　들어온 소년이 고개를 까딱했다. 노히바덴 대공가의 유일한 적자임에도 늘 홀로 다니는 테세비츠 베일 노히바덴이었다. 만약 테세비츠가 학술원에서 자신의 세력을 꾸리려 했다면 필리파랑 부딪치는 건 필연이었다.

모두가 이를 기대하고 흥미롭게 지켜봤으나 팝콘을 뜯은 자들의 기대와 다르게 테세비츠는 어떠한 세력에 소속되지도 만들지도 않았다. 자연스레 필리파와 테세비츠는 서로 인사는 하지만 서로 소 닭 보듯 관심 없는 사이였다.

서로 말 한마디 섞는 걸 아무도 본 적 없었다. 필리파는 문이 열리는 소리에 반사적으로 한번 고개를 돌렸다가 별 감흥 없는 듯 일행과 하던 얘기를 지속했다.

테세비츠 또한 휴게실에 들어와 청년을 향해 고개 한번 까딱였을 뿐 필리파가 있는 방향으로 눈동자 한번 돌리지 않았다. 휴게실로 완전히 들어온 테세비츠가 비치된 의자에 앉았다.

그렇게 5분. 손가락 하나 까딱하지 않고 미동 없이 앉아 있던 테세비츠가 일어났다. 그 5분으로 모든 볼일을 마쳤다는 듯 휴게실을 나섰지만 아무도 붙잡지 않았다.

그 앞에 놓였던 찻잔만이 누군가 왔다 갔다는 사실을 알렸다.

"어후."

"아, 숨 막혀."

테세비츠 근처의 학생들이 큰 숨을 토해 내며 안도했다. 붙잡지 않은 게 아니라 아무도 말도 붙이지 못했음에 가까웠다. 소년을 구박하던 청년도 테세비츠의 앞에서는 찍소리도 하지 못했다.

그러다 테세비츠가 떠난 후에야 애써 센 척 허세 부리며 말했다.

"테세비츠 저 자식 너무 분위기 잡지 않냐? 저가 대공가면 단가. 역시 북쪽 놈들은 야만스러워서……."

　　　　　*　　　*　　　*

　오전 수업이 일찍 끝났고 오후 수업까지는 한참 남았다. 점심시간까지 합치면 꽤 긴 휴식이 주어졌다. 식사 대용으로 간단히 사과만 챙긴 테세비츠는 그가 자주 몸을 숨기는 커다란 나무 위에서 오수를 취했다.

　그리고 그가 눈을 떴을 땐 잠들기 전까지 아무도 없던 나무 아래 누군가 있었다. 가만히 살펴보니 마법학과의 수석을 맡아 둔 거나 다름없다는 헤르만이었다.

　보통은 그가 모습을 보이는 것만으로도 꽁지 빠져라 도망치거나, 혹은 꺼지라는 말 한마디면 다신 이 근처에 나타나지 않았다.

　하지만 저 녀석은.

　'별명이 미친개라지.'

　고아임에도 재능을 인정받아 학술원에 들어온 저놈은 정말 내일이 없는 것처럼 살았다. 정치 지형의 축소판이나 다름없는 학술원이라지만, 저 정도로 똑똑한 사람이라면 원한다면 그 영향에서 벗어날 수 있었다.

　지식의 보고라는 학술원의 명성에 가장 걸맞는 인재였다. 테세비츠가 저자를 어떻게 할지 살짝 고민하자 홍염이 약 올리며 말했다.

　[쫄았어? 쫄았어? 미친개라니까 쫄려?]

그 부추김에 넘어간 테세비츠가 당장 녀석을 쫓아내려 몸을 일으켰다. 그의 움직임에 바스락거리는 소리가 들리자 헤르만이 고개를 들고 두리번거렸다. 그렇게 헤르만이 테세비츠를 찾아내기 직전이었다.

"야!"

높은 옥타브의 고함이 난 방향으로 헤르만의 고개가 틀어졌다.

"여기야! 빨리 와."

헤르만이 답하듯 소리쳤다. 테세비츠가 눈살을 찌푸렸다.

'설마 여기서 데이트하려고?'

자신의 휴식 공간이 침범당한 느낌에 무조건 쫓아내겠다는 생각을 하며 뛰어내리기 위해 손목에 힘을 준 순간이었다. 헤르만 앞에 나타난 사람을 보고 저도 모르게 멈췄다.

[엥? 필리파 오흐리드?]

더 짜증이 치솟았다. 저 여자 주변은 늘 소란스러웠다. 하지만 이번에는 웬일로 뒤따르는 추종자들이 없었다. 어디를 가든 꽁무니를 뒤따르던 영애까지 떼어 놓고 온 모습을 테세비츠가 의아하게 보았다. 뛰어온 필리파가 헤르만 앞에서 멈춰 섰다. 그녀는 땀이 송골송골 맺힌 목덜미에 손부채질했다.

"아, 잠깐 뛰어왔다고 더워."

"자."

헤르만이 익숙하게 품을 뒤져서 뭔가를 던졌다. 분명 그냥 손만

뻗으면 받을 수 있을 정도로 완벽하게 던졌는데도 필리파의 헛손질에 맞은 물건이 땅바닥을 나뒹굴었다.

"그걸 놓치냐? 하여간 몸치."

"아, 닥쳐."

귀족 영애에게서 듣기 힘든 거친 언사에 테세비츠가 눈썹을 치켜올렸다. 필리파가 집어 든 건 백색에 가까운 옅은 하늘빛의 물건으로 그가 지긋지긋하게 많이 본 것이었다. 냉기가 인체에 딱 적당할 정도로 안정적으로 뿜어져 나오는 걸 봐선 마력식을 새겨놓은 듯했다.

[저 녀석이 새긴 건가? 실력 좋은데.]

수석이라더니 실력이 좋긴 했다.

[설마 저거 주려고 부른 건가? 역시 미친개여도 오흐리드 앞에서는…….]

"빨리 숙제 보여 줘."

이어 나가던 홍염의 목소리가 뚝끊겼다. 테세비츠가 귀를 의심했다. 홍염도 부리를 쩍 벌리고 있었다. 그러니까 방금 미친개가 오흐리드 후계자한테 마석 던져 주고 숙제 보여 달라고 한 거야?

[와, 진짜 미친 새끼였네.]

홍염의 목소리에 동의하고 있을 때 더 웃기는 상황이 벌어졌다. 필리파가 그럴 줄 알았다는 듯 당연하게 숙제를 꺼내 보여 주는 것이었다.

[허.]

"……."
그가 본 걸 누군가에게 말한다 한들 믿는 사람이 있을까.

＊　　　＊　　　＊

이번 겨울에도 당연하게 마물 토벌에 불려 갔다. 원래도 휴식 없이 빡빡한 일정이었으나 이번엔 중간 게이트마저 문제가 생겨 한동안 이용 금지였다.

어쩔 수 없이 개학 날을 일주일 넘겨서야 겨우 학술원이 있는 도시 근처에 도착할 수 있었다. 그리고 늦게 도착했기에 목격할 수 있었다.

[저거 필리파 오흐리드의 하녀 아냐?]

홍염이 하녀라고 불렸지만 정확히는 같은 학술원 학생이었다. 다만 필리파를 위해 오흐리드에서 붙여 준 오흐리드 가신 가문의 영애였다. 메이나 엥켈은 필리파의 동년배로 모든 수업을 같이 들으며 기숙사 또한 같이 생활했다.

그 메이나가 어색한 얼굴로 건장한 체격의 남자들에게 둘러싸여 어디론가 끌려가고 있었다. 눈동자가 겁을 잔뜩 집어먹고 있었다.

[납치네.]

반항하면 바로 찌를 듯이 옆구리에 닿아 있는 날붙이를 행인들은 알아채지 못했으나 테세비츠의 눈에는 보였다.

[왜? 구해 주게? 뭐 하러?]

홍염의 말을 무시하며 테세비츠가 골목으로 들어가는 이들이 눈치채지 못하도록 조용히 뒤따랐다. 사실 그가 신경 쓸 일이 아니었다. 조용히 죽은 듯이 학술원에 지내는 것이 목적 아니었나.

필리파의 수족임이 분명한 영애와 얽히는 건 분명 그 목적에 어긋났다. 하지만 이를 모두 따지기 전에 몸이 먼저 움직이고 있었다. 한참을 쫓아가던 테세비츠가 처음 와 보는 비슷비슷한 골목길로 인해 어느 순간 놓치고 말았다.

[어떻게 학술원에서 사람을 납치했지?]

"조용히 하고 빨리 찾기나 해."

홍염이 다시 날아가고 테세비츠 또한 건물의 지붕을 뛰어다닌
지 한참. 다시 홍염이 돌아왔다.

　　[찾았어, 좋은 소식이 있고 나쁜 소식이 있어. 뭐부터 말할까?]

　　"아무거나 빨리 말해."

　　[칫. 나쁜 소식은 필리파 오흐리도 같이 납치되어 있다는 거야.]

　　불길하게도 그의 예상이 맞았다. 테세비츠가 가라앉은 목소리로
물었다.
　　"좋은 소식은."

　　[둘 다 아직은 살아 있다는 거고.]

　　"아직은?"

　　[이제 죽일 거라고 하더라.]

　　테세비츠가 허리춤의 검을 꽉 쥐었다. 한시가 급한 걸 안 테세비
츠가 검을 쥐며 소리쳤다.
　　"어느 쪽이야! 빨리⋯⋯."

[아, 근데 둘이 따로 있어. 서로 마을의 반대편 끝과 끝이야. 어느 쪽으로 갈래?]

홍염이 아주 즐겁다는 듯 웃었다.

*　　　*　　　*

퀴퀴한 냄새가 나는 낡은 창고였다. 반쯤 열린 창고 문, 그 안에서 고통에 찬 신음이 새어 나오고 있었다.

바닥에 나뒹구는 사람들은 이미 운신할 수 없을 만큼의 상처를 입고 있었고, 게거품을 흘리며 정신을 잃었거나 이미 죽은 걸로 보이는 자들도 있었다. 이 잔혹한 광경을 한 사람이 만들었다 하면 누구도 믿지 못할 터였다.

그 가운데 멀쩡하게 서 있는 사람은 소년과 소녀뿐이었다. 소녀도 그리 멀쩡한 모습은 아니었다. 원래 예쁘게 땋아져 있었던 것 같은 머리는 산발이었고, 크게 찢기라도 한 듯 피가 잔뜩 엉긴 부분도 있었다. 은발이라 더욱이 핏자국이 두드러지게 보였다.

창고 문 사이로 홍염이 날아 들어왔다. 아무렇게나 쌓여 있는 나무 상자 위에 자리를 잡은 홍염이 고개를 저었다. 예상대로의 결과였다. 테세비츠가 말했다.

"안 됐지만, 메이나는 이미……"

결과를 알면서도 선택한 일이지만 혀끝이 썼다.

"……죽었어."

살갗이 까진 손목의 붉은 자국을 매만지던 필리파가 그 자세 그대로 굳었다. 주홍색 눈동자가 눈 한 번 깜빡이지 않고 그에게 시선을 고정했다. 테세비츠가 정말이라는 듯 살짝 고개를 끄덕였다.

입을 막은 재갈을 풀자마자 필리파의 입에서 나온 건 메이나는 보지 못했냐는 물음이었다.

"일단은 여기서 나가……."

그가 말하는 와중 갑자기 필리파가 걸어가기 시작했다. 그의 말대로 창고를 나가는가 싶었지만 얼마 안 가 그녀는 다시 멈춰 섰다. 그녀가 멈춘 곳은 나란히 부러진 팔과 다리를 붙잡고 신음하던 사내 앞이었다.

악에 받친 사내가 피 섞인 침을 튀겨 가며 소리쳤다.

"저 괴물 새끼만 아녔어도 네년도 그 하녀처럼 돼졌…… 끄아아악!"

눈이 뒤집혀 말을 쏟아 내던 사내가 갑자기 돼지 멱따는 것 같은 비명을 질렀다. 예상치 못한 필리파의 행동에 가만히 지켜보던 테세비츠도 놀라 뛰어왔다.

사내가 고통에 몸부림치며 마구잡이로 휘두르는 팔에 맞을 뻔한 필리파를 테세비츠가 잡아당겼다. 사내의 가슴에 박혀 들다 만 단검이 바닥을 뒹굴었다. 끊이지 않고 꽥꽥대는 소리에 얼굴을 찡그린 테세비츠가 그대로 사내의 목을 베었다.

"커어……."

반쯤 베인 목에서 피가 뿜어져 나오고 사내가 그대로 절명했다. 창고를 울리던 고통스러운 신음 소리마저 쥐 죽은 듯 고요해졌다.

주변을 슥 훑어본 필리파가 느리게 몸을 숙여 바닥의 단검을 집어 들었다.

"사……살려. 나, 나, 나는 그냥 시키는……."

필리파와 눈이 마주친 사내가 겁에 질려 바르작거렸다. 그러나 필리파는 멈추지 않았다. 창백한 뺨에 피가 튀는 모습이 어두운 창고 안에서도 선명하게 테세비츠의 눈에 박혔다.

*   *   *

[나 쟤 마음에 든다.]

홍염의 말을 무시하며 테세비츠가 바닥에 꽂아 놓았던 검을 뽑아 들었다.

"다 죽일 필요가 있었나?"

필리파가 피로 미끌미끌해진 단검을 바닥에 던졌다. 이제 창고에서는 신음조차 나지 않았다. 퀴퀴한 곰팡내 나던 창고는 이제 토기가 치솟을 정도로 짙은 피 냄새가 가득했다.

"어차피 할머니한테 죽을 놈들인데, 뭘."

"배후는?"

"관심 없어. 대충 예상 가기도 하고."

필리파를 바라보던 테세비츠가 입을 뗐다.

"지금 당장 가문에게 연락할 순 없겠군."

필리파가 고개를 끄덕였다. 오흐리드 영애가 학술원에서 납치된 상황이었다. 분명 내통하는 사람이 있었고, 필리파의 반응으로 보아 내통하는 사람은 오흐리드 가문 내의 사람인 것 같았다.

"아니면 헤르만에게라도 알려야 하는 게 아닌가?"

필리파가 콧등을 잔뜩 찡그렸다.

"헤르만이 왜 여기서 나와?"

테세비츠가 의아한 시선을 했다.

"네 연인인 거 아녔나?"

"뭐?"

기가 막힌 듯한 얼굴에 오히려 테세비츠가 당황해 저도 모르게 말했다.

"아니…… 그럼 왜 헤르만에게 숙제를 보여 주나?"

"뭐? 그걸 네가 어떻게 알아? 아니, 하, 나 원 참 기가 막혀서."

"……."

"헤르만이 소환수를 연구해."

"그래 봐야 학생이잖나."

학생 신분으로는 재료를 구하는 것부터 막대한 연구 비용을…… 문득 필리파가 오흐리드 영애라는 사실이 떠올랐다.

"헤르만이 제대로 소환수 만들면 나 하나 주기로 했어."

그런 거래라니 더 이해가 가지 않았다.

"오흐리드면 지금이라도 세계탑에 소환수 하나 요청하면 되지 않나?"

"아무도 모르게 필요한 거라."

소환수 거래는 세계탑에서 철저하게 관리하는 부분이었다. 그보다 일단 마력이 없으면 다룰 수도 없는 소환수를 거래하려 드는 것 자체가 이해 가지 않았다만.

"왜?"

"소환수로 죽이고 싶은 사람이 있거든."

"……."

"그러니까 모두 비밀로 해 줬으면 좋겠어."

헤르만과의 소환수 거래, 그리고 오늘 있었던 일 모두 함구해 달라며 필리파가 야살스럽게 웃었다.

"네가 첫 번째 희생자가 되고 싶지 않다면."

그 미소에 저도 모르게 굳었던 테세비츠가 딱딱하게 말했다.

"……고작 그런 걸로는 날 못 죽여."

그의 말에 표정이 묘해진 필리파가 테세비츠가 들고 있는 검을 보았다.

"하긴…… 그럼 이건 어때?"

테세비츠가 의혹 어린 시선에 필리파가 방긋 웃었다.

"네 학술원 생활, 아주 귀찮게 만들 거야."

"……?"

"너 일부러 눈에 안 띄려고 조용히 지내는 거잖아?"

"……."

"소란스러운 거 싫어하고."

서로 인사 말고는 이야기도 한번 해 본 적 없었음에도 제대로 알고 있었다. 테세비츠가 찝찝한 얼굴로 답했다.

"……네가 그렇게 말하지 않아도 어디다 떠들고 다닐 생각 없다."

약간 질리기도 했다. 구해 준 사람에게 감사는커녕 협박부터 하는 모습이 기막혔다.

뭐 하러 열심히 구해 주려 뛰어왔는지 회의감마저 약간 들었다. 때마침 누군가 우르르 몰려오는 기척이 느껴졌다. 잠깐 긴장했지만 해를 끼치기 위해서가 아니라 필리파를 찾으려는 사람들임을 파악한 테세비츠가 서둘러 창고를 벗어났다.

*　　*　　*

그런 일을 겪었으니 당연히 학술원으로 다시는 돌아오지 않을 줄 알았다. 하지만 필리파는 일주일 정도 쉰 후에 돌아와 태연하게 지냈다.

"마차 사고 당했다며! 괜찮아?"

"응. 괜찮아. 난 놀라서 넘어지기만 했어."

"옆에는 처음 보는데?"

"마거릿이야. 앞으로 자주 보게 될 거야."

"어머, 메이나가 정말 크게 다쳤나 봐."

필리파는 웃으며 대답을 넘겼다. 어차피 대부분 필리파에게 관심이 있을 뿐 메이나에게는 아무도 관심을 가지지 않았다.

헤르만 빼고는. 헤르만은 메이나의 죽음에 대해 그 말고 아는 유일한 학생이기도 했다. 그렇게 한번 엮이고 나니 그녀가 자꾸만 눈에 띄었다. 저도 모르게 그녀를 지켜보는 날이 늘었고 그러면서 한가지 알게 된 부분도 있었다. 바로 필리파는 그다지 웃음이 없는 사람이란 것이었다.

그녀가 웃을 때는 누군가에게 부탁에 빙자한 명령을 내릴 때뿐이었다. 사람을 당연하게 부리면서도 다른 귀족답지 않게 수업이나 과제 같은 건 자신의 힘으로 열심히 했다.

같이 몰려다니는 사람들도 신분의 고하를 따지지 않고 자신의 자리에 안주하지도 않고 노력하는 사람들이 대부분이었다.

그녀는 무식한 자들을 혐오했지만, 어쩔 수 없이 관계를 위해서인지 머리가 빈 명문가 자녀들과 어울리기도 했다. 어찌 되었든 그녀가 학술원의 중심인 건 변치 않았다.

무리를 끌고 다니면서도 학업 분위기를 해치지 않아, 아니 오히려 학습 분위기를 만들며 예의도 발랐기에 교수들도 진심으로 필리파를 아꼈다.

[잰 삶의 낙이 대체 뭐냐?]

홍염이 의문을 가질 정도로 겉으로 보이는 데서는 어떤 허점도 찾을 수가 없었다. 하지만 그만큼 시기 질투하는 자들도 들끓었다.

특히 먹고살 정도의 약간의 재산만 떨어질 운명인, 가문의 셋째 이하의 영식들이 특히 그랬다.

"스펜서 경은 완전히 인생 역전이지~"

"급도 안되는 게 갑자기 클럽 들어와서 아빠가 기막혀했잖아."

"어쩌겠어. 오흐리드 백작 무서워서 부군에게까지 잘 보여야 하는 불쌍한 팔자."

"아, 진짜 부럽네~"

"웃지 마, 새꺄! 넌 좋지? 너 저번에 댄스 수업 때 필리파 파트너였잖아. 잘하면 이번 봄 축제 때도 그대로 가겠네?"

"한번 잘······."

역겨운 이야기들이 이어졌다.

[머리가 꽃밭이구먼. 목덜미에 칼 박는 꼴 보면 저 소리 못 할 텐데.]

봄 축제.

겨우내 동쪽으로 불던 해풍이 바뀐 걸 기리는 축제였다.

학술원에서도 잠깐이나마 수업 일수를 줄이고 낮에는 축제가, 밤에는 무도회가 벌어졌다. 혈기 왕성한 시기의 아이들인 만큼 다들 파트너를 구하는 데 눈이 뒤집힌 행사이기도 했다.

필리파 같은 경우는 댄스 수업 파트너와 그대로 나가는 경우가 많았고, 테세비츠는 축제 동안 시끄러운 곳을 피해 몸을 숨겼다.

[필리파 오흐리드한테 말 안 해 줘? 파트너 새끼 쓰레기라고.]

"내가 왜."

[왜냐니. 너 필리파 오흐리드한테 관심 많잖아.]

"내가 언제."

테세비츠가 헛소리한다는 듯 인상을 찡그리자 홍염이 부리를 딱딱거렸다.

[웃기고 있네. 맨날 쳐다보고 있으면서.]

"내가?"

[갑자기 왜 난리야? 네가 보는 건데 왜 나한테 물어봐?]

그때였다.

"내가 왜?"

테세비츠가 반복하던 말과 같지만, 전혀 다른 목소리가 수풀 사이를 뚫고 들어왔다. 테세비츠가 반사적으로 기척을 죽이고 몸을 숨겼다.

[왜 숨어?]

"조용히 해 봐."

테세비츠가 목소리를 낮춰 말했다. 수풀 너머로 꽃다발을 받는 필리파가 보였다. 웃음기 하나 없이 무표정하게 꽃다발을 쏘아보다 어느 순간 픽 웃었다.

"내가 웃을 마음이 안 드는데 왜 웃어야 하는데."

필리파 맞은편 소년은 저번에 역겨운 소리를 내뱉던 필리파의

춤 파트너였다.

"내가 왜 네 비위를 맞춰."

필리파는 벌레를 봐도 이보다는 상냥하겠다 싶은 눈으로 소년을 깔아봤다.

"네가 내 비위를 맞춰야지."

테세비츠가 눈썹을 치켜들었다.

"얼굴 반반해서 좀 상대해 줬더니 하하. 어이가 없어서. 네가 뭐라도 된 줄 알았어?"

소년의 성난 목소리가 들렸으나 필리파가 이를 딱 잘라 냈다.

"네가 낄낄거리며 지껄인 소리, 설마 내 귀에 안 들어왔을 것 같아?"

소년의 얼굴이 창백하게 질렸고─

"네 절친인 에드윈이 네가 한 말 나한테 다 고해바치면서 사업 어떻게 돼 가는지 물어보더라."

이어 시뻘겋게 변했다.

"그러면서 자기랑 파트너 하자던데."

필리파가 촌극을 봤다는 듯 웃었다.

"친구 하나 잘 뒀어."

대화가 끝났다는 듯 필리파가 몸을 확 돌렸다. 긴 은발이 휘날렸다.

[와, 나 진짜 쟤 마음에 든다니…….]

말하던 홍염이 부리를 딱 다물었다. 그도 그럴 것이 하필 필리파가 향한 방향이 테세비츠가 숨어 있던 곳이었기 때문이다.

발견하지 못한 듯 스쳐 지나가던 필리파가 건조하게 테세비츠의 앞을 몇 걸음 지나치더니 갑자기 홱 돌아봤다. 주홍색 눈동자와 마주쳤다.

"너, 나 지켜봤지?"

"……아니?"

반 박자 늦은 테세비츠의 말에 필리파가 콧방귀를 뀌었다.

"거짓말하지 마."

필리파 또한 눈치챘다는 사실에 테세비츠가 당황해 변명을 주워삼키려는 찰나였다.

"살면서 나한테 관심 없는 사람 본 적 없어."

그야말로 대단한 자신감이었다. 입술을 씰룩이던 필리파가 점점 가까워져 오는 발소리에 대뜸 들고 있던 꽃다발을 테세비츠에게로 넘겼다.

"선물이야."

뒤늦게 쫓아온 듯한 소년이 꽃다발을 든 테세비츠를 보고 화들짝 놀랐다. 테세비츠가 소년을 힐끗 보고 필리파를 향해 말했다.

"쟤가 준 거 아냐?"

"맞아. 난 꽃 싫어하니까 너……."

말하던 필리파가 갑자기 멈췄다. 테세비츠가 미간을 좁히고 왜 말을 하다 마냐는 듯 필리파를 보았다.

"너 꽃이랑 잘 어울린다."

"……."

난생처음 듣는 괴소리에 반응조차 내질 못했다. 분명 그래서였다. 이어지는 필리파의 말에 제대로 반응치 못했던 것은.

"나랑 봄 축제 파트너 하자."

*　　　*　　　*

원래부터 부로는 따를 곳 없던 오흐리드였다. 그런데 그도 모자라 근래의 오흐리드는 제2의 전성기라 할 만큼 눈부신 성장을 거듭하고 있었다.

오흐리드 백작가가 노히바덴 대공가와 함께 손을 잡고 시작한 사업이 대단한 성공을 거뒀기 때문이다. 가치가 떨어져 손쉽게 버려지는 마석에 마법식을 새겨 가공하는 간단한 사업이었다.

그렇게 만들어진 사치품들은 귀족에게, 생활용품은 중산층에게 날개 돋친 듯 팔려 나갔다. 사업을 주도한 테시오르 파브레는 어느새 제도의 유명 인사 중 하나가 되었다.

파브레 백작가 따위에 신경 쓸 필요 없이, 오히려 파브레 백작가가 테시오르의 눈치를 봐야 할 정도로.

그리고 그 마법식을 연구하고 개발하는 데에 한 발을 걸치면서 등록한 특허로 인해 헤르만 또한 다른 현자들이 배 아파 할 정도로 어마어마한 돈을 벌어들였다.

이 모든 일의 중심에는 디아나 오흐리드가 있었다. 운 좋게 어린 나이에 오흐리드 백작이 되었다며, 제대로 가문을 이끌지 못할 거라 저주하듯 험담하던 자들은 언제 그랬냐는 듯 말을 바꿨다.

마치 입을 맞춘 듯 디아나의 능력을 인정하고 백작위를 물려주기로 한 전 백작의 안목을 찬양하곤 했다.

"여보, 이제 그만 내려놓아."

오흐리드 전 백작의 무르팍 위에 앉은 소년이 책에서 시선을 들었다. 금색의 커다란 눈동자가 느리게 깜빡였다. 검은 머리칼에 뽀얀 뺨. 아이는 모두 귀엽다지만 이 아이의 사랑스러운 외모는 정말 감탄사가 절로 나올 정도였다.

아이가 앵두 같은 입술을 우물거리며 물었다.

"할머니, 다리 아파?"

클레멘트의 미간이 약간 좁혀지고 입가가 씰룩였다. 그녀를 처음 보았다면 화가 났다고도 느낄 표정이었으나, 이는 아이가 너무 귀여워 어쩔 줄 모르는 표정이었다.

"아니 전혀. 괜찮……."

"르베유, 이리 와."

그런 클레멘트의 말을 낭랑한 목소리가 잘라 냈다. 목소리의 주인은 표범을 닮은 커다란 소환수에 기대앉은 여자아이였다.

백금발의 머리칼을 귀 아래에서 동그랗게 묶은 소녀는 갈색 눈에 앳된 외모를 가졌으나 어딘지 냉랭해 보이는 구석이 있었다. 오흐리드 가계에 자주 나타나는 주홍색 눈동자는 일반적으로 어릴 적엔 적갈색의 빛을 띠다 나이가 들수록 점차 주홍빛을 띠곤 했다.

르베유가 휠체어 위에서 내려갔다.

"조심하거라. 조심⋯⋯."

클레멘트가 무릎 위를 떠나는 르베유를 아련한 표정으로 보았
다. 이를 바라본 스펜서가 혀를 끌끌 차며 손을 뻗어 그간 저려 왔
을 아내의 허벅지를 주물렀다.

느리게 걸어간 르베유가 소녀 곁에 털썩 주저앉았다.

"누나."

"여기서 책 읽어."

아이는 고사리 같은 손으로 두툼한 책을 펼쳤다. 동화책이 아니
라 르베유 또래가 보기엔 빽빽할 정도로 글자가 가득한 책이었다.
르베유가 헤헤 웃으며 말했다.

"같이 읽자."

"혼자 읽어."

"혼자는 싫어."

"하아."

아이답지 않게 깊은 한숨을 토한 소녀가 말했다.

"그럼 이것만 만들고."

"이미 두 개나 있잖아."

"할머니 거, 할아버지 거, 이건 내 거."

소녀는 만들고 있는 화관을 집어서 흔들어 보였다. 르베유가 고
개를 갸웃 기울였다.

"내 거는?"

"없어."

"⋯⋯왜?"

침묵하던 르베유가 한참 뒤에 울먹이는 목소리로 말했다. 얼마나 지났다고 벌써 눈물이 기다란 속눈썹에 그렁그렁 맺혀 있었다.

전 백작의 뒤에 시립한 나이 지긋한 하녀부터 멀찌감치 떨어져 있는 호위 기사들까지 당장 심장을 부여잡고 쓰러질 것만 같은 표정을 지었다.

하지만 이를 코앞에서 본 소녀는 전혀 변화 없이 무표정한 낯을 했다. 소녀가 담담하게 말했다.

"혼자 얌전히 책 읽고 있으면 네 것도 만들어 줄게."

"진짜?"

"응."

"알았어."

언제 울먹였냐는 듯 다시 환하게 웃은 르베유가 펼쳐진 책으로 고개를 숙였다. 스펜서가 감탄한 표정으로 말했다.

"쟈넷이 동생을 정말 잘 돌봐."

안온한 분위기였다. 오흐리드 영지의 거대한 저택. 백작위를 내려놓은 오흐리드 전 백작과 스펜서 경이 내려오고 난 후 고요하기만 한 곳이었다.

쟈넷이 화관을 다섯 개나 만들어 소환수까지 씌워 준 뒤, 르베유가 함께 읽자는 책도 4분의 1쯤 읽어 가고 있을 때였다.

정원에 온 집사가 할머니와 할아버지께 귀엣말하고 얼마 지나지 않아 정원 입구 방향이 살짝 소란스러워졌다.

책에서 고개를 든 쟈넷이 벌떡 일어났다. 쟈넷이 달려간 후에야 느지막이 고개를 든 르베유도 눈을 크게 떴다.

"아빠!"

쟈넷의 뒤를 르베유가 서둘러 뒤따랐다. 빠른 걸음으로 다가온 세니르가 쟈넷과 르베유를 각각 한 팔로 안았다.

"잘 지냈어?"

"응. 할머니랑 할아버지가 잘 해 줬어."

"그래."

세니르가 클레멘트와 스펜서 경에게 간소히 인사했다. 인사를 받아 준 노부부는 곧 조용히 정원을 빠져나갔다. 아버지의 품에서 한참 어리광부리던 르베유가 이를 뒤늦게 알아챘다.

"응? 아빠, 할머니랑 할아버지는?"

"들어가셨단다. 쟈넷, 르베유. 이제 제도로 돌아가자꾸나."

르베유의 눈이 반짝거렸다.

"엄마가 드디어 온 거야?"

"이제 곧 도착한다 연락 왔단다."

정원에 있는 동안 약간 굳어 있던 세니르의 입가가 그제야 풀어지며 부드러운 호선을 그렸다. 그 미소를 본 쟈넷이 어서 가자는 듯 맞잡은 손을 잡아당겼다. 세니르가 쟈넷의 뜻을 알아채기라도 한 듯 그녀의 머리를 조심스레 쓰다듬었다.

"할아버지랑 할머니한테 인사……."

"곧장 갈 거라고 미리 말씀드렸단다."

"으응."

르베유가 아쉽게 뒤를 돌아봤다. 르베유는 아직 모르는 것 같지만 왠지 모르게 오흐리드 영지에서는 아버지를 매우 조심히 대했다. 쟈넷은 어렴풋이 느끼고 있었다.

아빠와 할머니 사이가 안 좋은 건가 싶었지만……

'하지만 아빠는 엄마랑 우리 말고는 다 사이가 안 좋은걸.'

딱히 중조할머니뿐 아니라 아빠는 대부분의 사람들과 사이가 안 좋은 것 같았다. 그가 관심 있는 건 오로지 엄마뿐이었다.

*　　*　　*

세 사람은 마차에서 내려 게이트를 통해 곧장 제도로 이동했다.

"르베유. 이제 놔."

답답할 정도로 꽉 끌어안고 있는 르베유에게 쟈넷이 말했다. 마법진으로 이동할 때마다 아직도 겁에 질려 이렇게 찰싹 붙어 있었다.

"누나는 안 무서워?"

"무서워."

"형……"

"르베유, 게이트는 무서워할 필요 없어."

세니르가 대신 안아 주겠다는 듯 손을 내밀며 말했다.

"하지만 게이트에서 잘못되면 몸이 반으로 잘릴 수도 있다고……."

"뭐?"

세니르가 약간 당황한 눈을 했다.

그런 아버지의 목덜미를 르베유가 꼭 껴안았다.

"누가 그런 소리를 하니?"

"헤르만이……."

세니르는 눈을 꽉 감았다 뜨며 걱정할 필요 없다고 르베유를 달랬다. 아이를 끌어안은 그는 빛이 스러지는 마법진 위를 벗어났다.

아치형 통로로 들어가 오흐리드 전용 대기실로 향했다. 창가에 르베유를 앉히자 쟈넷도 곁에 앉았다. 마법진 위를 지나다니는 사람들이 한눈에 내려다보였다. 잠깐 자리를 비웠던 아버지가 따뜻한 코코아 두 잔을 들고 돌아왔다.

"마시멜로는 여기 있단다."

마시멜로를 제 손으로 직접 넣는 걸 좋아하는 르베유의 취향까지 챙겼다. 르베유가 신나서 마시멜로를 집어 자신의 잔에 넣고 쟈넷의 잔에도 넣어 녹아내리는 걸 지켜보고 있을 때였다.

— 똑똑.

르베유가 머그잔 입구에 처박고 있던 고개를 벌떡 들어 올렸다. 환한 르베유의 얼굴과 달리 쟈넷은 의아하다는 듯 고개를 갸웃 기울였다. 문을 열고 들어온 사람은 르베유의 기대와는 달랐다.

"삼촌?"

바스티안 노히바덴. 학술원을 졸업하고 제도에 한바탕 파란을 일으킨 인물이었다. 갑자기 나타난 바스티안의 존재에 사람들은 노히바덴 대공도 후계에 대해 따로 생각해 둔 바가 있었다고 여겼지만, 또 세간의 예측은 장렬히 빗나갔다.

"쟈넷! 르베유 소공."

휜칠한 청년에게 달려가 안긴 쟈넷과 달리 르베유는 아버지 뒤로 숨었다.

"여전히 소공이라 불리는 걸 싫어하는구나. 익숙해져야지."

"그렇게 부르지 마."

"르베유. 인사부터 해야지."

입술을 잔뜩 내민 르베유가 세니르의 채근에 꿈지럭거리며 인사했다. 세니르가 르베유에게서 시선을 돌리며 물었다.

"오랜만입니다. 바스티안 경. 무슨 일이죠."

바스티안이 쟈넷을 꽉 끌어안았다 내려 주고 세니르 다리 뒤의 르베유를 힐끗 보았다. 쟈넷과 르베유를 따로 고용인의 손에 보낸 바스티안과 세니르가 진지한 얼굴로 목소리를 낮췄다.

*　　*　　*

쟈넷과 르베유가 제도의 오흐리드 저택으로 귀가했지만, 그날 밤이 되도록 디아나는 돌아오지 않았다.

잠자리를 봐준 하녀까지 모두 나가고 소환수를 쓰다듬으며 가물가물 잠이 들리는 찰나 콩콩 문을 두드리는 소리가 들렸다.

쟈넷은 무시하고 돌아누웠으나 콩콩거리는 소리는 조금 쉬었다가 다시 들리길 반복했다. 결국, 쟈넷이 침대에서 일어났다. 문을 벌컥 잡아당기자 곧장 누군가 안겨 왔다.

"르베유."

"누나, 같이 자."

울먹거리는 목소리. 쟈넷이 한숨을 쉬며 르베유를 데리고 방으로 들어갔다.

"감기 걸리면 어쩌려고 이렇게 입고 나와."

쟈넷이 비키라는 듯 소환수를 발로 쭉 밀었다. 눈을 뜬 소환수가 꼬리로 쟈넷의 뒤통수를 한 대 친 후 침대 가장자리로 자리를 옮겼다.

아무렇지도 않게 제 뒤통수를 쓱쓱 문지른 쟈넷이 르베유를 침대 위로 밀었다. 이불 안은 소환수가 있어서인지 따뜻했다.

"나도 소환수 가지고 싶어."

"넌 홍염 물려받을 거라 안 된댔잖아."

"힝……. 누나, 난 노히바덴 되기 싫어."

"할아버지가 알면 슬퍼하실 거야."

"할아버지는 좋아. 하지만……."

우물우물거리던 르베유의 목소리가 물기에 젖었다.

"마물이 무섭단 말야."

헤르만이 실험을 위해 잡아 온 마물을 우연히 보고 기절한 적이 있는 르베유였다. 아직까지 그 트라우마가 오래 이어지고 있었다. 그런데 아이러니하게도 그 경험과 함께 정령사로서의 재능도 눈을 떴다.

"누나가 엄마처럼 대신해 주면 안 돼?"

아이의 재능을 발견한 노히바덴 대공은 후계로 르베유를 삼았다.

그러나 아직 르베유가 어렸기에 소공으로서 해야 하는 일들은 대공이 처리하거나 디아나가 처리하고 있었다.

"엄마는 아빠도 있고, 할아버지도 있고, 삼촌도 있고, 헤르만도 있어서 가능한 거야."

바스티안과 세니르의 적극적인 도움이 아니었다면 오흐리드 백작으로도 바쁜 디아나가 할 수 없는 일이었다. 잠깐 침묵하던 르베유가 다시 입을 열었다.

"내가 도와줄게. 내가 도와주면 되지."

"뭐야, 그럴 거면 그냥 네가…… 그래. 나중에 네가 커서도 싫어하면 생각해 볼게."

"진짜지?"

한숨을 쉬며 쟈넷이 고개를 끄덕였다.

"누나가 최고야."

"알면 어서 자."

"누나."

"응."

"누나아아."

"할 말도 없잖아. 빨리 자."

"누나는 엄마가 좋아, 아빠가 좋아?"

"둘 다 좋아."

"아이. 당연히 둘 중 하나만 골라야지."

"빨리 자라니까."

"누나."

"……."

"누나."

"바보야. 엄마 가지면 아빠도 가지는 거야."

〈엄마가 좋아, 아빠가 좋아?

외전, 완결〉